Sabine Thomas

Hell wie der Mond und stark wie Eisen

Neue Geschichten einer Familienanwältin

Sabine Thomas

Hell wie der Mond und stark wie Eisen

Neue Geschichten einer Familienanwältin

Drei-Punkte-Verlag

Die hier erzählten Geschichten beruhen auf wahren Begebenheiten, die für die einzelnen Kapitel des Buches aus den ursprünglichen Bezügen gelöst, stark verfremdet und neu kombiniert wurden.

Texte: Sabine Thomas
Lektorat: Susanne Nagels, Susanne Schulten
Layout: Sabine Ernat, Dorsten
Umschlaggestaltung: Typometris GmbH, Münster
Umschlagfoto: © istockphoto.com
Druck: Druckhaus Cramer, Greven

Bibliografische Information der Deutschen Bibliothek:
Die Deutsche Bibliothek verzeichnet diese Publikation in der Deutschen Nationalbibliografie; detaillierte bibliografische Daten sind im Internet über http://dnb.d-nb.de abrufbar.

Verlagshaus Wohlfarth GmbH
www.drei-punkte-verlag.de

ISBN 978-3-945710-01-2

Inhalt

Vorwort

Eigentlich habe ich einen schönen Beruf. Eigentlich. Aber er bringt eben auch ein ums andere Mal, unausweichlich, Fälle mit sich, die mich nicht loslassen. Die mich verstören. Wie soll man auch ruhig werden, wenn man sich immer wieder damit zu beschäftigen hat, was Menschen einander antun? Wo bleibt man damit, mit all den Erzählungen betrogener, misshandelter, verzweifelter Männer und Frauen?

Fast alle, die sich an mich wenden, eint, dass sich soeben ihre Vorstellung vom Glück zerschlagen hat und sie gezwungen sind, sich dem Leben ganz neu zu stellen. Wie sie das anfangen, wie sie mit diesen Brüchen fertigwerden und aus ihrer Verzweiflung zu einer neuen Ordnung finden, innerlich wie äußerlich, das finde ich spannend und bewegend.

Manchmal kann ich meine Mandanten dabei unterstützen, dann finde ich vielleicht aus der Verstörung zur Ruhe. Und manchmal scheitern wir gemeinsam an dieser Aufgabe. Dann gelingt es mir nicht, das einfach hinter mir zu lassen. Denn ich kann meinen eigentlich schönen Beruf nicht ausüben, ohne mit meinen Mandanten zu fühlen. Mitempfinden ist das Eigentliche, ohne Mitempfinden taugt die ganze Fachkunde nichts. Es weist mir den Weg vom juristischen Handwerk zum menschlichen Verstehen, von der Sachbearbeitung zur Begleitung.

Meine Geschichten sind nachts entstanden. Sie gründen alle auf Motiven, die ich in meinen Fällen gefunden habe. Keine ist eins zu eins so geschehen, aber alle haben einen wahren Kern: ein Thema, das mir wesentlich erschien und das mich lange beschäftigt hat, bevor ich neue Figuren dafür erfand und es zu einer Geschichte formte.

Ich wünsche mir, dass auch Sie sich von meinen Geschichten berühren lassen und darin etwas über das Leben finden können. Und über die Möglichkeiten, die es uns, selbst wenn es in seiner schlimmsten Gestalt daherkommt, immer wieder eröffnet.

Sabine Thomas, im Februar 2016

Hell wie der Mond und stark wie Eisen

Als das Essener Ruhrlandmuseum noch im alten Folkwangmuseum untergebracht war, wirkte es nicht wie eine Ausstellung, sondern wie eine Nachbildung von Lebensräumen, die man durchschreiten konnte. Es machte das Leben im Ruhrgebiet sinnlich erfahrbar, vor allem das Leben um die Wende vom 19. zum 20. Jahrhundert. Ein hartes Leben für die meisten. Nachgebaute Stuben, kaum größer als das Bett und finster, durch winzige Fenster kam fast kein Licht. Hinterhöfe, auch sie eng. Aber hübsch, sie wurden idyllischer als die Innenraume gestaltet, mit Blumen und Bänkchen zum Beispiel, wenn die Kaninchenställe, Taubenschläge und Nutzbeete noch Platz dafür ließen. Waschkeller mit großen Zubern, in die man die Kochwäsche füllte und mithilfe von Kurbeln von Hand in der kochenden Lauge walkte. Ein Lohnbüro. Die Arbeiter mussten sich bücken, um ihre Lohntüten durch den kleinen Schalter in Empfang zu nehmen. Man hatte das mit lebensgroßen Puppen nachgestellt. Es sah unterwürfig aus. An einer Videowand liefen ununterbrochen Aufnahmen eines Abstichs im Stahlwerk. Mit Ton. Der Lärm schien aus der Tiefe der Hölle zu kommen. Aber was für Bilder! Wer einmal einen Abstich gesehen und gehört hat, vergisst die Bilder und Klänge nicht mehr. Eine Szenerie, die so alles verschlingend wirkt, dass man nicht verstehen will, wie solche Abläufe zu bändigen sind. Von Menschenhand gemacht, aber nicht gemacht für Menschen. Eine Feuerwand aus brodelndem, flüssigem Eisen, aufwallend, sprühend, in giftigem Gelb, feindselig, dann wieder in Gold und in ruhigerem Orangerot, wie ein Sonnenuntergang. Dazu erst ein gleichmäßiges Summen, dann ein ungeduldiges Brummen. Ein langgezogenes, immer wieder abbrechendes Pfeifen und Donnern wie von einem Sturm, der zum Orkan werden will. Ein Fauchen und Brüllen, gurgelnd. Ein Tier, eine Bestie, die an ihren Fesseln reißt. Und wieder ein Brummen, ein Brausen, ruhiger jetzt. Als ob sich aus den Tiefen der Erde Wesen mit riesigen Schwingen in die Lüfte erhöben und einen nie gehörten, gewaltigen Gesang anstimmten.

Aydemir arbeitete am Hochofen. Die Ohrenschützer ließen immer noch das meiste des infernalischen Lärms durch. Am schlimmsten war die Hitze. Der Ofen brannte mit Temperaturen bis zu 2.000 Grad. Alle zweieinhalb Stunden war Abstich, der dauerte zwei Stunden. In dieser Zeit stürzten das Roheisen und die darauf schwimmende Schlacke durch das Stichrohr aus dem Ofen. Aydemir und seine Kollegen hielten während des Abstichs das Stichloch sauber und reinigten danach die Rinne, durch die das Roheisen abfloss. Dann kam schon der nächste Abstich. Das ausfließende Eisen war immer noch 1.500 Grad heiß. Für die Stahlarbeiter bedeutete das, dass sie vorn am Ofen bei siebzig, achtzig Grad zu arbeiten hatten. Die feuerfeste Kleidung – ein silberglänzender Schutzmantel samt Handschuhen und Visier – schützte vor Feuer, nicht aber vor der Hitze. Jeder war immer nur eine Minute am Platz, länger konnte man nicht durchhalten, dann musste ein anderer nach vorn. Pro Schicht – das waren drei Abstiche – brauchte jeder Arbeiter fünf bis sieben Liter Wasser. Die stellte das Stahlwerk, und Obst dazu. Untereinander reden ging nicht, der Lärm ließ nichts zu. Sie mussten sich wortlos verständigen, er und seine Kollegen. Im Grunde war es ein einsames Arbeiten in einer Hölle aus Hitze und

Krach. Die Arbeiter hatten keinen Sinn für die Schönheit der Bilder. Aber sie waren alle sehr stolz auf das, was sie leisteten. Den weltberühmten deutschen Stahl produzierten sie, unter den härtesten Bedingungen.

Aydemir hatte einmal seinen Kollegen erzählt, dass sein Name »Hell wie der Mond und stark wie Eisen« bedeutete. Er hätte sich für einen Stahlarbeiter keinen besseren Namen vorstellen können. Sie zogen ihn damit auf. Der Spott war nicht böse gemeint. Aydemir war beliebt. Er hatte ein freundliches, nachgiebiges Wesen und ein heiteres Gemüt. Für jeden derben Scherz war er zu haben. Als Stahlarbeiter im Schichtdienst verdiente er viel Geld. Die Gewerkschaft war eine der größten und mächtigsten Europas und hatte gute Bedingungen ausgehandelt. Selbstverständlich lebte er nicht wie die Arbeiter früher in einer dunklen Stube. Er hatte eine geräumige, helle Neubauwohnung mit Balkon angemietet, und natürlich hatte er auch eine Waschmaschine. Sein Lohn kam auf ein Konto, dafür musste man sich nicht bücken. Seine Urlaube verbrachte er in der Türkei. Zwar war er in Deutschland geboren, aber es gab eine Menge Verwandte, die in der Türkei lebten und seine Besuche erwarteten, und außerdem hatten seine Eltern ihm in ihrem Heimatort ein Häuschen am Meer vermacht, das er als Ferienhaus nutzte und das vielleicht viel später, wenn er in Rente ginge, sein Ruhesitz werden würde.

Aydemir war schon über vierzig, als er Cindy kennenlernte. Sie war die Tochter eines älteren Kollegen, der ihn eines Tages zu seinem Geburtstag einlud. Ein Grillfest im Hinterhof, in dem es schon lange keine Nutzbeete und Ställe mehr gab, sondern kleine Rasenstücke und Zierbeete und Efeu, der an den schwarzroten Ziegeln des Altbaus emporrankte. Und da war sie, Cindy, die Tochter des Hauses. Ein dünnes, schlaksiges Wesen voller Selbstbewusstsein, nicht auf den Mund gefallen, vielleicht ein wenig vorlaut für seinen Geschmack. Etwas zu eng zusammenstehende Augen und ein etwas zu breiter Mund mit leicht schiefen Zähnen. Die platinblonden, fast weißen Haare flogen bei jedem ihrer raschen Schritte auf wie ein federleichter Vorhang aus feinsten Seidenfäden.

»Du musst der starke Eisenmann sein«, sagte sie, als ihr Blick auf Aydemir fiel, der bei ihrem Anblick begonnen hatte, das Seidenpapier des mitgebrachten Geschenks – türkische Süßigkeiten – vor Verlegenheit zu zerknüllen. Norbert, sein Kollege, lachte und schlug ihm auf die Schulter. Ein solcher Auftritt wollte so gar nicht zu Aydemirs athletischer Erscheinung passen.

»Na, jedenfalls ist es schön, dass du gekommen bist. Danke übrigens«, sagte er und deutete auf das Geschenk, das Aydemir immer noch in Händen hielt. Der lief rot an und gab es ihm. »Glückwunsch!« , brachte er schließlich hervor und war froh, als die Dame des Hauses ihn erlöste, indem sie ihn stolz darauf aufmerksam machte, dass man eigens seinetwegen ausschließlich Lamm und Hühnchen zum Grillen besorgt hatte. Aydemir brachte allerdings kaum etwas herunter. Er hatte nur Augen für Cindy. Hell wie der Mond ist sie, dachte er, sie passt zu mir. Cindy blieb ganz unbefangen und ohne jede Verlegenheit, plauderte mit diesem und jenem und oft genug auch mit ihm. Er war der letzte Gast, der sich verabschiedete. Es schien ihm ganz und gar unmöglich zu gehen, solange Cindy noch da war. Schließlich wagte er, ihr das zu sagen. Dass er sich nicht verabschieden konnte, solange sie da war.

»Ich wohn hier, weiße?«, sagte Cindy in Nachahmung der Ruhrgebietssprechweise. Sonst sprach sie Hochdeutsch. Sie arbeitete nämlich als Sekretärin. Zum Abschied streifte sie Aydemirs Wange in einer hastigen Bewegung mit den Lippen. Man konnte das kaum einen Kuss nennen. Aber vielleicht eine Ermutigung.

»Wie alt ist deine Tochter?«, fragte Aydemir Norbert, als sie sich das nächste Mal sahen.

»Zweiundzwanzig, warum?«

»Ich werde der Vater deiner Enkel, mit deiner Erlaubnis«, entgegnete Aydemir. Er war sich sicher. Norbert grinste, nicht unfreundlich.

Aydemir hatte einen älteren Bruder, Cetin, verheiratet mit einer Muslima, deren Eltern ebenfalls aus der Türkei eingewandert waren. Sie hatten vier Kinder, alle bereits halbwüchsig. Cetin warnte ihn, sich enger an Cindy zu binden.

»Sie ist keine von uns«, sagte er.

»Von uns?«

»Eine Christin. Sie kennt nicht unsere Herkunft und sie kennt nicht unseren Glauben.«

»Es reicht, wenn sie mich kennt und ich sie.«

»Gut, aber wenn es schiefgeht, komm nicht angekrochen. Ich hab dich gewarnt.«

Cetin heißt »Der Schwierige«, dachte Aydemir trotzig auf dem Heimweg in seine geräumige Wohnung, die bald zwei Menschen beherbergen sollte. Und Cindy kommt von Lucinda, fügte er in Gedanken hinzu, und das heißt »Die Leuchtende«. »Die Leuchtende« und »Hell wie der Mond«, mehr Zeichen braucht kein Mensch, dachte er auch.

Und so begannen sie, miteinander auszugehen. Sie nannte ihn Adi.

Als er Cindy den Heiratsantrag machte, da sagte er, und er hatte sich jedes Wort vorher genau überlegt: »Du bist wie der helle Mond für mich. Du bringst das Licht in meine Dunkelheit. Du bist mein Leben, ich will nicht mehr ohne dich sein. Bitte heirate mich.« Cindy war keine sonderlich romantisch veranlagte Natur, eher von pragmatischer Art, und so war sie kurz versucht, in Gelächter auszubrechen. Stattdessen zeigte sie sich gerührt und sagte ja. Aydemir wollte, bevor konkrete Hochzeitspläne geschmiedet wurden, erst Norbert um seine Erlaubnis bitten.

»Blödsinn«, meinte Cindy. »Was soll der dagegen haben? Außerdem bin ich erwachsen, der hat da nicht mitzureden.«

Aydemir erstarrte vor so viel Respektlosigkeit. »Ich heirate mit dem Segen deines Vaters oder gar nicht.«

»Ach ja? Und wenn er was dagegen hat, heiratest du mich nicht, oder was?«

»Er wird nichts dagegen haben. Es geht doch nur darum, das Richtige zu tun.«

»Aber wenn er doch was dagegen hätte?«

Aydemir antwortete nicht.

Norbert hatte nichts dagegen. Herzlich willkommen war Aydemir ihm als Schwiegersohn. Er kannte ihn als freundlich, nachgiebig und hilfsbereit, und er wusste, dass Aydemir anpacken konnte. Doch die Frage, die Cindy aufgeworfen hatte, war von Aydemir nicht beantwortet worden und nagte an ihr. Viele Jahre lang.

Sie zog zu Adi in die Neubauwohnung mit Balkon. Adi blieb dabei, sie war das Licht seines Lebens, hell und rein leuchtete es ihm, Jahr um Jahr. Er war dankbar für Cindys Liebe. In seinen Augen gab es nichts, was sie falsch machen konnte, er liebte sie ohne jeden Vorbehalt und hing an ihr mit jeder Faser seiner Existenz. Um ihr das tagein, tagaus zu beweisen, verwöhnte er sie maßlos. Jeder Wunsch wurde ihr erfüllt, kaum dass sie ihn ausgesprochen hatte. Als sie aus der Wohnung weg und in ein eigenes Haus wollte, kaufte er eines. Sogar in einer besseren Gegend.

»Wir gehören schließlich zum Mittelstand«, sagte Cindy.

Adi war zwar Arbeiter, aber er verdiente weitaus mehr als mancher Angestellte oder Handwerker, und so schwieg er dazu, obwohl er nicht im Geringsten zu Hochmut neigte. Cindy war ja auch Sekretärin, ganz unrecht hatte sie nicht. Und er hatte es zu einigem Wohlstand gebracht mit seinem hohen Einkommen, von dem er das meiste angespart hatte. Für das neue Haus musste er sich noch nicht einmal groß verschulden.

Auch Cindy war lieb, einseitig war Adis Zuwendung nicht. Sie hatte allerdings auch eine freche, schlagfertige Art, mit ihm umzugehen, eine typische Ruhrgebietsschnauze war sie eben, burschikos, mit einem wendigen Verstand. Von Haus aus war sie Widerstand nicht gewöhnt, sie war ein Einzelkind, dazu als Mädchen sehr niedlich gewesen. Dass ihre Wünsche erfüllt wurden, dass man ihr mit Nachgiebigkeit begegnete und sie verwöhnt wurde, das war ihr so vertraut, dass sie es kaum wahrnahm, als ihr all das nun durch Adi zuteil wurde. Aber sie war auch eine herzliche junge Frau, die es gern sah, wenn andere sich in ihrer Gegenwart wohlfühlten. Und so sorgte sie ihrerseits mit Freuden dafür, dass es Adi, ihrem Adi, den sie liebte, gutging an ihrer Seite.

Sie fand ihn allerdings ein wenig langweilig. Er ging nicht gern aus, nachdem sie einmal verheiratet waren, eher war er der häusliche Typ. Dass er Schichtdienst machte, steigerte seine Unternehmungslust nicht gerade. Und, um ehrlich zu sein, besonders viel Bildung brachte er auch nicht mit. Außer über seinen Beruf redete er noch gern über seine Gewerkschaft, aber bei der allgemeinen Politik war es dann auch schon wieder vorbei. Besuche bei der Familie, bei Freunden, fernsehen. Kaum jemals war er zu überreden, ein Popkonzert zu besuchen, tanzen zu gehen oder ins Kabarett. Im Urlaub fuhren sie immer in sein Ferienhaus in der Türkei. Dort war es schön, aber nicht chic. Nicht wie auf Teneriffa oder Madeira, von Kalifornien ganz zu schweigen. Adi jedoch wollte wenigstens ein-, zweimal im Jahr nach seinem Haus schauen.

Ihrem Vater konnte sie mit all dem nicht kommen, er schätzte Aydemir zu sehr, als Kollegen und jetzt auch als Schwiegersohn und Freund. Aber ihrer Mutter vertraute sie ihre Unzufriedenheit einmal an. »Nichts Wichtiges, es fehlt eben nur manchmal was.«

Ihre Mutter fand, dass die langweiligen Männer meist die besten seien. Was wollte Cindy auch mit einem Filou?

»Aber dieses ewig Korrekte!«

»Ihr solltet Kinder haben, dann wächst sich das schon aus mit der Langeweile«, meinte ihre Mutter. Ein Kind. Eine gemeinsame Aufgabe. Eine gemeinsame Verantwortung.

Und dann kam Yunus. Da war Adi schon Mitte vierzig. Er war völlig aus dem Häuschen, als Cindy schwanger wurde und ein Sohn sich ankündigte.

»Ich bin der glücklichste Mann«, sagte er, er sang es fast und drehte sich mit ausgebreiteten Armen wie zum Tanz durch das Wohnzimmer. »Die schönste und beste Frau habe ich, ein Haus und bald auch einen Sohn. Du hast das Licht in mein Leben gebracht.« Und dann fiel er vor ihr auf die Knie, umfasste ihre Beine und dankte ihr.

»Jetzt krieg dich mal ein«, sagte Cindy. »Ich bin bloß schwanger geworden, das war ganz einfach. Weißt du ja selbst, du warst dabei.«

Sie nannten ihren Sohn Yunus. Es sollte ein türkischer Name sein, der auch für Deutsche nicht fremd klang. Sie hatten ihn lange vor der Geburt ausgesucht und sich rasch geeinigt.

»Yunus, das ist Jonas«, sagte Cindy kurz vor der Niederkunft. »In meiner Religion ist der von einem Walfisch verschlungen worden und dann wieder ausgespuckt. Und unser Yunus, der wird auch aus dem Walfischbauch entkommen. Wird auch Zeit. Guck mich doch bloß mal an!«

Adi lachte, glücklich.

Das Stahlwerk wurde zugemacht. Aydemir hatte Glück. Er war ein guter Arbeiter, er war nicht zu alt und er hatte eine Familie. Er wurde an ein anderes Werk vermittelt, nahtlos. Aber zum ersten Mal hatte sich die Angst in sein Leben geschlichen, eine Ahnung davon, dass alles, worauf er sein Leben gebaut hatte, brüchig werden konnte. Und ihn dann vielleicht nicht mehr trug. Manchmal sagte er jetzt ganze Abende lang nichts. Kein Wort.

Adi hatte nicht gewusst, dass er genug Liebe für zwei Menschen haben konnte. Er hatte sich manchmal gefragt, während sie beide auf Yunus warteten, ob er seine Liebe zu Cindy nicht würde halbieren müssen, um seinen Sohn lieben zu können. Noch mehr Liebe, dachte er, würde sein Herz sprengen. Und dann, als Yunus da war, war immer noch genug Raum für Liebe, für seine Liebe zu diesem winzigen Wesen, das ganz seines war und Cindys. Und ihm schien sein Leben noch heller als zuvor.

»Du bist mein Mond, und Yunus ist meine Sonne«, sagte er zu Cindy, grinsend, aber er meinte es ernst. Sie verdrehte die Augen. Am liebsten wäre Adi zu Hause geblieben, um Yunus zu versorgen, aber das ging natürlich nicht. Er verdiente mehr als Cindy, und Cindy war die Mutter. Also nahm sie eine Berufspause und blieb daheim.

Bis zu dem Tag, an dem sie auszog. Mit Yunus, da war der zwei. Sie hatte sich in den Vater eines Kindes aus der Krabbelgruppe verliebt. Einen Ingenieur. Gebildet, unterhaltsam und unternehmungslustig. Wohnte im selben Stadtteil. Cindy zog an dem Tag zu ihm, an dem sie es Aydemir sagte. Und Aydemirs Welt verdunkelte sich. Er hörte sich Cindys Erklärungen an.

»War irgendwie nicht mehr so.«

War irgendwie nicht mehr so? Für ihn schon. Für ihn war alles, wie es sein sollte. Nur für Cindy nicht. Sie verheimlichte nicht, dass sie zu einem anderen ging. Jetzt. Sofort. Er hörte sich auch das an. Zischte zwischen zusammengebissenen Zähnen hervor: »Ja, hau doch ab. Und beeil dich bloß.« Wartete mit zusammengebissenen Zähnen, bis sie durch die Tür waren, sie und ihrer beider Sohn. Sein Mond, seine Sonne. Die Leuchtende und der aus dem Walfischbauch Entronnene. Dann brach er zusammen. Die ganze Nacht blieb er wach, morgens meldete er sich beim Werk krank und rief seinen Bruder an.

Cetin kam sofort. Warf einen kurzen Blick auf ihn und nahm ihn mit zu sich und seiner Familie. »Und was ist mit ›Komm mir bloß nicht angekrochen‹?«, fragte Aydemir auf der Fahrt in dem Versuch, komische Verzweiflung zu zeigen. Cetin sah ihn von der Seite an, befremdet, schweigend. In den kommenden sechs Wochen, in denen Aydemir außer seinem Bruder und dessen Familie niemanden sah, auch Cindy und Yunus nicht, ließ Cetin ihn nicht aus den Augen. Manchmal stand er nachts auf, um nach Aydemir zu sehen. Wenn es besonders schlecht stand, sogar mehrmals nachts. Aydemir redete nicht. Die Namen seiner Frau und seines Sohnes fielen nie. Es galt nicht, sein Herz zu erleichtern. Es galt, zu überleben. Dazu immerhin war er nach diesen sechs Wochen entschlossen.

Was ihm auch etwas half, war, dass sein Schwiegervater den Kontakt zu ihm hielt. Norbert hatte jetzt viel Zeit, er hatte nicht so viel Glück gehabt wie Aydemir, als das Werk geschlossen worden war. Das war aber auch wieder nicht so schlimm, hatte sogar Vorteile, denn er war alt genug für den Vorruhestand und lebte nicht schlecht. Vor allem hatte er sehr viel Zeit, und so gewöhnte er sich jetzt an, seinen Schwiegersohn mehrmals wöchentlich auf einen Spaziergang abzuholen. Während dieser Spaziergänge schwieg Aydemir. Norbert erzählte auch nicht viel. Nur irgendwann, dass er und seine Frau sich für Cindy schämten und dass sie überlegt hätten, den Kontakt für eine Weile abzubrechen. Aber da gab es noch ihren einzigen Enkel, Yunus. Der Preis dafür, sich so zu verhalten, wie sie es für richtig erachteten, wäre zu hoch. Ob Aydemir das verstünde? Aydemir blieb stehen und sah Norbert an, mit hängenden Schultern. Dann umarmte er ihn lange. So lange, bis Norbert verlegen begann, ihn abzuwehren.

»Ich sollte anfangen, mich um meinen Sohn zu kümmern«, sagte Aydemir.

Ein Jahr später lernte ich Aydemir kennen. Er wollte sich scheiden lassen. Alle anderen Angelegenheiten hatten Cindy und er untereinander geregelt. Aydemir zahlte Unterhalt für Yunus und Cindy, den ich überprüfte und für rechtmäßig befand; allerdings hätte Aydemir versuchen können, sich gegen den Unterhalt für Cindy zu wehren mit dem Argument, dass sie ihn wegen eines anderen verlassen und deswegen Unterhalt nicht verdient habe. Doch das wollte Aydemir nicht. Auf Möbel hatte Cindy, die im noblen Haushalt des Ingenieurs lebte, verzichtet. Den Kontakt zwischen Aydemir und Yunus sprachen sie ohne Gezänk miteinander ab, er war unregelmäßig, aber häufig, ganz nach Bedarf, und alle waren es zufrieden. Nur dass Cindy und ihr Ingenieur begonnen hatten, Yunus »Jonas« zu rufen, wurmte Aydemir. Während er erzählte, sah er sehr traurig aus, dieser athletische Mann, der so gut zupacken konnte. Unter seinen Augen tiefe Schatten, die Schultern schlaff und die ganze Gestalt irgendwie durchlässig. So als habe er dem Schicksal nichts entgegenzusetzen.

Als er zwei Monate später anrief, damit ich den Scheidungsantrag zurücknähme – seine Frau sei zu ihm zurückgekommen –, freute ich mich für ihn, riet ihm aber, vorsorglich nur das Ruhen des Scheidungsverfahrens zu beantragen. Falls es doch noch schiefgehe, würde das helfen, Kosten zu sparen und weitere Rentenkürzungen zulasten von Aydemir und zugunsten von Cindy zu vermeiden.

»Es wird nicht schiefgehen«, meinte Aydemir.

Cindy erklärte nicht viel, als sie wieder bei ihm einzog, und er fragte auch nicht. Er war eben kein Mann der Rede. Sie war wieder da, Yunus war wieder da, nur darauf kam es an.

»Es ging eben irgendwie nicht mehr mit dem Ingenieur«, sagte Cindy. Abends fügte sie hinzu: »Jetzt wollen wir es aber richtig machen, oder? Lass es uns ganz langsam angehen, Adi.«

Dann bat sie ihn, ins Gästezimmer zu ziehen. Sie müssten sich erst wieder aneinander gewöhnen. Aydemir war zu allem bereit, jetzt, da die Last eines ganzen finsteren Jahres von ihm abgefallen war. Eines Nachts kam sie zu ihm, schlüpfte unter die Decke des engen Gästebetts. Es war wie in der ersten Zeit, als sie einander noch nicht vertraut waren und alles neu und aufregend war. Es war wunderbar. Es würde wieder werden wie früher. Adi hörte auf, sich zu fürchten.

Es richtig zu machen, bedeutete nun auch, mit der Naivität und Sorglosigkeit der ersten Jahre aufzuräumen, erklärte Cindy am nächsten Morgen. Honeymoon schön und gut, aber nun sei es an der Zeit, sich der Realität zu stellen. Sie wolle für den Fall einer Scheidung abgesichert sein. Mehr als drei Jahre lang habe sie darauf verzichtet, sich eine eigene Altersvorsorge aufzubauen, weitere Jahre würden vielleicht folgen, wenn Jonas sie noch für längere Zeit brauche. Adi solle ihr als Zeichen seiner Liebe und seines Vertrauens das Haus in der Türkei übertragen. Und die Hälfte des Hauses, in dem sie wohnten. Damit sie gewiss sein könne, dass er es wirklich ernst meine mit der Aussöhnung. Dass er ihr nichts nachtrage, dass nun endlich alles ausgestanden sei. Adi fand das merkwürdig – er sollte ihr etwas beweisen? War es nicht gerade umgekehrt? Sollte nicht zuerst sie beweisen, dass es ihr ernst war mit einem neuen Anfang? Ernst mit ihm?

»Ich hab ja wohl kein Haus, das ich dir schenken kann«, meinte Cindy. »Und wenn du mir nicht traust, hat das hier sowieso alles keinen Zweck.« Schließlich gab sie sich aber doch mit dem Haus am Meer zufrieden. Adi unterschrieb den Notarvertrag – und Cindy zog zu dem Ingenieur zurück. Mit Jonas. Am selben Tag.

Als Aydemir eine Woche später wieder bei mir saß, waren nicht nur die Augen umschattet. Der ganze Mann wirkte wie ein flüsternder Schatten, wie gar nicht vorhanden. Während unseres gesamten Gesprächs sah er so aus, als wolle er aufspringen und weglaufen.

»Das ist mir so was von peinlich«, sagte er mehrfach. »Wie kann man so blöd sein? Wie kann man nur?« Offenbar erwartete er Vorwürfe.

»Sie hauen schon genug auf sich ein, da muss ich nicht noch mittun«, sagte ich zu ihm. »Und peinlich ist hier gar nichts. Jetzt müssen wir eben gucken, wie wir die Kuh vom Eis kriegen.« Ich bat das Familiengericht, das Scheidungsverfahren wieder aufzunehmen und schrieb an Cindy eine Aufforderung, das Haus zurückzuübertragen.

Einige Tage, nachdem sie den Brief bekommen haben musste, rief ein Cousin aus der Türkei Aydemir an. Seine

Frau und ein Mann, offenbar ihr Liebhaber, seien aufgetaucht und versuchten, das Haus zu verkaufen. Sein Elternhaus. Aydemir tastete nach einem Stuhl. Er musste sich hinsetzen. Die Liebe zu Cindy, die Trauer, die Sehnsucht, das alles fiel in einem Augenblick zusammen und zerstreute sich in ein graues Nichts, als habe jemand ein Feuer ausgetreten. Er rief Cindy an. Sie hatte ihre Handynummer nicht gewechselt, er hatte mit mehr Schwierigkeiten gerechnet.

»Wo ist mein Sohn?«

»Bei meinen Eltern, wieso?«

»Hör zu, ich weiß, dass du in der Türkei bist, und ich weiß, was du da treibst. Du brauchst gar nicht so zu tun.«

»Ich ...«

»Ich sag das jetzt nur einmal, und es ist mir ernst damit: Wenn das Haus weg ist, bist du tot. Ich erschlag dich, so wahr ich hier stehe. Ich schwöre bei meinem Leben.«

Es muss überzeugend geklungen haben. Kurz danach übertrug Cindy das Haus wieder auf Aydemir, und auf meinen Rat hin wurde auch gleich Gütertrennung ohne einen Ausgleich für bisherigen Zugewinn vereinbart. Und, wo wir schon einmal dabei waren, ein Unterhaltsverzicht für die Zeit nach der Scheidung. Außer natürlich für Yunus. Cindy aber sollte zur Abwechslung mal auf Kosten des Ingenieurs leben. Oder ihn heiraten, das wäre ja wohl genug der Absicherung. Aydemir erlebte diese Zeit des Suchens und Findens einer neuen Ordnung wie ein Auftauchen aus einem brüllenden, unbezwingbaren Flammenmeer. So wie sich die Dinge nach und nach ordneten, so kam ganz allmählich auch seine Seele in ein neues Lot. Es fühlte sich ungewohnt an, aber ihm war, als habe ihn nach langer, langer Zeit ein giftig gelber Höllenschlund endlich ausgespien.

Nach dem Scheidungstermin erst erzählte er mir, wodurch er seine Verhandlungsposition so trefflich verbessert hatte. Gegen meinen Willen musste ich lächeln.

»Ich kann Ihr Vorgehen natürlich nicht gutheißen. Aber wissen Sie, was mir richtig gefällt?«

»Dass ich mein Haus wiederhabe?«

»Dass Sie so wütend sind.«

Barmherzigkeit und gute Werke

Er hatte sich niemals vorgestellt, dass er sie eines Tages nicht mehr beschützen könnte. Und dass er sie ganz verlieren könnte, war ihm nicht einmal entfernt in den Sinn gekommen. Er war ein energischer Junge mit einer vitalen Durchsetzungskraft, und dies alles, seine ganze Energie, seine ganze Willensstärke, gehörte seiner kleinen Schwester. Einmal war er eine Woche lang im Keller des Heims eingesperrt worden. Dort sollte er Demut und Dankbarkeit lernen. Er hatte aufgezeigt, als man nach der Abendspeisung gefragt hatte, ob jemand noch nicht satt sei. Nach dieser Woche auf einer Holzpritsche, ohne Matratze, ohne Licht, bei Brot und Wassersuppe – immerhin mit frischer Petersilie – war er wieder zu den anderen Kindern gelassen worden. Und zu seiner Schwester. Sein Leben lang sollte er nicht vergessen, wie sie in einer abwehrenden Bewegung vor ihm den Arm hob und wegzog, ihm auswich und zu weinen begann, als er sie umarmen wollte. Im Keller hatte er außer ihr und dem Tageslicht vor allem den Seelenfrieden vermisst, der sonst nach Einnahme der Mahlzeiten über ihn gekommen war. Beruhigung. Gleichgültigkeit. Bei den Mahlzeiten im »Besinnungsraum« wurden wohl auch die üblichen Medikamente eingespart, die man sonst in der Küche unter das Essen der Kinder mischte.

Das Heim wurde von Nonnen geleitet. Sie nannten sich »Barmherzige Schwestern«, und sie kannten kein Erbarmen.

»Ich habe mich manchmal gefragt, wie man mit so wenig, eigentlich gar keiner Liebe zu Kindern ausgerechnet ein Kinderheim betreiben konnte«, sagte mein Mandant

Axel in unserem Erstgespräch. »Vermutlich ein gutes Geschäft für den Orden oder das Kloster, wir haben da geschuftet bis zum Umfallen, und Pflegegeld bekamen sie obendrein für jeden von uns, und nicht zu knapp.«

Axel sah deutlich älter aus als er war, mindestens wie siebzig. In Wirklichkeit war er knapp sechzig Jahre alt. Eine gelbliche, faltige Haut, um den Mund zusätzlich gekräuselt, schlaffe Gesichtszüge, ein wenig dicklich. Auf dem Kopf saß eine Perücke, die nicht einmal so tat, als sei sie sein echtes Haar. Allzu eitel war Axel offenbar nicht, auch wenn er seine Halbglatze verbergen wollte. Die Oberschenkel hielt er eng beieinander, die Füße leicht ausgestellt. Es sah merkwürdig aus. Auf seinen Schenkeln hatte er eine Schachtel abgestellt, die in der Art von Geschenkschatullen mit samtenen Ornamenten verziert war. Während unseres gesamten Gesprächs ruhten seine Hände auf dieser Schachtel.

»Ich bin mit Medikamenten großgezogen worden und dann Alkoholiker geworden«, hatte er mir erklärt, als ich etwas erstaunt aufblickte, nachdem ich sein Geburtsdatum erfahren hatte. »Jetzt trinke ich nicht mehr. Die Leberzirrhose hat mich wachgerüttelt. Die kriege ich allerdings nicht mehr weg. Muss ich mit leben.«

Axel war sechs Jahre alt gewesen, als sein Vater von einer Straßenbahn überrollt wurde. Der Vater, damals keine dreißig, hatte noch nicht viel für die Rente geklebt. Die Witwenrente, die Axels Mutter bekam, war schmal. Sie musste arbeiten, um sich und die Kinder durchzubringen.

Axel fand seine Mutter wunderschön, und er liebte es, ihr zuzusehen, wenn sie sich für die Arbeit zurechtmachte. Im dämmrigen Schlafzimmer, nur erleuchtet von einem warmen, gelben Licht über der Frisierkommode, sah ihr Gesicht so ebenmäßig aus. Die weiche, pralle Haut, die kleine Nase und die hoch stehenden Wangenknochen. Axel konnte nicht aufhören, dieses Gesicht zu streicheln, bis ihn die Mutter lächelnd wegschob, um ihre Augen zu schminken. Die Augen, in flache, faltenlose Höhlen gebettet, waren groß und rund und verliehen ihrem Gesicht etwas Fremdländisches. Während sie aufstand, schloss sie die Ohrringe, und die leicht zur Seite geneigte Haltung ihres schlanken Körpers, die sie dabei einnahm, rührte Axel immer wieder ganz im Inneren an, dass er aufschluchzen wollte. Jedes Mal neu. Jeden Abend. Dann richtete sie sich auf – ihr kurzes, enges Kleid schien im Licht der Frisierkommode aufzuleuchten wie aus Tausenden Brillanten gefertigt – und strich ihm über den Kopf.

»Na, dann wollen wir dich mal ins Bett bringen, mein kleiner Liebling.«

Im Kinderzimmer schlief schon Kirsten. Es war sein Privileg, das Privileg des Älteren, der Mutter beim Zurechtmachen zuzuschauen, nachdem seine Schwester eingeschlafen war. Leise wispernd, damit Kirsten nicht wach wurde, las ihm die Mutter noch rasch etwas vor. Dann stand sie auf, drehte sich in der Tür noch einmal um und legte lächelnd den Zeigefinger auf den Mund.

»Schlaf gut, mein kleiner Hase, und pass schön auf Kirsten auf. Du weißt ja, wenn was ist, schellst du bei Frau Liebig.«

Dann war sie weg, und Axel fühlte sich warm und einsam zugleich, und auch ein bisschen ängstlich.

Frau Liebig war sehr kinderlieb. Und eine Frau mit Prinzipien. Sie fand nicht, dass eine Bardame eine geeignete

Mutter für zwei kleine Kinder war. Sie schlief schlechter, seit Axels und Kirstens Mutter sie gebeten hatte, ein Auge auf die Kinder zu haben. Vor allem aber fürchtete sie um das Seelenheil der beiden Kleinen. Eine gute, christliche Erziehung war bei so einer Mutter ganz sicher nicht zu erwarten. Und so geschah es ausschließlich um der Kinder und deren Heil willen, dass sie sich eines Tages entschloss, beim Jugendamt vorzusprechen und den Fall zu melden. Das Jugendamt handelte schnell. Binnen vierundzwanzig Stunden waren die Kinder in Obhut genommen. Es drohte sittliche Verwahrlosung. Zwei Polizeibeamte begleiteten den Einsatz. Beide wurden benötigt, um die kreischende, um sich schlagende Mutter zu bändigen, die vergeblich versuchte, ihre Kinder festzuhalten. Und es brauchte beide Damen vom Jugendamt, um die schreienden Kinder, die sich an der Mutter festklammerten, von ihr zu lösen und abzuführen.

»Ja, abgeführt haben sie uns«, wiederholte Axel, als er sah, dass ich bei dem Wort die Augenbrauen leicht gehoben hatte. »Und im Wagen haben sie uns dann erklärt, dass wir jetzt in ein schönes, christliches Haus mit vielen Kindern kämen, mit denen wir spielen könnten. War aber kein schönes Haus, und Spielen war auch nicht groß drin. Und christlich – na ja.«

Es war eine Anlage aus imposanten, dunklen Backsteinbauten aus den Gründerjahren, zu der sie gefahren wurden. Ein Klostergebäude mit Kapelle in der Mitte, darum herum verschiedene kastenförmige, düster wirkende Gebäude. Ein paar alte Kastanien dazwischen, ansonsten Kopfsteinpflaster, im Hintergrund ein Nutzgarten. Die Mauer, die die Anlage begrenzte, verdeckte aus Sicht eines Kindes von außen die Gebäude fast ganz, auch die höchsten. Sie reichte bis in den Himmel, diese Mauer.

Drinnen gab es Drill, Willkür und Gewalt. Axel und Kirsten mussten sofort lernen, wie man sich in Zweierreihen aufstellte und bewegte, wann man aufzustehen und wann man sich zu setzen hatte, wann man zu schweigen hatte (meistens) und wann man etwas sagen durfte (fast nie). Wie man im Bett die Hände zu halten hatte (über der Bettdecke). Dass man nicht am Daumen nuckeln durfte, weil der sonst mit Senf eingeschmiert wurde. Sie bekamen Arbeit zugeteilt. Kirsten mit ihren vier Jahren noch leichte, zumeist irgendwelche Basteleien, die sich verkaufen ließen, oder das Auseinandernehmen angelieferter Gebrauchtwaren, wie etwa Brillen, für die weitere Verwertung. Axel mit seinen fast sieben Jahren war schon groß und stark genug für die Wäscherei, wo er nach der Schule in Hitze und Dampf zu arbeiten hatte. Wagen mit trockener, schmutziger Wäsche hineinfahren, Wagen mit nasser, sauberer Wäsche hinaus. Mit Holzstangen in der kochenden Lauge rühren, um die Wäsche darin hin und her zu bewegen. Den ganzen Nachmittag im heißen Dampf.

Das Jugendamt zahlte pro Kind mehr als dreitausend Mark im Monat. Der Verdienst aus den verschiedenen Betrieben floss natürlich zusätzlich dem Kloster zu.

Kinder, die nicht spurten, wurden bestraft.

»Wir wussten nie, wann es wen traf«, erzählte Axel. »Wer Bettnässer war, wurde schon mal mit Gewalt aus dem Bett geholt und in eine Wanne mit kaltem Wasser gelegt. Bis zum Morgengrauen. Oder morgens im Speisesaal gezwungen, vor allen anderen so lange auf einem Bein zu stehen, bis er umkippte. Alle bekamen das dann mit. Die Dümmeren lachten. Bettnässer bekamen außerdem Gummimatten in ihre Betten gelegt, danach roch der ganze Schlafsaal. Unruhige Kinder wurden in Zwangsjacken gesteckt. Andere, ältere Kinder mussten sie dann waschen oder zur Toilette bringen. Die haben sich darüber natürlich sehr gefreut, kann man sich ja denken. Kleine Kinder wurden fast immer an ihren Gitterbetten festgebunden. So hatten die Nonnen mehr Ruhe. Wir wurden gezwungen, alles zu essen, was wir vorgesetzt bekamen. Und zwar ganz. Wer sich übergab, musste so lange im Speisesaal sitzen bleiben, bis er auch das Erbrochene aufgegessen hatte. Erzwungen wurde das mit Schlägen. Meistens mit dem Stock. Besonders gemeine Schwestern benutzen Bambusruten, die Schläge fühlten sich an wie Peitschenhiebe. Aber das Schlimmste war, dass man nie wusste, wann man dran war und wofür. Es gab überhaupt keine Möglichkeit, Schlägen zu entgehen. Auch wenn man ganz brav war, schlugen sie trotzdem. Woher kam nur der ganze Hass? So viel Hass! Wir hatten doch überhaupt nichts getan. Wir waren doch Kinder! Ich habe das bis heute nicht begriffen.«

»Gab es denn nie einen Aufstand?«, fragte ich. »Ich meine, es waren doch auch eine Menge Jugendliche da, denen waren die Nonnen doch kräftemäßig gar nicht gewachsen.«

»Doch, es gab schon mal Angriffe auf Nonnen. Aber immer nur von Einzelnen, damit wurden die da fertig. Das Heim hatte den Besinnungsraum im Keller und die Zwangsjacken, die Nonnen hatten Stöcke und Ruten, und hinter dem Haus gab es sogar einen Kinderfriedhof. Ich will ja nichts Falsches behaupten, aber …«

Axel schwieg plötzlich.

Nach einer Weile sagte er: »Uns wurden Drogen unters Essen gemischt. Und dann darf man auch die Religion nicht vergessen. Wir wollten ja alle in den Himmel kommen, und die Nonnen waren mit Gott im Bunde, wir waren bloß verwahrloste, sündige Kinder, die keinen Anspruch auf Gottes Gnade hatten. Höchstens vielleicht, wenn wir diesen Nonnen zu Gefallen waren. Wir hatten ja überhaupt keine eigenen Maßstäbe.«

So gut es ging versuchte Axel, Kirsten zu beschützen vor all dem, vor der Gewalt und vor der Willkür. Zum Glück war sie ein besonders niedliches Kind mit einem rundlichen Gesicht, einem herzförmig aufgeworfenen Mund und großen, verträumten Augen.

»Hier, so sah sie aus«, sagte Axel und öffnete die Schachtel auf seinem Schoß. Er nahm ein Foto heraus. Wirklich ein besonders reizendes Mädchen, dessen Augen durch die Kamera hindurchzuschauen schienen. Wenn man sich nur diese Augen anschaute, Stirn und untere Gesichtspartie wegdachte, waren es allerdings Augen voller Trauer. Alte Augen. Wie war es möglich, dass diese Augen den Schwestern nichts von ihrer Härte und Unnachgiebigkeit hatten nehmen können?

Kirsten, so berichtete Axel mir weiter, war nicht besonders lebhaft, eher verträumt und außerdem folgsam, sodass sie wenig Aufmerksamkeit und selten Zorn auf sich zog. Manchmal nahm Axel die Schuld für irgendetwas auf sich, das sie angeblich angestellt hatte. Dann wurden sie beide verprügelt. Kirsten sowieso und Axel, weil er für sie gelogen hatte. Er versuchte es dennoch immer wieder. Kirsten weinte viel, dagegen war nichts zu machen. Axel konnte ihr nur beistehen, indem er so oft wie möglich ihre Nähe suchte, sie im Arm hielt und ihr versprach, dass sie bald zur Mutter zurückkehren würden.

Jeden Abend beim Zubettgehen versuchte Axel, die Szene wiedererstehen zu lassen, wie seine Mutter sich für die Arbeit zurechtmachte, seine schöne, weiche Mutter, die so gut roch und so lieb zu ihm war. Wenn er es geschafft hatte zu spüren, wie sie ihm über die Wange strich, sich zu erinnern, wie sie ihren Körper neigte, während sie die Ohrringe befestigte, seine Ergriffenheit heraufzubeschwören, ihr Flüstern zu hören, während sie ihm vorlas, und zu sehen, wie sie den Zeigefinger vor den Mund hielt, bevor sie aus der Türöffnung verschwand, dann versank für eine selige Weile die Welt des Schlafsaals mit seinem furchtsamen Wispern und dem nicht zu vertreibenden Geruch von Gummi, Urin und Angst, und er überließ sich dem warmen, schützenden Gefühl seiner Zuneigung. Es wurde immer schwieriger, sich die Mutter vorzustellen, je länger der Heimaufenthalt andauerte, und Axel verzweifelte an der Aufgabe, ihr Bild nicht zu verlieren. Seine Gefühle für sie, seine Sehnsucht und das Wissen, dass sie bald wieder alle zusammen sein würden, verließen ihn dagegen nie.

Er schrieb Briefe an seine Mutter. Einmal schrieb er: »Und wenn du mich nicht bald holst, bist du ganz böse.« Und auch sie schrieb an ihn und Kirsten. Für ihn malte sie kleine Geschichten von einem kindlichen Ritter, dessen Abenteuer sie für ihn erfunden hatte. Für Kirsten klebte sie glitzernde Vielliebchen auf.

»Hier«, sagte Axel und holte aus der Schachtel eine Reihe solcher Briefe. Es waren zauberhafte Briefe voll mit bunten Einfällen, Trostworten und der Verheißung, bald wieder zusammen zu sein.

»Keinen dieser Briefe haben sie uns ausgehändigt«, sagte Axel. »Und soweit ich weiß, hat sie auch keinen unserer Briefe bekommen. Die haben alles abgefangen. Weil da drinstand, dass wir wieder zusammen sein wollten. Unsere Mutter ist mit der Vorstellung gestorben, dass ihre Kinder sie vergessen haben, kaum dass man sie ihr fortgenommen hatte.«

»Konnten Sie ihr denn nicht nach dem Heimaufenthalt erzählen, wie es sich wirklich zugetragen hatte?«

Traudl, Axels Mutter, hatte viel darauf gehalten, dass sie keine gewöhnliche Straßenhure war. Sie arbeitete ohne Zuhälter und nur in einem eigens dafür angemieteten Apartment und nur nach Termin. Sehr selten, wenn ein Stammfreier wieder in der Stadt war und sie anrief, besuchte sie ihn in seinem Hotelzimmer. Sie war vorsichtig und informierte jedes Mal die Freundin, mit der sie das Apartment teilte und die derselben Tätigkeit nachging, wer in den nächsten Stunden ihre Dienste in Anspruch nehmen würde und wo. Diese Art von Tätigkeit brachte viel mehr ein als die Stelle als Bardame, die sie aufgegeben hatte, nachdem man ihr die Kinder zwei Jahre zuvor weggenommen hatte. Sie würde bald genug Wohlstand angehäuft haben, um daraus ein anständiges Leben zu basteln, das man den Leuten vom Jugendamt vorweisen konnte. Dann konnten die ihr die Rückkehr der Kinder ja wohl nicht länger verweigern.

Der Freier, den sie an jenem Abend empfing, war ein neuer Kunde gewesen. Sie hatte ihn nur deshalb noch angenommen, weil ein Stammfreier sie darum gebeten hatte; es ging wohl darum, dass er einem Geschäftskunden einen Gefallen tun wollte. Der Neue hatte die Tür kaum hinter sich geschlossen, da stürzte er sich auf sie, stieß sie aufs Bett und riss mit einem Ruck ihr Negligé von oben bis unten auf.

»Oh, also ein ganz Stürmischer!«, scherzte sie mit schiefem Lächeln. »Mach dich doch bitte erst mal ein bisschen frisch. Da …«

Sie spürte, wie ihre Zähne zerbrachen, noch bevor sie realisiert hatte, dass seine Faust auf ihr Gesicht niedergegangen war. Der nächste Schlag traf sie in die Leber, und ihr wurde schwarz vor Augen. Sie hatte nicht gewusst, dass es solche Schmerzen gab. Die einem die Luft nahmen. Aus dem Augenwinkel sah sie, wie der Besucher die Krawatte langsam aufknotete und genüsslich aus dem Hemdkragen zog. All ihre Empfindungen waren auf eine einzige reduziert, fieberhaft versuchte sie, die Panik niederzukämpfen, sich ihr nicht zu überlassen, blätterte in den rasch vorbeiziehenden Bildern ihres Lebens, um herauszufiltern, wie sie das hier überleben konnte.

»Bitte«, gurgelte sie. »Bitte! Ich habe Kinder!«

Der Mann lachte. Seine Faust traf ihren Unterleib. Dann schlang er die Krawatte um ihren Hals. Langsam und genussvoll.

»Man hat den Täter gefasst«, berichtete Axel. »Aber davon hatten wir nichts. Meine Mutter war nicht die Einzige gewesen. Er bekam lebenslänglich. Und wir auch.«

»Du hast Glück«, sagten die Nonnen zu Kirsten. »Alle Eltern, die ein Kind adoptieren wollen, wollen immer nur Babys. Aber die Königs sind ja regelrecht in dich vernarrt.«

Zwei Tage zuvor hatte das allmonatliche Ritual stattgefunden, bei dem alle Kinder unter zehn, die keine Eltern mehr hatten, sich in drei Reihen aufstellen mussten, die kleinen nach vorn, die großen nach hinten. Dann wurden sie von einigen Ehepaaren in Augenschein genommen, die die Reihen abgingen und sich ein Kind aussuchen konnten. Rotschöpfe, dickliche Kinder, Kinder mit Makeln hatten keine Chance, wenn sie nicht zufällig genauso aussahen wie irgendein zu früh verstorbener Verwandter. Vorzugsweise wurden die Kleinsten genommen. Axel und Kirsten waren zum ersten Mal dabei. Obwohl Axel mit seinen mittlerweile fast neun Jahren, zumal als Junge, keine Chance hatte, erwählt zu werden, machte er sich ganz klein und versuchte obendrein, möglichst finster zu gucken. Er wollte ja bei Kirsten bleiben.

Andere Kinder reckten sich, zeigten auf, riefen: »Ich, ich!«

Und nun hatten die Königs sich Kirsten ausgesucht.

Kirsten, gerade sechs geworden, in der zweiten Reihe hatte sie gestanden und vergeblich versucht, nicht so unsagbar niedlich auszusehen. Ausgerechnet Kirsten wollten die Königs haben.

»Ich muss fort«, sagte sie zu Axel. »Fort. Ich will nicht.« Sie weinte so verzweifelt und hilflos, wie Axel es noch nie erlebt hatte, nicht einmal, als sie ins Heim gekommen waren. Nicht einmal, als man ihnen gesagt hattc, dass ihre Mutter ermordet worden war.

Und fünfzig Jahre später weinte auch Axel in meiner Kanzlei, so hilflos wie damals, so verzweifelt wie in den letzten Jahrzehnten vielleicht schon viele Male.

»Wir haben uns nie wiedergesehen«, schloss er.

Er hatte mir schon zu Beginn unseres Gesprächs gesagt, dass ich jemanden für ihn finden sollte. Dass es ihm nicht gelungen sei, über die sozialen Netzwerke weiterzukommen. Und als ich eingewandt hatte, dass ich kein Privatdetektiv sei und er da vielleicht eine falsche Vorstellung von meinen Möglichkeiten habe, da hatte er einfach zu erzählen begonnen.

»Warum jetzt?«, fragte ich. »Warum wollen Sie gerade jetzt Ihre Schwester wiedersehen?«

»Weil ich jetzt trocken bin und mein Leben im Griff habe. Und weil ich vielleicht nicht mehr viel Zeit habe.«

»Also Kirsten, adoptierte König, geboren als Kirsten Brahms. Wissen Sie, in welcher Stadt die Königs lebten? Vielleicht die Vornamen der Adoptiveltern?«

Das wusste Axel alles nicht, viel sprach dafür, dass die Königs in der Stadt lebten, in der sich auch das Kinderheim befunden hatte. Er nannte mir das Geburtsdatum von Kirsten.

»Es wird schwer werden, an aktuelle Daten zu kommen. Das Jugendamt, also die Adoptionsvermittlungsstelle, darf nur Ihrer Schwester, aber nicht Ihnen Akteneinsicht gewähren oder Auskünfte geben. Es sei denn, Ihre Schwester wäre verstorben. Manche Jugendämter versuchen allerdings, den Kontakt herzustellen. Aber die Akten werden in der Regel nicht länger als dreißig Jahre aufbewahrt. Unwahrscheinlich, dass die noch etwas über Kirsten haben. Dabei fällt mir ein: Wie sind Sie eigentlich an die Briefe gekommen? Durch das Heim?«

Axel hatte sich in einem Brief an eine der Erzieherinnen gewandt, die nicht so bösartig gewesen war wie die anderen. Eine Novizin damals, erst Anfang zwanzig und als Lehrerin eingesetzt. Manchmal hatte er geglaubt, so etwas wie Mitleid in ihrem Gesicht zu entdecken. Er hatte ihr offen geschrieben, dass er auf der Suche nach seiner Schwester sei. Aber auch nach Gerechtigkeit. Kurz darauf antwortete sie ihm und lud ihn zu sich ein. Der Brief war etwas merkwürdig formuliert: Gewiss werde die Hochwürdige Äbtissin den Besuch eines ehemaligen Heimzöglings erlauben, er möge sich als solcher förmlich bei der Klosterverwaltung anmelden. Das tat er. Erklärte, dass er lange im Ausland gewesen sei und das Bedürfnis habe, nach all den Jahrzehnten die liebe Barmherzige Schwester Dorothea einmal wiederzusehen.

Zum vereinbarten Termin erschien Axel überpünktlich. Die Gebäude, heute außer als Kloster noch als Bildungszentrum genutzt, erschienen ihm viel kleiner als vierzig Jahre zuvor, als er mit neunzehn daraus geflohen war, um zur See zu fahren (was er anschließend drei Jahre lang tat). Ein knappes halbes Jahr nach seiner Flucht hätte er nicht mehr fliehen müssen: Da wurde die Altersgrenze für Volljährigkeit auf achtzehn Jahre gesenkt. Die Gebäude, die er heute sah, waren renoviert, sahen hell, luftig und frisch aus. Man hatte sie offenbar gedämmt und dabei den dunklen Backstein unter Putz gelegt. Kloster und Kapelle waren jetzt weiß gestrichen, die alten Heimgebäude in Gelb und Apricot gehalten. Alle Fensterläden waren von kräftigem Grün, die Dächer leuchteten ziegelrot. Lediglich die alten Eingangstüren aus dunklem Holz hatte man unverändert belassen, und die Türlaibungen aus mittlerweile fast schwarzen Backsteinen, wohl als Reminiszenz an den alten Stil, ebenfalls. Zwischen den Gebäuden wuchs Rasen, und vor der Mauer – auch sie erschien ihm viel niedriger – war jetzt neben dem Nutzgarten rundum ein hübscher, gepflegter Ziergarten angelegt. Bunt und fröhlich. Axel würgte es plötzlich, ihm schien es, als werde er um etwas betrogen.

Die Schwester Pförtnerin geleitete ihn zu seiner Überraschung ins Büro der Äbtissin. Dort saß auch Schwester Dorothea. Obwohl sie jetzt einiges über siebzig sein musste, erkannte er sie sofort wieder, an ihren harmlosen, doch lebhaften Gesichtszügen und dem feinen Anflug von Güte und Humor um die Augen. Die Äbtissin dagegen, um die fünfzig, also ganz sicher an den damaligen Ereignissen nicht beteiligt, wirkte auf Axel eher wie eine kühle Geschäftsfrau. Energische Züge, wachsame Augen, eine herrische, etwas starre Haltung.

»Ich nehme an, Sie sind einer der vielen, die eine Entschädigung für ihre Zeit bei uns in den sechziger und siebziger Jahren verlangen möchten?«

»Guten Tag. Nein. Ich wollte eigentlich nur …«

»Es gibt einen Entschädigungsfonds. Hier ist die Adresse.« Die Äbtissin schob ein Kärtchen über den Schreibtisch, vor dem Axel immer noch stand, weil niemand ihn aufgefordert hatte, sich zu setzen.

»Reichtümer sind allerdings aus dieser Richtung nicht zu erwarten, wie manche zu glauben scheinen. Bitte reichen Sie Ihre Unterlagen samt aller Beweise für Ihren Aufenthalt, Misshandlungen, Arbeitseinsätze et cetera, et cetera dort ein. Man wird das prüfen und Ihnen mitteilen, was Ihnen zusteht.«

Was für Begriffe, dachte Axel. Beweise. Arbeitseinsätze. Aha.

»Ich fürchte, Sie verstehen mich falsch. Ich möchte nur meine Schwester finden. Sie wurde von hier zur Adoption vermittelt. An eine Familie König.«

Die Äbtissin erhob sich. »Es gibt keine Akten mehr aus dieser Zeit. Und selbst wenn, dürfte ich Ihnen ohne Einverständnis der Betroffenen gar keine Auskunft geben.«

Der Betroffenen, so, so, dachte Axel. Hier habe ich nichts zu erwarten.

Schwester Dorothea stand ebenfalls auf und fragte: »Hochwürdige Mutter, dürfte ich meinen ehemaligen Schüler zur Pforte bringen? Er hat nun den ganzen Weg auf sich genommen, um mich zu besuchen, da sollten ihm ein, zwei Worte des Austausches über die alten Zeiten doch vergönnt sein.«

Die Äbtissin nickte.

Auf dem Weg zur Pforte begann Schwester Dorothea unvermittelt zu flüstern. Axel hatte Mühe, sie zu verstehen. Und dann begriff er, was sie getan hatte und was das für Papiere waren, fein zusammengebunden, die sie unter ihrem Skapulier hervorzog und ihm mit der gewisperten Aufforderung, sie sofort in seiner Jacke verschwinden zu lassen, in die Hand drückte.

»Fragen Sie mich nicht, wie ich da rangekommen bin«, sagte sie, jetzt in Zimmerlautstärke, als die Papiere nicht mehr zu sehen waren. »Dafür komme ich in die Hölle. Diebstahl. Ungehorsam. Aber wenn ich das nicht gemacht hätte, wäre ich jetzt schon in der Hölle, in meiner eigenen. Man muss wenigstens versuchen, ein bisschen gutzumachen an euch armen Geschöpfen. Und wer kann schon sagen, was dem lieben Gott wirklich gefällt, nicht wahr, mein Junge?«

Mit dem Handrücken streifte sie seine Wange und entfernte sich rasch, ohne sich noch einmal nach ihm umzudrehen.

»Wenn es diese Briefe noch gab«, sagte ich, »muss es auch Akten geben, in denen sie lagen.«

»Ich will nur Schwester Dorothea nicht in Verlegenheit bringen. Sie hat ein hohes Risiko auf sich genommen.«

»Dann müssen wir zunächst einmal den Weg über die Ämter gehen. Geburtsregister, Melderegister, mal sehen was dabei herauskommt. Das Vormundschaftsgericht und das Jugendamt dürften keine Akten mehr haben, aber versuchen können wir es. Es gibt übrigens im Internet spezielle Foren für ehemalige Heimkinder, darüber könnten Sie inzwischen probieren, ob Sie Kontakt zu ehemaligen Insassen Ihres Heims bekommen. Möglicherweise kann jemand von dort einen Tipp geben, oder – wer weiß – Kirsten selbst tummelt sich in einem solchen Forum und antwortet Ihnen.«

Ich informierte Axel dann darüber, dass er keine durchsetzbaren Schadensersatzansprüche im eigentlichen Sinne gegen die Kirche mehr hatte. Sie waren verjährt, und so blieb nur ein Entschädigungsantrag an den Fonds »Heimerziehung in der Bundesrepublik Deutschland in den Jahren 1949 – 1975«, den Bund, Kirchen und Länder für die geschundenen Heimkinder dieser Zeit eingerichtet hatten. Von dort konnte er eine Art Abfindung für die entgangene Rente erwarten, denn natürlich hatte das Heim für seine Arbeitstätigkeit keine Sozialabgaben gezahlt. Und ihm standen Beratung und seelische Betreuung zu. Die Bearbeitungszeit betrug allerdings mittlerweile mehrere Jahre, vor allem nach den vielen in letzter Zeit zusätzlich auch noch aufgedeckten Missbrauchsfällen. Möglicherweise hatte er außerdem eine Chance auf Entschädigung nach dem Opferentschädigungsgesetz beim Landschaftsverband. Vorsorglich bat ich ihn, die Unterlagen, die er aus seiner Zeit im Heim noch hatte, und die Adressen seiner sämtlichen behandelnden Ärzte für mich zusammenzustellen. Mit viel Glück könnte er nachweisen, dass seine Alkoholabhängigkeit auf die Medikamentengaben oder die sonstigen Misshandlungen im Heim zurückzuführen war, dann könnte er im Erfolgsfall sogar eine kleine Rente bekommen. Auch dieser Entscheidungsprozess würde allerdings Jahre brauchen.

Die Auskünfte, die ich einzuholen versuchte, ließen ebenfalls auf sich warten. Wie vorhergesehen, hatte das Jugendamt keine Akten mehr, das Vormundschaftsgericht immerhin »vielleicht«. Man werde nachschauen, ob die Akten eventuell noch in mikroverfilmter Form vorhanden seien. Ich möge in drei, vier Wochen noch einmal nachfragen. Eine Idee hatte ich noch: In Absprache mit Axel rief ich einen befreundeten Journalisten an und fragte ihn, ob er auf die Geschichte Lust hätte. Und die hatte er! Das war unser Durchbruch, ab jetzt überschlugen sich die Ereignisse. Der Journalist unterhielt sich lange mit Axel. Dann setzte er sich mit dem Kloster in Verbindung und zugleich, da er ahnte, dass auch er (beziehungsweise erst recht er) von der Äbtissin abgewimmelt werden würde, mit dem Orden, dem dieses Kloster unterstand. Er war für eine hoch angesehene Wochenzeitung tätig, deren Name allein manche Tür öffnete. Es war völlig klar, dass zumindest der Orden auf diese Anfrage in irgendeiner Form reagieren musste. Und richtig: Er bekam einen Termin im Kloster.

Die Äbtissin erläuterte ihm in wohlgesetzten Worten, dass sie natürlich an den Taten der damaligen Erziehungskräfte persönlich nicht beteiligt gewesen sei und diese sehr bedaure. Es sei eben der damalige theologische und pädagogische Wissensstand gewesen. Man habe gemeint, man müsse die Persönlichkeit der Kinder, zumeist aus sündigen Verhältnissen stammend, brechen, um sie an ein ordentliches, gottgefälliges Leben heranzuführen.

»Diese Kinder waren den damaligen Nonnen ein Sinnbild der Erbsünde«, führte sie aus. »Man hatte ja nicht die Vorstellung von unschuldigen Kindern. Den Teufel glaubte man ihnen austreiben zu müssen, und das mit aller Gewalt zu tun bedeutete nur, gute Werke an ihnen zu verrichten.«

Dann erzählte sie dem Journalisten, dass eine der damaligen Nonnen, Schwester Veronika, mittlerweile über achtzig und sterbenskrank, den Wunsch geäußert habe, vor ihrem Tod mit Axel zu sprechen. Sie wolle seine Vergebung erbitten für das, was sie sich selbst nicht verzeihen könne. Ob der Journalist so freundlich sein wolle, das zu vermitteln?

Mit den Daten von Kirstens Adoptiveltern könne sie allerdings nicht dienen, beim besten Willen nicht. Sie dürfe die Persönlichkeitsrechte von Kirsten und ihren Eltern nicht missachten. Und um Kirsten selbst zu fragen, ob sie den Kontakt zu ihrem Bruder wolle, müsse sie zu viele Nachforschungen nach deren heutigem Aufenthaltsort anstellen. Dafür fehle die Zeit.

»Vielleicht ist das der Orden aber ihr und ihrem Bruder schuldig«, wandte der Journalist ein.

Die Äbtissin schwieg einen Moment. Dann schaute sie auf und sagte: »Ich werde darüber nachdenken. Es ist schon ein ganz besonderer Fall. Geschwister in diesem Alter auseinanderzureißen … furchtbar.« Ihr Gesicht sah mit einem Mal offen und sehr verletzlich aus.

Als Axel das Krankenzimmer von Schwester Veronika betrat, stellte sich wie im Reflex das alte Gefühl drohenden Unheils wieder ein. Die Frau, die ihn am schlimmsten gequält hatte, sehr zart, sehr runzlig, lag in einer äußerst sparsam eingerichteten Kammer. Ein Bett, ein

Nachttisch, eine Art Spind, ein Besucherstuhl. Alles aus dunklem Holz. Weiß gekälkte Wände. Ein Sprossenfenster. Eine Bibel auf dem Nachttisch, ein Kreuz über dem Bett.

Sie wurden allein gelassen. Die Novizin, die Axel hergeführt hatte, zog sich sofort zurück.

»Ich habe dich zu mir gebeten, weil ich Abbitte tun will«, sagte Schwester Veronika. Ihre Stimme klang brüchig, ein bisschen heiser.

»Warum?«, fragte Axel. Er setzte sich. Er empfand keine Angst mehr. Eher ein Gefühl der Schwäche und Leere.

»Ich kann nicht in Frieden sterben, solange ich es nicht wenigstens versucht habe.«

»Nein, ich meine: Warum habt ihr uns das angetan?«

»Wir wussten es nicht besser. Wir dachten, es sei das Richtige. Für euch.«

Axel wartete. Eine Zeit lang waren nur die angestrengten Atemzüge der Kranken zu hören.

Dann stand er auf und wandte sich zur Tür.

»Nicht! Nicht gehen!« Schwester Veronika konnte sich nicht mehr aufrichten, krampfhaft versuchte sie, den Kopf anzuheben. Die weiteren Worte stieß sie hastig hervor. Als müsse sie verhindern, dass eines davon ungehört blieb.

»Bitte! Ich weiß, du denkst, ich bin nicht ehrlich. Nicht vollständig. Es war noch etwas anderes. Ein paar andere Gründe. Wir schaukelten uns gegenseitig hoch, eine überbot die andere. Es war wie ein Gruppenritual, es entwickelte eine ganz eigene Dynamik. Und dann waren auch viele von uns frustriert durch das Klosterleben. Immer Gehorsam, keine weltlichen Güter. Und keine Nähe zu einem Mann. Körperliche nicht und emotionale auch nicht. Niemanden zu berühren, von keinem berührt zu werden, das ist eigentlich das Schlimmste. Und es gab natürlich ein paar Verirrte, denen das Quälen einfach Freude machte. Die gibt es ja immer in solchen Gruppen.«

Schwester Veronika hustete. Dann griff sie nach Axels Unterarm. Es war ihm unangenehm. Ihre magere Hand kam ihm wie eine Vogelklaue vor. Als würde sie Fleisch aus ihm reißen wollen. Sie widerte ihn an, diese Hand, und in einer eruptiven Bewegung zog er seinen Arm zur Seite.

»Ich möchte dich um Vergebung bitten. Ich bereue aufrichtig, was ich dir und den anderen Kindern angetan habe.«

»Was können Sie schon mit meiner Vergebung anfangen?«

»Was ich dir angetan habe und den anderen, ist meine größte Schuld. Sie wäre leichter zu tragen.«

»Und warum«, fuhr Axel auf, »warum soll ich dazu beitragen, dass ausgerechnet Sie es leichter haben?«

»Die Antwort kennst du selbst. Ich will mich bestimmt nicht zum Richter über dein Seelenheil aufschwingen, aber …«

»Mein Seelenheil würde bestimmt einen gewaltigen Aufschwung nehmen, wenn jemand mir verraten würde, wie ich meine Schwester finde. Meine Vergebung ist nicht kostenlos. Sie müssen etwas dafür tun. Wie das so ist bei Abbitten. Man spricht ja nicht umsonst von tätiger Reue.«

»Das haben Sie wirklich gesagt?«, fragte ich, als Axel mir von dem Gespräch erzählte. Eben war der Artikel über ihn und seine Schwester und über die Zustände in dem

Heim erschienen, wie gewohnt nicht reißerisch, sondern gut recherchiert, brillant formuliert, empathisch und sensibel in der Darstellung. Kurz danach hatte mich der Journalist angerufen.

»Das habe ich wirklich gesagt«, antwortete Axel mir, »und genauso gemeint.«

»Nun gut. Ich habe hier einige Neuigkeiten für Sie. Eine Frau, die behauptet, Ihre Schwester zu sein, hat sich bei der Redaktion gemeldet. Und das Kloster hat mir die angeblichen aktuellen Kontaktdaten Ihrer Schwester mitgeteilt.«

Es stellte sich bei den weiteren, recht einfachen Nachforschungen heraus, dass die Daten übereinstimmten. Axels Schwester Kirsten war gefunden. Währenddessen brütete das Vormundschaftsgericht noch immer über der Frage, ob es da mikroverfilmte Akten gebe.

Axel schrieb an Schwester Veronika: »Danke! Jetzt kann ich erst einmal meinen Frieden finden. Für den Ihren kommt es auf meine Vergebung nicht an, das müssen Sie schon mit sich und Gott ausmachen. Lassen Sie es mich so ausdrücken: Ich versuche, Ihnen nichts nachzutragen, und schließe Sie in meine Gebete ein. Das muss ausreichen. Für Ihren Frieden und für mein Seelenheil. Gott segne Sie.«

Es war eine tränenreiche Wiederbegegnung von Axel und Kirsten, das schrieb Axel mir noch. Kirsten hatte gute, liebevolle Adoptiveltern gehabt, sie hatte studiert, geheiratet, drei Kinder bekommen. Sie hatte ein glückliches Leben gelebt bis zu ihrem Wiedersehen, sieht man davon ab, dass sie als Kleinkind ihren Vater verloren hatte, von ihrer Mutter getrennt wurde, zwei Jahre lang in größter Angst und größtem Schrecken, in schlimmster

Misshandlung gelebt hatte und schließlich gewaltsam von dem einzigen Menschen, den sie noch hatte, für fünfzig Jahre getrennt worden war.

Die Geschwister wollen sich nie mehr aus den Augen verlieren, das haben sie einander geschworen. Die ganze Zeit nach Axels Rückkehr von der Seefahrt hatten sie keine zwanzig Kilometer voneinander entfernt gelebt.

Das sechste Gebot

Das Arbeitszimmer wurde nur von der Schreibtischleuchte erhellt. Es war ein kleiner, sehr behaglicher Raum. Vorn ein Ohrensessel, mit weinrotem Brokat bezogen, daneben ein Rauchtisch aus dunklem Holz mit Löwenfüßen. Eine Stehlampe aus Messing. Die Wände links und rechts vollständig mit Regalen bedeckt, die Bücher standen teilweise schon in zwei Reihen oder lagen in Stapeln vor den früher erworbenen, ordentlich aufgereihten Bänden. Vor Kopf ein Sprossenfenster aus honigfarbenem Holz, davor der Schreibtisch. Ein wuchtiges Teil aus Eiche mit Schnitzereien, eigentlich viel zu groß für das Zimmer. Aber dieser Schreibtisch hatte noch Wilhelms Großvater gehört, war an dessen Sohn, Wilhelms Vater, gegangen und wurde nun auch von seinem Enkel in Ehren gehalten. Was in diesem Fall hieß, hinten zwischen die seitlichen Regale gequetscht, die man dafür unten eigens ein wenig hatte ausschneiden müssen. Die oberen Regalbretter ragten nun seitlich über die Tischplatte, Wilhelm nutzte sie als Ablage. Für seinen Tee, für sein Weinglas, für die Bücher, die er gerade griffbereit haben wollte.

Es ging nicht voran mit der Arbeit an diesem Abend. Wilhelm setzte sich in den Ohrensessel. Er schaltete die Stehlampe nicht ein, wollte nicht lesen. Er wollte nachdenken. Seine schönen, weißen Haare waren schon ganz zerwühlt, Wilhelm hatte sie sich wohl vorhin am Schreibtisch gerauft. Nun steckte er sich eine Zigarette an. Oft rauchte er nicht. Es war allerdings mehr geworden in der letzten Zeit. Mehr als ihm guttat. Ja, so steht es jetzt, dachte er, ich sündige mehr, als mir guttut.

Als er aufgeraucht hatte, stand er auf und ging mit steifen Beinen zum Telefon. »Alter Esel«, schalt er sich. »Keine zehn Minuten im Sessel, und die Beine sind eingerostet. Und draußen, da tust du, als seist du ein junger Hüpfer. Willst doch bloß nicht zugeben, dass du alt und unbeweglich geworden bist.«

Er griff zum Telefon und rief seinen Kollegen an. »Ich muss dich leider bitten, morgen den Gottesdienst zu halten. Ich bin krank.« Er legte auf, so rasch er konnte, ohne grob unhöflich zu wirken. Dann setzte er sich für eine weitere Zigarette in den Sessel. Hinter dem Fenster begann es zu regnen.

Als er das Arbeitszimmer verließ, war es halb zwölf in der Nacht und Viktoria, seine Frau, war bereits im Begriff, zu Bett zu gehen. Sie betrat nie sein Arbeitszimmer. »Betreten« wäre auch nicht ganz der richtige Ausdruck, denn sie saß im Rollstuhl. Den hätte sie kaum in den winzigen Raum hineinzwängen, geschweige denn darin drehen können.

»Hast du aber lange gearbeitet heute! Ist dir eine gute Predigt eingefallen?«

»Ich bekomme heute nichts hin. Ansgar muss morgen den Gottesdienst machen.«

Sie beteten nicht mehr zusammen, Viktoria und er, nicht mal bei Tisch und auch nicht mehr zur Nacht. Seit einigen Monaten lebte Wilhelm mehr oder weniger in seinem Arbeitszimmer, in das Viktoria nicht hineinkam. Meist aß er auch dort. Morgens und abends half er Vicky beim Ausziehen, Waschen und Anziehen, alles Weitere erledigte eine Haushaltshilfe. Nachts allerdings ließ er sie nicht allein, nach wie vor teilten sie das Bett. »Gute Nacht, Vicky, meine Vickily!« »Gute Nacht, mein Wilhelm!«

In dieser Nacht fiel Wilhelm nichts ein, worüber er mit Gott reden wollte. Es gab nichts, womit er vor ihn hätte treten können. Nicht einmal das Vaterunser ging ihm über die Lippen, und wenn er es still betete, rutschte es ihm immer irgendwie durch zugunsten anderer Gedanken. Keine schönen Gedanken. Jedenfalls nicht nur schön. Er musste lächeln, ein Lächeln, das ihm rasch bitter geriet. Und vergib uns unsere Schuld – Vergebung wäre schön, dachte er als Letztes, bevor er in einen tiefen Schlaf glitt.

Ansgar legte langsam das Telefon in die Station zurück. Wilhelms Anruf hatte ihn nicht überrascht. Er hatte am Nachmittag einen anonymen Brief bekommen. Einen sehr schmutzigen Brief. Seit Wochen schon fand er die Stimmung in der Gemeinde merkwürdig. Ein Raunen hier und da, eine unterschwellig aggressive Stimmung allerorten, unvermittelt abbrechende Gespräche. Nun wusste Ansgar, woher das kam. Er las den Brief noch einmal durch, ratlos, wie er damit umgehen sollte. Erst einmal musste er darüber schlafen. Und Gott um Rat fragen. Der Einzige, den um Rat zu bitten ungefährlich war. Weil er ihm dafür den Brief nicht offenbaren musste. Gott kannte ihn ja schon. Ansgar lächelte. Er war zuversichtlich, der richtige Weg würde sich auftun.

So alt wie er sich fühlte, war Wilhelm gar nicht. Ende des Jahres würde er seinen sechzigsten Geburtstag feiern. Er war ein eher unauffälliger Mann mit einem Gesicht, das belanglos gewirkt hätte ohne die immerwährende Freundlichkeit und Güte, die es ausstrahlte. Mit diesem Gesicht wirkte er auf alle Menschen beruhigend und Vertrauen erweckend, und mit seinem heiteren Gemüt fiel es ihm leicht, Sympathien zu gewinnen. Immer und überall flogen ihm die Herzen zu, so war er es gewöhnt.

Ein Frauenheld war er jedoch nicht. Frauen fanden ihn sympathisch, reizend, verlässlich, wortgewandt und geistreich – jedoch nicht anziehend als Mann.

Um die Rippen sah man schon ein bisschen, dass er ganz gern mal ein Bier oder ein Glas Wein trank. Sein attraktivstes rein äußeres Attribut waren seine vollen, silberweißen Haare. Er trug sie kinnlang, eine kleine Eitelkeit, die er sich erlaubte.

Viktoria war in ihren jungen Jahren eine Schönheit gewesen und war es in einem weniger landläufigen Sinne noch heute. Eine hochgewachsene, schlanke Gestalt, Bewegungen voller Anmut, Gesichtszüge von vollkommenem Ebenmaß, große, ernste Augen, die Tiefgründigkeit verrieten und doch nicht ohne Heiterkeit waren. Ihr Haar trug sie auf altmodische Weise, seit Wilhelm sie kannte, zu einem Knoten aufgesteckt. Dreißig Jahre lang, Tag für Tag dieselbe Frisur. Früher rotblond, heute mit gelblich-grauen Strähnen durchzogen. Seit sie sich kennengelernt hatten, hatte nur er sie jemals mit gelöstem Haar gesehen, und er liebte die Intimität des Augenblicks, wenn sie am Abend die letzte Haarnadel löste und wenn sich dann ihr Haar aus dem Knoten zurückdrehte und ihr wellig auf die Schultern fiel.

Sie war lebhafter als der zurückhaltende Wilhelm, dadurch war sie ihm damals, dreißig Jahre zuvor, aufgefallen. Zugleich stand sie ihm in nichts nach, was Güte und Sanftmut betraf. Darum hatte er sie gewählt. Weil sie von vollkommener Schönheit und Anmut war. Weil diese Schönheit nur für ihn war, wenn sie ihr Haar löste. Weil sie nachdenklich, lebhaft, sanft und gütig war. Als er sie kennengelernt hatte, war sie Grundschullehrerin in seiner ersten Gemeinde gewesen, beide waren knapp dreißig. Sie erkannten einander sofort, als sie sich zum ersten Mal sahen. Sie würden den Rest ihres Lebens miteinander verbringen, das wussten sie beide vom ersten Moment an. Sie hatten sich für ihre Wahl Zeit gelassen, frühere Beziehungsangebote zurückgewiesen und nun einander gefunden.

Das Pfarrhaus, in das Viktoria kein Vierteljahr später als seine Frau einzog, war ein altmodischer Kasten mit einem kleinen Staudengarten und einem alten Lindenbaum, der sich schützend über dem Haus ausbreitete und unter dem Viktoria, wenn er im Sommer blühte, so oft es ging saß, um die kurze Zeit des köstlichen, unsagbar süßen Lindenblütenduftes auszukosten. Knarrende Dielen, Sprossenfenster, dunkle Holztüren mit Gefachen und runden, gerillten Messingklinken, die Viktoria immer an die Griffe des Silberbestecks ihrer Mutter aus dem 19. Jahrhundert erinnerten. Viktoria liebte das Haus fast so wie ihren Mann.

Entgegen allen Vorhersagen in der Gemeinde – »Unmöglich! Nach so kurzer Zeit!« – ging die Ehe gut. Wie es sich für eine Pfarrersfrau gehörte, engagierte sich Viktoria ehrenamtlich in der Gemeinde, und als ihr Sohn Lars geboren wurde, nach einem Jahr, gab sie ihren Beruf auf.

Sechzehn Jahre später übersah Wilhelm eine Vorfahrtsstraße. Der Kleintransporter, der von rechts kam, erfasste sein Auto mit ungeheurer Wucht und schob es in den Graben. Wilhelm und Lars stiegen unverletzt aus. Viktoria, die auf der Beifahrerseite gesessen hatte, war fortan vom Lendenwirbel abwärts gelähmt.

Wilhelm und Viktoria waren entschlossen, mit allem fertig zu werden, was daraus erwuchs. Mit seiner Schuld und mit ihrer Behinderung.

Im Krankenhaus lernte Viktoria, wie sie die Beutel für Urin und Kot selbst auswechseln konnte. Sie lernte, wie sie sich waschen konnte. Wie sie, auf einem Spezialstuhl aus Plastik sicher eingeschlossen und gestützt, sogar duschen konnte. Sie lernte, sich mithilfe von Wandgriffen vom Rollstuhl in diesen Plastikstuhl zu hieven. Oder auf die Toilette, falls sie später einmal Urin- und Kotabgang kontrollieren könnte. Sie lernte, die Muskeln, die sie noch selbst betätigen konnte, so zu trainieren, dass sie den Muskeln, die den Dienst versagten, möglichst viel Arbeit abnehmen konnten.

Das alles dauerte Monate. Monate, in denen Viktoria es ablehnte, in die Welt der Kranken zu tief einzutauchen oder gar eins zu werden mit ihr. Die Freizeitangebote des Krankenhauses schlug sie aus. »Warum soll ich plötzlich Mannschaftssport machen, nur weil ich nicht mehr laufen kann?« Sie ging auch nicht tanzen, das hatte sie früher auch nicht gemacht. »Ich werde nicht meinen Rollstuhl rhythmisch zur Musik hin und her schieben – wozu?« Sie versuchte einfach, so viel ihres alten Lebens in die veränderten Umstände hinein zu retten wie möglich. Ihr zur Zuversicht neigendes Gemüt und ihr Gottvertrauen halfen ihr dabei. Und Wilhelm natürlich und Lars und die Freunde und die Gemeindemitglieder. Sie bekam so viel Besuch, dass sie kaum Luft holen konnte, schließlich verbat sie es sich. Freundlich, aber bestimmt. Sie brauche jetzt Zeit zur

Selbstbesinnung. Die Veränderungen forderten ihre ganze Aufmerksamkeit und Kraft.

Wilhelm verbot sie, sie um Verzeihung zu bitten. Er war zerfressen von Schuldgefühlen und sparte nicht mit Worten darüber. Schließlich fuhr sie ihn an. Er möge sie verschonen. Was geschehen sei, sei geschehen. Nun müsse man sehen, wie die gemeinsame Zukunft gestaltet werden könne. lhr Ziel sei es jetzt, sich auf die veränderten Umstände mit Anstand und Zuversicht einzustellen, dabei sei sein Gejammere nicht sehr nützlich. Wilhelm war fassungslos. So hatte sie, die Sanfte, Gütige, nie mit ihm gesprochen. »Dann war es an der Zeit«, sagte Viktoria ihm, und Wilhelm lernte nun seinerseits, sich umzustellen, indem er seine Gefühle mit sich selbst abmachte.

Die Kirche als Wilhelms Arbeitgeber verhielt sich wunderbar. Während Viktoria im Krankenhaus war, ließ man das alte Pfarrhaus umbauen, sodass Viktoria ein behindertengerechtes Bad zur Verfügung hatte, groß genug, um mit dem Rollstuhl hinein- und darin hin- und herzufahren, größer also als das Arbeitszimmer ihres Mannes. Man baute einen Treppenlift ein, damit Viktoria auch die Räume im ersten Stock erreichen konnte, wo sich das Schlafzimmer befand. Neben die Stufen zum Hintereingang kam eine Rampe, der Weg vom Carport aus dorthin wurde mit einer Überdachung versehen. Überall wurden Wandgriffe angebracht, über dem Bett ein von der Decke herabhängender Griff. Dafür musste Wilhelm sich verpflichten, die Kosten mehr oder weniger abzuarbeiten: Schied er aus der Gemeinde aus, würde er für diese Umbauten einen Abstand bezahlen müssen, je früher desto mehr.

Lars nahm die Entwicklung gelassen. Er fand es unkomfortabel, dass seine Mutter so lange nicht zu Hause war, und lernte kochen. Ansonsten konnte er nicht erkennen, was sich groß geändert hatte. Das war eine Haltung, die Viktoria sehr gefiel. Das Herzlose daran sah sie nicht. Nur die Ermutigung. Er war eben jung.

»Über meinen Beitrag zu deinem Zustand wollen wir ja nicht reden«, sagte Wilhelm eines Tages zu ihr. »Aber – haderst du denn nicht manchmal auch mit Gott?« »Ja, tu ich.« »Und wie gehst du damit um?« »Ich rede mit ihm.« »Und spricht er dann auch zu dir?« »Ja. Er sagt, ich soll Geduld haben. Es ändert sich irgendwann.« »Was soll sich ändern?« »Das Hadern.«

Viktoria änderte sich auch. Das Scharfe, Entschlossene, das Wilhelm erstmals bemerkt hatte, als sie ihm verbot, mit ihr über seine Schuldgefühle zu sprechen, war nun häufiger zu vernehmen. Ansonsten aber wurde sie immer antriebsloser. Wilhelm malte in den schönsten Farben mögliche Unternehmungen aus. Konzert, Theater, Kino, Museen, Ausflüge, Urlaube – sie lehnte alles ab. Zu anstrengend. Keine Lust. Höchstens ein Kirchenkonzert in der Gemeinde. Es kam Wilhelm so vor, als erfordere die neue Situation, dass er nur noch zwischen Gemeindearbeit und Pfarrhaus lebte und keinen Schritt aus diesem Zirkel hinaus tun konnte. »Unsinn! Geh nur!« sagte Viktoria zu ihm, aber er wollte die Freizeitvergnügungen, an denen er sich immer so hatte erfreuen können, nicht allein genießen, sondern mit ihr, mit seiner Vicky. Wie früher.

Und sollte er etwa allein in Urlaub fahren? Außerdem mochte er sie nicht so viel allein lassen, die Arbeit in der

Gemeinde forderte schon viel Zeit und hielt ihn oft vom Pfarrhaus fern. Sein Leben als Pfarrer war reich. Reich an Aufgaben, an Anregungen, an Erfolgen, an Freuden. Aber wenn er abends nach Hause kam, beschlich ihn im Laufe der Jahre jeden Abend ein wenig mehr das Gefühl, dass er sein eigenes Gefängnis aufsperrte.

Sexualität gab es seit dem Unfall zwischen ihnen nicht mehr. Was aber nie abriss zwischen ihnen, war das Gespräch, für beide ein Grund, sich immer wieder aufeinander und aneinander zu freuen. Viktoria hatte einen scharfen, analytischen Verstand und war Wilhelm eine gute Ratgeberin in Gemeindefragen und auch bei der inhaltlichen und seelsorgerischen Arbeit. Sie selbst besuchte weiterhin den Bibelkreis und die meisten Gottesdienste. Allerdings zogen sich ihre Freunde mehr und mehr zurück, weil sie das Temperament und den Unternehmungsgeist der früheren Vicky vermissten.

Noch stiller wurde es um sie, als Lars nach Abitur und sozialem Jahr – in der Gemeinde seines Vaters – auszog und Medizin zu studieren begann. »Um was zu finden, was dich heilt«, sagte er augenzwinkernd zu Viktoria. »Wir haben ihm vielleicht etwas zu wenig Beachtung geschenkt in den letzten Jahren«, sagte Vicky zu Wilhelm.

Das war fünf Jahre nach dem Unfall, und ihrer beider Leben hatte keinerlei Ähnlichkeit mehr mit dem Leben, das sie vor diesem Unfall geführt hatten. Die Bemühungen von Viktoria um Normalität, um die Fortsetzung von allem, was ihr Miteinander ausgemacht hatte, trugen nur kümmerliche Früchte. Sie war nun fast immer im Pfarrhaus allein, und Wilhelm musste seine Aufgaben beinahe ohne ihre Unterstützung bewältigen. So waren sie beide, jeder auf seine Weise und an seinem Platz und jeder für sich, einsam.

Und dabei blieb es, bis Ansgar in die Gemeinde kam.

Ansgar war ein Lichtblick. Entlastend für Wilhelm, der schon lange einen Nachfolger für den nun endlich pensionierten, in den letzten Jahren kaum noch einsatzfähigen zweiten Pfarrer der Gemeinde herbeigesehnt hatte. Wenn Ansgar auch die Sorte liebenswerter Chaot war, also nicht gerade eine zuverlässige Hilfe, so brachte er doch wieder Schwung und sogar so etwas wie Begeisterung in das mittlerweile etwas verkrustete Gemeindewesen. Er war von lebhaftem Temperament, voller Witz und Ideen (nun gut, aus den meisten wurde nicht viel, vor allem dann, wenn er sie selbst umsetzen musste), charmant, ein Frauentyp. Und alleinstehend.

Die fünf Jahre ältere Viktoria erwählte er zu seiner besten Freundin. Er bewunderte sie wegen ihrer Haltung, mit der sie, wie er es ausdrückte, ihre Lage »wegsteckte«, er überhörte Schärfe und Bitterkeit in manchen ihrer Bemerkungen über die Menschen, über die Welt, mit zunehmender Vertrautheit auch manchmal über Wilhelm. Immer bereit, diese Schärfe als geschliffene, geistreiche Ironie zu deuten. In seine leichtherzige Sicht der Menschen passte eine andere Deutung nicht.

Vicky nannte Ansgar gern scherzhaft »mein wahrer Hausfreund« und meinte, dass er auch in ihr verkrustetes Leben ein bisschen Schwung gebracht hatte.

Alsbald wurde über diese als merkwürdig empfundene Freundschaft in der Gemeinde getuschelt. Rauchzeichen nannte Viktoria das. Ansgar teilte ihre Besorgnis nicht: »Ach, lass sie doch, die alten Vetteln, haben doch sonst keine Freude mehr«, lachte er nur. Dass Ansgar in die Gemeinde gekommen war, gestattete Wilhelm jetzt wieder öfter, sich zu Hause aufzuhalten, das nahm den Gerüchten alsbald die Spitze. Oft saßen sie zu dritt beisammen, Viktoria lebte auf, und Wilhelm schöpfte Hoffnung, dass sie doch noch eines Tages wieder bereit sein könnte, mehr am Leben und dessen schönen Seiten teilzunehmen.

Und dann, Wilhelm und Viktoria waren neunundfünfzig und dachten schon manchmal an den Ruhestand – Wilhelm allerdings nicht ohne Bangen –, fing Christa als Pfarramtssekretärin an. Wie eine reife Frucht fiel sie Wilhelm zu.

Anders konnte er es nicht denken: eine reife Frucht. Eine besonders pralle reife Frucht Mitte dreißig. Frisch geschieden. Alles an ihr war rund: Po, Brüste, Mund, Gesicht, Augen, sogar die Frisur. Und irgendetwas davon – außer der Frisur – streckte sie den Menschen, die sie anschauten, immer entgegen, besonders den männlichen. Wilhelm war besessen von ihr. Von der ersten Sekunde an. Er ließ keine Gelegenheit aus, ihr zu begegnen. Er flog innerlich, wenn er das Pfarramt betrat. Er ertappte sich bei dümmlichen Bemerkungen, weil er nicht rechtzeitig gemerkt hatte, dass seine Bonmots, die ihr hatten imponieren sollen, keineswegs so geistreich waren wie zunächst gedacht. Er suchte ständig nach Vorwänden, irgendetwas mit ihr zu besprechen. Aufgeregt wie ein Pennäler. Er macht sich zum Narren, hieß es bald in der Gemeinde. Christa blieb gleichmäßig freundlich und ging auf alles ein, was er an sie herantrug, selbst auf seine Witzchen. Wilhelm war entzückt von ihrem Lachen, dem immer ein Aufreißen der dunklen, runden Augen und ein Spitzen der vollen, runden Lippen zu einem erstaunt wirkenden O vorausgingen, bevor sich in den äußeren Augenwinkeln die Haut in Lachfältchen zu legen begann, die Mundwinkel auseinander und nach oben gingen und zwischen den Lippen eine Reihe kleiner Zähne zum Vorschein kam. Wenn sie lächelte, konnte er ihre rosafarbene Zungenspitze sehen, die sie dann immer zwischen die Zahnreihen schob, manchmal daran entlangfahrend. Dann sah sie wie eine zufriedene Katze vor einem geleerten Napf aus. Dieser Mund, dieser Mund, dieser Mund machte ihn völlig verrückt, immer wieder beschäftigte ihn, was sie wohl damit alles anstellen könnte.

Wilhelm war wie von Sinnen, als Christa ihn nach einem Gemeindeausflug bat, sie nach Hause zu fahren. Sie habe ein wenig getrunken, außerdem sei ihr eigener Wagen in Reparatur. Auf der Fahrt zu ihrer Wohnung – sie lebte in einem anderen Stadtteil – sagte er kein Wort. Stierte durch die Windschutzscheibe und fühlte sich wie im Fieber. Vermutlich, dachte er, sehe ich aus wie ein Schaf. »Dann wollen wir dich mal erlösen«, sagte Christa, als er den Wagen vor ihrer Wohnung zum Stehen brachte. Sie strich ihm die weißen Haare hinter das Ohr, brachte ihre Lippen näher, knabberte an seinem Ohrläppchen und fuhr mit ihrer rosafarbenen Zunge durch seine Ohrmuschel wie durch ein Sahnetöpfchen.

Fortan zog Wilhelm sich im Pfarrhaus immer mehr zurück und verließ sein Arbeitszimmer kaum noch. Viktoria wurde darüber immer bekümmerter. Aber, so dachte sie, eine kluge Frau fragt nicht und fordert nicht. Es wird sich von allein zeigen, ob unsere Bindung stark genug ist für das hier, was immer es ist.

»Es ändert sich irgendwann«, sagte Gott, wenn sie ihn fragte.

Und es änderte sich binnen eines Vierteljahres. Es kam heraus. Christa hatte nämlich vor Wilhelm den Organisten der Gemeinde, ebenfalls verheiratet, zum Liebhaber genommen, ihn aber bereits nach zwei Monaten verabschiedet. Und der, geschlagen durch die Kränkung und zerfressen von Eifersucht, hatte Christa beobachtet und Wilhelm aus ihrem Haus schleichen sehen. So wie er selbst wenige Monate zuvor aus ihrem Haus geschlichen war. Er versandte anonyme Briefe an alle Mitglieder des Kirchenvorstandes außer Wilhelm. Auch an Ansgar. Ansgar hatte den Brief am Samstag bekommen. Dem Samstag, an dem Wilhelm vergeblich versucht hatte, eine Predigt über das sechste Gebot vorzubereiten.

Ansgar glaubte die Beschuldigungen sofort, auch ihm waren die Veränderungen von Wilhelm nicht entgangen. Letzte Gewissheit gab ihm der Anruf von Wilhelm. Krank. Liebeskrank, dachte er, eine Verirrung nur, aber mit welchen Folgen? Was sollte er tun? Unter den Teppich kehren kam nicht in Frage. Die Pflicht verlangte, seine Erkenntnisse sofort dem Kirchenvorstand zu offenbaren. Aber wo blieb dann die Pflicht dem Freund gegenüber? Und vor allem gegenüber Vicky, die diese Eröffnung niederschmettern würde? Doch nein, im Laufe des Sonntags wurde es ihm immer deutlicher: Die Wahrheit musste ans Licht. Es gab überhaupt nur diese eine Richtung. Er bat Wilhelm, kurz zu ihm zu kommen. Sofort.

Christa wurde entlassen. Wilhelm wurde in eine andere Gemeinde versetzt, für die mutmaßlich letzten fünf Berufsjahre. Das Pfarrhaus musste er verlassen.

Der Abstand, den er noch zu zahlen hatte, war nach über zwölf Jahren nicht mehr sehr hoch. Vicky konnte natürlich auch nicht dort wohnen bleiben, das Haus wurde für Wilhelms Nachfolger benötigt.

Wilhelm sah Christa nicht wieder, dafür bedurfte es keines Wortes.

Vicky, der er vor dreizehn Jahren die Gesundheit und der er jetzt ihr Zuhause genommen hatte, erschien ihm als der personifizierte stumme Vorwurf. Er erklärte ihr, dass es kein gemeinsames Leben mehr geben könne. »Aber ich liebe dich«, sagte Vicky. Sie versuchte, ihm zu erklären, dass es für sie nicht das Erstaunliche sei, dass er sie betrogen hätte. Sondern dass es nicht früher geschehen sei. »Dass wir keinen Sex mehr haben, liegt ja nicht an deinem Desinteresse, sondern an meinem Unvermögen. Sollen wir es nicht noch einmal miteinander versuchen? Mit gewissen Freiheiten für dich, wenn du verstehst, was ich meine.« Wilhelm kam noch einmal ins Schwanken. Nicht wegen der in Aussicht gestellten Freiheiten. Die konnte er sich ja jetzt sowieso jederzeit nehmen. Aber vielleicht gäbe es ein neues Übereinkommen? Eine neue Gestaltung des Bewährten, Freudvollen an ihrer Gemeinsamkeit?

Dann rief Lars an und erklärte Wilhelm, er werde den Rest seiner Tage nicht mehr mit ihm sprechen. Und nun wusste Wilhelm, wie er zu entscheiden hatte. Lars' Worte rührten an seine Schuld und machten sie deutlich, und er wollte sich ihr stellen. Allein.

Wilhelm besorgte Viktoria eine behindertengerechte Wohnung und zog in die Stadt, in die er versetzt worden war. In dieser Stadt befand sich meine Kanzlei.

Während ich mir anhörte, was Wilhelm – ein gutes halbes Jahr nach der Trennung, zu dessen Beginn er seinen sechzigsten Geburtstag mutterseelenallein gefeiert hatte – mir zu berichten wusste, schien er mir seltsam gefasst und geordnet, und ich fragte mich, ob er in diesen sechs Monaten ohne Viktoria immer noch nicht auf den Grund seiner Gefühle vorgestoßen war oder ob er sich einfach nur mit mühsamer Beherrschung über die Runden rettete. Und warum er eigentlich so entschlossen auf eine Scheidung aus war.

Ich hatte mal einen Familienrichter sechzigjährige Eheleute fragen hören: »Können Sie mir eigentlich sagen, warum Sie sich jetzt noch scheiden lassen wollen?« Dieser Gedanke, so schlicht er auch war, hatte bei näherem Hinsehen viel Bestrickendes. Wenn eine so lange Wegstrecke gemeinsam bestanden wurde: Was kann dann noch wirklich Neues über den anderen zu Tage treten, das alles wieder über den Haufen wirft? Als ich hörte, was Vicky Wilhelm gesagt hatte, als ich von ihrer Liebeserklärung und ihrem Angebot hörte, unterbrach ich Wilhelm und fragte ihn, ob er darüber schon einmal mit Freunden gesprochen habe. »Es gibt nur noch Ansgar«, sagte er. Und mit dem habe er darüber nicht geredet. Er schäme sich zu sehr, das Thema Vicky sei tabu zwischen ihnen.

Ich informierte Wilhelm, dass vor einer Scheidung erst das Trennungsjahr abgelaufen sein müsse. Wir könnten also erst in einigen Monaten daran denken, den Scheidungsantrag zu stellen. Ob er an meiner menschlichen Einschätzung interessiert sei, fragte ich dann. Er nickte. »Auch wenn sie sich nicht angenehm anhört?« Auch dann. Offenbar erwartete er, ich würde ihm nun weitere Vorwürfe wegen des Verhältnisses mit Christa machen.

Ich aber dachte an etwas ganz anderes. Er führte sich auf, als bedeute es nichts, dass Viktoria ihn liebte und dass er Viktoria liebte. Jedenfalls nichts gemessen an seinem Versagen, das viele Jahre zurücklag, und an seinem Ehebruch. Er glaubte offenbar, die Schuld nur ableisten zu können, indem er ohne seine Frau weiterlebte und seine Ehe aufgab. Seine Frau bestrafte er dadurch so ganz nebenbei gleich mit. »Wenn Sie wirklich glauben, Ihre Ehe aus solchen Motiven beenden zu müssen«, sagte ich ihm, »wenn Sie Ihre Frau einfach zurückweisen, um sozusagen Buße zu tun, dann ist das einfach nur eigennützig und respektlos. Und ziemlich verrückt dazu.«

Wilhelm entfuhr ein kleiner Laut des Entsetzens. Er sah empört aus. Fand aber rasch in seine Demutshaltung zurück und senkte den Kopf. »Ich denke, ich muss sie von mir befreien. Das war alles zuviel. Ich habe mich schwer versündigt, an Gott und an ihr.«

»Kann nie schaden, den anderen dazu zu fragen. Beide andere in diesem Falle.«

Wilhelm beendete das Gespräch rasch und recht kühl und kam nicht wieder. Meine Rechnung beglich er umgehend und anstandslos.

Dann, vier Monate später, bekam ich eine Urlaubskarte aus der Normandie. Von Wilhelm. Es war eine von der edlen Sorte, mit Umschlag. Als ich den öffnete, fiel eine Haarnadel heraus. Die letzten Zeilen auf der Karte, in einer akkuraten, doch kühnen Handschrift, sprangen mir zuerst ins Auge. Sie lauteten:

»Auch von mir glückliche Urlaubsgrüße. Vicky«

Sein bester Freund

Zuerst lernte ich seinen Vater kennen. Er war einer von diesen Sportlich-Hageren, hatte etwas Energisches, Vitales und Rasches. Leicht hätte er als federgewichtiger Boxer durchgehen können. Ein gespannter Bogen. Es war nichts Weiches an ihm, nicht in der körperlichen Erscheinung, nicht in den Gesichtszügen, nicht im Auftreten. Metallisch kühle, graue Augen, scharf, vielleicht etwas misstrauisch auf mich blickend unter einem auf zwei, drei Millimeter gestutzten Stoppelschnitt, durch den er manchmal, von vorn nach hinten, mit der Hand fuhr. Zumindest in dieser Geste, sie zeugte wohl von Unsicherheit, wirkte er berührbar.

»Hier«, sagte er, als ich ihn fragte, was ihn zu mir führe, und schob einen kleinen Papierstoß über den Schreibtisch. Schon am Umweltpapier, vor allem aber am typischen Deckblatt war zu erkennen, dass es sich um eine gerichtliche Verfügung handeln musste, vermutlich mit einer angehängten Klageschrift. Ich blätterte um.

»Aha, eine Klage. Sie sind also verklagt worden. Was steckt dahinter?«

»Ich bin das nicht. Die haben meinen Sohn verklagt.«

Nun sah ich es auch: »… gegen Piotr Below, geboren am 17.08.1984, gesetzlich vertreten durch seine Eltern, Herrn Alexander Below und Frau Galina Belowa.«

Die Sache ist mehr als zwanzig Jahre her. Sie spielt im Duisburger Rotlichtviertel. Piotr war damals zehn Jahre alt.

Zu der Zeit hatte das Viertel um die Charlottenstraße und die Vulkanstraße nahe beim Hafen nichts bunt Leuchtendes. Es sah kein bisschen aus wie eine Amüsiermeile. Keine Neonreklamen, keine schrillen Typen, so gut wie keine Gaststätten, vor allem kein Publikum. Graue, grämliche Straßenzüge waren das, bestehend aus mehrgeschossigen, reizlosen Mehrfamilienhäusern mit ein paar Videotheken, einem Kiosk, in dessen Schaufenster abgerissene Plakate geklebt waren, und ein, zwei privaten Filmclubs, Eintritt für Damen frei. Eine Nachtbar, vor deren Schaufensterscheiben tagsüber kaputte Rollos schief herunterhingen. Auf die eigentliche Dienstleistung, die die Bewohnerinnen dieser beiden Straßen anboten, wies sonst kaum etwas hin. Die Hausnummern, übergroß, waren oberhalb der Haustüren angebracht, auf querformatigen Schildern. Auf manchen waren Herzen dazugemalt, ausgerechnet, und hier und da der schwarze Schattenriss einer nackten, schlanken Frau auf Knien oder stehend, immer im Profil natürlich. Wer genauer hinsah, konnte erkennen, dass alle Fenster blickdicht verhüllt waren, aus manchen fiel ein trostloses Rot auf das Gesicht des Betrachters. Bei Tag sah man, dass es Balkone gab, aus unerfindlichen Gründen zur Straße hin gebaut, auf dem einen oder anderen trocknete Wäsche. Es wirkte anrührend. So normal. Wenn man in dieser Gegend einen Menschen ein Haus verlassen oder betreten oder die Straßen entlanggehen sah, fragte man sich unwillkürlich, was für einer das wohl war. Der Mann, dünn und blässlich, der gerade das Haus elf betrat, sicher kein Frauenaufreißer – ein Freier? Oder doch ein Zuhälter? Der Mann, der da missmutig durch die Vulkanstraße trottete – ein schlecht bedienter Kunde? Oder einfach ein Angestellter eines der beiden gleich nebenan liegenden Großunternehmen, Siemens, Stadtwerke, der bloß den kürzesten Fußweg zur Arbeit nahm? Die Frau, die eben aus der Tür von Haus sechzehn kam, dunkelhäutig mit Dreadlocks – eine Hure? Wenn sie sich umdrehte, den Putzeimer durch die Türöffnung nach draußen holte und begann, die Treppenstufen zu scheuern, war klar: keine Hure. Die Huren sah man sowieso praktisch nie auf der Straße, jedenfalls nicht allein. Viele waren nach der Öffnung der östlichen Länder von dort unter Vorwänden – meist eines Jobangebots als Kellnerin – hierher gelockt worden, konnten kein Wort Deutsch, den Pass hatte man ihnen abgenommen und sie mit Schlägen und Vergewaltigung zur Prostitution gezwungen und mit Schlägen und Drogen in der Prostitution gehalten. Die gingen nicht nach draußen, Besorgungen machen. Die konnten nicht einfach ausgehen, Kino, Café, sich mit Freundinnen treffen, Party machen. Ihre Bewegungsspanne reichte vom Zimmer auf den Balkon und zurück.

In der Charlottenstraße gab es das Restaurant »The Fat Mexican«, das Haus war damals noch nicht goldgelbrot gestrichen, sondern grau, und auch noch nicht mit der roten Aufschrift »Bandidos Place« versehen. Nur der Name des Restaurants war mit roter Schrift auf goldgelben Grund geschrieben, und ausschließlich Eingeweihte wussten: Das sind die Farben der Bandidos. Und damals schon verkehrten da nicht hungrige Gäste, denn es war das Clubhaus einer Motorradgang, der man nachsagte, sich in der organisierten Kriminalität zu tummeln, vor allem im Bereich Prostitution und Drogen. Regelmäßig lieferte die Gang sich Straßenschlachten mit der Konkurrenz von den Hells Angels. Dann holten die Rocker ihre Baseballschläger hervor und gingen aufeinander los, die Straße gehörte ihnen, und es fielen auch schon mal Schüsse.

Nur eine Straße weiter wohnten die Belows. Dort wuchs Piotr auf, zusammen mit seiner wenig älteren Schwester Irina und der Jüngsten, Helena, fast noch ein Säugling. Dort wurde Wohnraum billig angeboten, sehr billig. Nicht wie gleich nebenan in der Charlottenstraße, wo die Apartments der Huren so teuer wie Luxuswohnungen waren, damit sie Schulden bei ihren Zuhältern und Menschenhändlern anhäuften, Mietschulden. Billig waren Wohnungen nur für Mieter, die wohnten, wo niemand wohnen wollte.

Alexander Below war Maurer. Seine Großmutter mütterlicherseits war Deutsche gewesen, und deswegen hatte er nach dem Zusammenbruch der Sowjetunion wenige Jahre zuvor ohne viel Federlesens von Russland nach Deutschland kommen können. Die Sprache machte keine Schwierigkeiten, seine Großmutter hatte Deutsch mit ihm gesprochen. Er verdiente gutes Geld, der größte Teil ging an Verwandte im Osten, die viel von ihm erwarteten, an seinem neuen Reichtum teilhaben wollten, und so war er auf die niedrige Miete angewiesen.

Wie ihm ging es auch seinen Nachbarn zwei, drei Häuser weiter, den Karimows, Russlanddeutsche wie die Belows. Ihre Söhne hießen Ilja und Anton. Ilja war schon vierzehn, mit ihm hatte Piotr wenig gemeinsam, aber Anton war zehn, genau wie er, und die beiden Jungen freundeten sich an. Auch die Eltern waren befreundet, besuchten einander zum Tee an Sonntagen. Ilja freilich zog sich zurück. Er war in dem Alter, in dem es wichtig wird, wie und wo man lebt. Seine Eltern waren ihm peinlich, am allermeisten, dass sie hier wohnten. In diesem Viertel fand man keine Freunde. In dieses Viertel nahm man keine Freunde mit. Dieses Viertel mied man.

Selbst wenn man da lebte. Er kam praktisch nur noch zum Schlafen nach Hause. Wenn überhaupt. Sein Vater schlug ihn regelmäßig, um ihn an die Familie zu binden, ihm beizubringen, dass er sich in das Familienleben einzufügen habe. Umso öfter und länger blieb Ilja fort. Die Prügel, wenn er mal auftauchte, nahm er in Kauf. Anton, der sich mehr und mehr als Einzelkind fühlte, schloss sich immer enger an Piotr an. Der hatte ja auch niemanden außer seinen Schwestern, und das waren schließlich bloß Mädchen.

Und nun war Piotr von den Karimows verklagt worden. Er sollte neuntausend Mark Schmerzensgeld zahlen. Fünftausend an Frau Karimow. Viertausend an Herrn Karimow. Ich las die Klageschrift durch. Ich nahm mir Zeit. Dann ließ ich das Schriftstück auf den Tisch zurücksinken, langsam und vorsichtig, als sei es äußerst zerbrechlich und giftig, und schaute Alexander an. Es war ganz still im Zimmer.

»Das ist doch …«, hob er schließlich an.

Ich schnitt ihm das Wort ab. »Ich möchte Ihren Sohn kennenlernen. Ich möchte von ihm hören, was passiert ist.«

Piotr war für sein Alter recht klein. Ein dickliches Kind mit einem rechteckigen, alterslosen Gesicht ohne jeden Liebreiz unter einem dicken, aschblonden Schopf. Sicherlich keiner, dem die Herzen ohne Weiteres zuflogen. Ich stellte mich ihm, als er in Begleitung seines Vaters zu mir kam, als seine Anwältin vor. Ob er wisse, was das sei? Er nickte. Dann stotterte er los: »Die wollen, dass ich viel Geld bezahle. Hab ich ja gar keins. Was mach ich denn da?«

Man hörte sofort, dass er häufiger mit seiner Mutter als mit seinem Vater sprach.

Ich erklärte ihm, dass erst einmal der Richter – sicher wisse er, was das sei? Er nickte wieder – genau lesen würde, was wir, also er und ich, zu dem Antrag der Karimows zu sagen hätten. Und dann würde der Richter uns, also die Familie Karimow, ihn und mich noch einmal zu sich einladen, und wir dürften ihm dann alle direkt sagen, wie wir die ganze Sache sähen. Und dafür müsste ich natürlich genau wissen, was wirklich geschehen sei. Ob er mir das erzählen wolle?

Er zögerte einen Moment. Zu lange für Alexanders Geschmack. Unvermittelt schlug der seinem Sohn die Hand in den Nacken. Instinktiv zog Piotr die Schultern hoch, schaute seinen Vater an, gläubig, fast verehrungsvoll. Er kämpfte tapfer und erfolgreich gegen die Tränen.

»Na! Mach schon!«, sagte Alexander und machte mit dem Kinn eine auffordernde Bewegung in meine Richtung.

Piotr und Anton hatten auf der Straße Fußball gespielt. Und sich gezankt. Wie Kinder sich eben zanken. Gern. Und lautstark. Weil Anton immer wieder mit dem Ball vor sich hin kickte, ohne ihn an Piotr abzugeben. Schließlich hatte Piotr Anton so angeschrien und beschimpft, dass mehrere Erwachsene aufmerksam geworden waren und die Köpfe aus den Fenstern gesteckt hatten, um zur Ruhe zu mahnen. Darunter auch Frau Karimowa.

Diese Straße war eine Einbahnstraße und die Ampel an ihrem Ende so geschaltet, dass die Autos, die hindurch wollten, manchmal mehrere Ampelphasen lang warten mussten und eine Schlange bildeten. Zu dieser Warteschlange schloss, während die beiden Jungen stritten, ein Lastwagen auf, der Fracht zum Hafen zu transportieren hatte. Und unter diesen Lastwagen rollte der Fußball. Und dort wollte Anton ihn wieder hervorangeln. Und deswegen hielt Piotr ihn am Arm fest. Weil er genau wusste, wie gefährlich das war. Und Anton riss sich los, trotzig. Weil er ja sowieso mit Piotr verzankt war. Und weil er den Ball unbedingt zurückhaben wollte. Riss sich so heftig los, dass er ins Taumeln geriet. Und den Halt verlor. Und unter den Lkw fiel, zwischen die Räder. Und die Ampel sprang auf Grün. Und der Laster fuhr an.

»Ist der Anton richtig aufgeplatzt.« Piotr wisperte nur noch. »Hat seine Mutter die ganze Straße zusammengeschrien.« Er hielt die Hände vor die Ohren, als könne er das jetzt, in diesem Moment, in meiner Kanzlei, wieder hören.

Wir schwiegen alle drei eine Weile.

»Hier steht«, sagte ich schließlich, »dass du Anton absichtlich unter den Lkw geschubst hast.«

»Nein, stimmt das nicht«, rief Piotr verzweifelt. Die Stimme überschlug sich. Er sah mich flehend an. »Hab ich ihm nichts getan. Wollte ich ihn nur zurückhalten.«

»So eine Sauerei, meinen Sohn zu verklagen, ein Kind!« Alexander war sichtlich empört, froh, dass nun er statt seines Sohnes sprechen durfte. »Die sind doch komplett verrückt.«

Verrückt vor Schmerz, dachte ich. Sie brauchen einen, den sie beschuldigen können.

»Ich glaube dir«, sagte ich zu Piotr. »Ich habe das Gefühl, dass ich dir vertrauen kann. Und ich werde bei Gericht für dich sprechen. Was ich von dir wissen möchte: Willst du dann dabei sein?«

Piotr zögerte. Ein erneuter Schlag in seinen Nacken.

»Hören Sie«, sagte ich zu Alexander. »Sie müssen mir

hier nichts beweisen. Ich bekomme auch so mit, dass Sie ein ganz Harter sind und Ihren Sohn im Griff haben. Aber in meinem Büro wird ein Kind nicht geschlagen. Am besten überhaupt nicht. Aber jedenfalls nicht, wenn ich dabei bin.«

Der Gesichtsausdruck von Alexander zeugte von Erstaunen, gemischt mit Missbilligung. Aber er kniff schließlich die Lippen zusammen und nickte.

»Ich weiß nicht.« Das war Piotr. »Kann ich mir überlegen?«

»Ja, natürlich.«

Inzwischen holte ich mir die Akte der Staatsanwaltschaft. Alle Zeugenaussagen stimmten exakt mit dem überein, was Piotr mir berichtet hatte. Außer der von Frau Karimowa, die genau beobachtet hatte, wie Piotr ihren Sohn, Anton, im Streit unter den Lastwagen gestoßen hatte. Das Verfahren war schon eingestellt, Piotr war nicht strafmündig. Der Lastwagenfahrer hatte nichts Strafbares getan. Er hatte nur seinen Wagen gestartet, weil die Ampel auf Grün umgesprungen war.

Als die Ladung zur mündlichen Verhandlung eintraf, bei der es um die Frage gehen sollte, ob Piotr Schmerzensgeld an die Eltern von Anton zahlen musste, wusste ich immer noch nicht, ob Piotr mich begleiten würde. Persönlich geladen war er nicht. Ich rief seine Eltern an.

»Er weiß noch nicht«, sagte mir seine Mutter, Galina.

»Kann ich ihn mal sprechen?«

Sie rief Piotr ans Telefon.

»Hab ich Angst«, sagte er mir.

»Das geht jedem so«, sagte ich. »Jeder hat Angst, vor Gericht zu stehen.«

»Muss man da stehen?«, unterbrach mich Piotr.

»Nein, das sagt man bloß so, weil es früher so war. Jedenfalls, ich kann dir ein paar Dinge versprechen, die vielleicht helfen. Willst du sie hören?«

Sein Schweigen deutete ich als Zustimmung.

Ich sagte: »Die Eltern von Anton werden auch da sein und bestimmt sehr traurig und zornig sein. Aber ich werde bei dir sein, direkt neben dir. Du bist nicht allein. Und du musst überhaupt nichts sagen, wenn du nicht willst. Ich werde alles sagen, was wichtig ist. Außerdem bin ich sicher, dass der Richter dir keine Vorwürfe machen wird. Was meinst du?«

»Aber wenn ich nicht will, muss ich nicht da hingehen, oder?«

»Das stimmt. Aber vielleicht ist es wichtig für dich. Du kannst selbst mit anhören, wie der Richter die Sache sieht. Und wenn du ihm etwas sagen möchtest, kannst du das direkt tun, nicht bloß über mich.«

»Anton«, sagte Piotr schließlich zögernd, und seine Stimme klang gepresst, »Anton war mein einziger Freund. Hätte ich ihm nie was getan.«

»Und möchtest du das dem Richter persönlich sagen? Oder soll ich für dich …«

»Ja«, sagte Piotr. »Ja. Will ich das sagen.«

Am Tag der Gerichtsverhandlung, einem Regentag, sah ich im Gerichtsflur die Eheleute Karimow zum ersten Mal. Sie wirkten, als gäbe es nichts für sie außer ihrem Schmerz, als bestünden sie daraus. Seltsam körperlos sahen sie aus. Der Tod ihres Sohnes war ein halbes Jahr her. Und nachdem schon der Staatsanwalt nichts gegen Piotr hatte unternehmen können, nachdem er Piotr, den Schuldigen, nicht eingesperrt hatte, wie es ihm zugekommen wäre, setzten sie nun wohl all ihre Hoffnungen in das Zivilverfahren, das endlich den tödlichen Blitz auf Piotr herabschleudern und ihnen Gerechtigkeit, ihre Gerechtigkeit, zuteil werden lassen sollte. Sie standen mit ihrem Anwalt zusammen, auf den sie abwechselnd einredeten, vielleicht um ihn mit weiteren Argumenten auszustatten, die sie für wichtig erachteten, vielleicht um ihm letzte Überzeugungen zu vermitteln.

Die Belows standen ein Stück von ihnen entfernt. Beide Eltern, Galina und Alexander, hatten Piotr begleitet. Auch sie wirkten aufgeregt und besorgt. Auch sie hofften auf Gerechtigkeit, ihre Gerechtigkeit. Piotr lief gleich auf mich zu, als ich in den Gerichtsflur einbog. Er ergriff meine Hand und zog mich zu seinen Eltern. Galina: eine füllige, in jeder Hinsicht weich wirkende Frau mit einem gütigen Gesicht. Auch ihr Händedruck war weich, während Alexanders Hand sich anfühlte wie ein Stück Holz. Ich entschuldigte mich sogleich bei den Belows und trat auf die Karimows und ihren Anwalt zu. Ich stellte mich kurz vor.

»Es tut mir sehr leid, dass Sie Ihren Sohn verloren haben«, fuhr ich dann fort. »Und es tut mir auch leid, dass wir hier auf verschiedenen Seiten gegeneinander antreten. Ich hätte Sie lieber unter anderen Umständen kennengelernt.«

»Ach ja?«, fauchte Frau Karimowa.

»Ja, und weshalb verteidigen Sie dann den da?«, fiel ihr Mann ein. Er dreht mir abrupt den Rücken zu, schloss die kleine Gruppe, bestehend aus ihm, seiner Frau und ihrer beider Anwalt, vor mir ab. Ich ging zu meinem kleinen Mandanten und seinen Eltern zurück und fasste noch einmal zusammen, was sie gleich voraussichtlich erwarten würde.

»Dass du mir bloß keine Schande machst«, entfuhr es Alexander unvermittelt und er hob die Hand in Richtung Piotrs Nacken. Dann sah er meinen warnenden Blick und ließ sie wieder sinken. Galina legte ihm leise lächelnd die Hand auf den Unterarm.

Und dann ging alles ganz schnell. Unser Fall wurde aufgerufen, und wir betraten den Gerichtssaal, eher ein Sitzungszimmer. Teppichboden, der Richtertisch ein normaler, jedoch recht langer Schreibtisch, auf beiden Seiten im rechten Winkel dazu die Tische für Kläger und Beklagten. Hinten eine Stuhlreihe für Zuschauer. Dorthin setzten sich Galina und Alexander, was mir weitaus lieber war, als wenn sie sich zu Piotr und mir an den Tisch der Beklagtenseite gesetzt hätten. Piotr entspannte sich merklich.

Ich kannte den Richter. Ein junger Mann, einer von der netten, einfühlsamen Sorte. Er wandte sich an die Kläger. Ich wusste: In der Regel verliert derjenige den Prozess, an den der Richter oder die Richterin die ersten Worte richtet. Denn diese Seite ist es, die belehrt und überzeugt werden muss von der bevorstehenden Niederlage. Sich mit dem mutmaßlichen Gewinner zuerst auszutauschen darüber, weshalb er den Sieg erringen wird, würde ja auch irgendwie schäbig wirken.

Der Richter erklärte, dass er keine Beweise in den Strafakten habe finden können, die Frau Karimows Wahrnehmung bestätigen könnten. Alle Zeugen, die von den Klägern aufgeführt worden waren, hätten Piotrs Darstellung unterstützt. Den Karimows gelte sein ganzes Mitgefühl, und er habe jeden Respekt vor ihrem Anliegen. Aber – wollten sie sich wirklich die Beweisaufnahme antun? Wieder und wieder von jedem Zeugen hören, was geschehen sei? Für eine – ohne einer Entscheidung vorgreifen zu wollen – vielleicht aussichtslose Sache? Der Anwalt der Karimows bat um eine Beratungspause. Schon nach zwei Minuten kehrte er zurück und nahm die Klage von Frau Karimow zurück. Klar, dachte ich, sie wäre besser von Anfang an nicht als Klägerin aufgetreten. Dadurch stand sie als Zeugin nicht zur Verfügung. So aber …

Ich sah Piotr an. »Mein Mandant möchte eine Erklärung abgeben«, sagte ich.

Der Richter blickte erstaunt auf. Dann nickte er. »Ja?«

Piotr schluckte. »Ich – ich habe jetzt keinen mehr zum Spielen«, flüsterte er. »War Anton mein bester Freund. Mein einziger Freund. Es ist so schlimm, dass er tot ist. Jetzt bin ich ganz allein.« Er schluchzte. »Habe ich ihm nichts getan, wirklich nicht. Ich schwöre. Wollte ich ihn nur festhalten. Hat er sich losgerissen.« Er warf sich über den Tisch und verbarg das Gesicht in der Armbeuge. Seine Mutter eilte zu ihm und schlang die Arme um ihn. Bei Antons Eltern brachen nun auch alle Dämme, man wusste nicht, ob aus frisch aufgewühltem Schmerz oder aus einem erstmals sich regenden Mitgefühl für den kleinen Bub, der ihnen da gegenüber saß und an der Bürde der Beschuldigungen so schwer zu tragen hatte, während er wie sie den Verlust von Anton betrauerte. Dem Richter jedenfalls waren diese Tränenfluten eindeutig zu viel. Und wie immer, wenn Gefühle in einem Gerichtssaal zutage treten, die für den Betrachter schwer auszuhalten sind, wurde die Sitzung unterbrochen. Mitgefühl hin, Respekt her.

Nach ein paar Minuten im Flur hatten Antons Eltern sich gefasst, und auch Piotr hatte sich rasch beruhigt.

»Wie geht es dir?«, fragte ich ihn.

»Besser«, antwortete er. »Erleichtert. Ist gut, dass ich dem Richter alles gesagt habe. Der versteht mich, glaube ich.«

»Das glaube ich auch«, sagte ich.

Alexander boxte Piotr kumpelhaft gegen den Oberarm. Galina fuhr ihm durch die Haare und zog ihn dann an sich.

Der Anwalt der Karimows trat auf uns zu. »Wir können wieder«, sagte er. »Ich habe den Auftrag, die Klage zurückzunehmen.«

Und das tat er. Vor weniger als einer Viertelstunde war unser Fall aufgerufen worden. Antons Eltern gingen nicht auf Piotr zu, auch nicht auf Alexander und Galina, ihre ehemaligen Freunde. Sie verließen den Saal fluchtartig und waren nicht mehr zu sehen, als wir hinaustraten.

Mein täglicher Weg zum Gericht führt mich durch die Charlottenstraße und die Straße der Belows und Karimows. Wenige Tage nach der Verhandlung sah ich sie zum ersten Mal, als ich wie immer an der Ampel warten musste. An das Haus der Karimows war eine Tafel aus hellem Holz angeschraubt, nicht größer als eine Postkarte. Darauf war der Name Anton Karimow eingebrannt und der Tag seiner Geburt im Jahre 1984 und der Tag seines Todes im Jahre 1994. In der Straße galt inzwischen bereits Tempo 30 und Durchfahrtsverbot für Lastwagen. In den kommenden Jahren entstand gleich nebenan ein Musiktheater, und die Nachtbar putzte sich mit neuem Anstrich und reparierten Rollos heraus.

Das gelb-rote Haus in der Charlottenstraße erhielt die Aufschrift »Bandidos Place«. Inzwischen wird diese Aufschrift immer wieder einmal mit rotem Tuch abgedeckt oder stolz hergezeigt, je nachdem, ob das mittlerweile geltende Verbot aller Rockergang-Symbole gerade streng überwacht wird oder nicht.

Vor dem Haus wurde ein Bandido von einem Hells Angel wegen einer Frau erschossen. Der Täter, im eigenen Wagen vorgefahren, dessen Nummernschild sein Geburtsdatum aufwies, wurde rasch gefasst und sitzt im Gefängnis.

Die Bordelle haben jetzt teilweise Glasfassaden und Neonreklamen in Blau und Pink. Die Schattenrisse sind weiß auf violettem Grund, es sieht fast chic aus. Die Häuser heißen »Sex Palace« oder »69«. Nur eines nennt sich »Love«, ausgerechnet, und zeigt den weißen Schattenriss eines angezogenen Paares mit Schlaghosen, das sich umarmt. Die Gegend wirkt jetzt bunt und glänzend. Und belebt sich trotzdem nachts nicht sonderlich. Höchstens ein paar Männer stehen hier und da in kleinen Grüppchen herum, einzelne huschen die Straße entlang. Man sieht niemanden flanieren.

In die Straße der Belows und Karimows sind Rumänen eingezogen. Viele Kinder spielen da, und Gruppen junger Männer versuchen, mit großer Gebärde ihre Perspektivlosigkeit vergessen zu machen. Alle Autos fahren im Schritttempo hindurch.

Piotr muss jetzt Anfang dreißig sein. Auch Anton wäre jetzt Anfang dreißig.

Die kleine Tafel hängt bis heute an der Hauswand. Ich sehe sie jeden Tag. Sie ist verwittert und ganz grau geworden, man kann die Aufschrift nicht mehr vom Auto aus lesen.

Aber sie ist noch immer da.

Verloren

Sie hatte alles richtig gemacht. Dieses Mal war ihr alles leicht von der Hand gegangen. Gut, sie hatte sich, als sie die Küche betreten hatte, zuerst nicht mehr besinnen können, wie man das Radio einschaltet. Aber dann hatte sie doch den richtigen Knopf gefunden, rasch sogar. Danach war alles ganz einfach gewesen. Sie hatte Wasser in einen Topf gefüllt und den Topf auf den Herd gestellt. Sie hatte die richtige Herdplatte eingeschaltet. Sie hatte das Ei an der richtigen Seite angestochen. Als das Wasser aufgewallt war, hatte sie das Ei hineingleiten lassen, ohne es zu zerbrechen. Sie hatte die Küchenuhr eingestellt, die klingelte jetzt, nach fünf Minuten. Fünf Minuten waren richtig. Sie griff in den Topf, um das Ei aus dem Wasser zu nehmen. Dann begann sie zu schreien.

Irene und Arndt lebten zusammen in einem großen Haus in ländlicher Umgebung, doch stadtnah. Zum Haus gehörte ein weitläufiger Garten, der in der Gegend berühmt war und manchmal sogar wildfremde Besucher anzog. Durch seine Hanglage verfügte er über mehrere Terrassen und Aussichtspunkte. Verschlungene Pfade, den Hang hinabgeführt, um Hecken und Büsche herum, gaben immer neue, überraschende Blicke auf Beete und Wiesengelände frei. Ein Bach, ganz unten ein Teich mit Seerosen, Bäume. Immer blühte im Wechsel der Jahreszeiten irgendetwas, schon früh im Jahr stand die obere Wiese, das war die Streuobstwiese, in schaumigen Blüten, im späten Herbst das Laub in vielfarbigen Flammen, leuchtend rot vor allem der Amberbaum gleich am Weg, der die obere von der unteren Wiese trennte. Irene hatte dem Garten seine heutige Gestalt gegeben, und große

Teile ihrer freien Zeit verbrachte sie mit Gartenarbeit. Irene und Arndt lebten in diesem Garten, so oft es nur ging. Es gab Ruheplätze und Aussichtspunkte an den unterschiedlichsten Stellen, mit Sitzgruppen aus Holz oder Schmiedeeisen, und je nach Lust und Stimmung konnten sie von oben den gesamten Garten betrachten, vom Teich aus über den lavendelgesäumten Weg nach oben zum Haus blicken oder sich unter eine Laube mit Kletterrosen zurückziehen. Irene tat manchmal stundenlang nichts anderes als zu sitzen und zu schauen. Sie hatte seit Langem schon das Gefühl, angekommen zu sein. Hier würde sie bleiben. Das war ihr Leben. Dieser Garten. Und Arndt.

Sie war Managerin in einem international operierenden Großkonzerns gewesen, als sie Arndt kennenlernte, damals, in einem anderen Leben. Damals, als Arndt noch Politiker gewesen war, bekannt, beliebt, einflussreich, seit mehr als zwanzig Jahren mit Alexa verheiratet, einer Journalistin.

Sie hatten drei Töchter, vierzehn, dreizehn und neun Jahre alt.

»Wo ist eigentlich Ihre Frau heute?«, fragte Irene, als sie auf einer dieser Abendveranstaltungen, auf denen sich Politiker und Geschäftsleute begegnen – Bühnenprogramm, Abendroben und Smokings, kaltes Buffet –, mit Arndt tanzte.

»Bei einem anderen«, antwortete Arndt, lächelnd.

»Ach, das tut mir aber leid«, sagte Irene.

»Oh nein, das dürfen Sie nicht missverstehen. Ich bin damit einverstanden. Wir schränken uns in dieser Hinsicht nicht ein«, entgegnete Arndt. Beinahe ein bisschen stolz sah er dabei aus.

»Sie finden das in Ordnung? Dann tun Sie mir erst recht leid«, entfuhr es Irene. Um ihre Unbeherrschtheit wettzumachen, zwinkerte sie ihm gleich wieder versöhnlich und ein bisschen beschämt zu, und er lachte.

Während sie Runde um Runde drehten, versuchte er, ihr zu erklären, dass er keineswegs zu bedauern war. Das Modell der offenen Ehe funktionierte bei ihm und Alexa. Sie lebten so seit ungefähr sieben Jahren. Damals hatten Alexa und er festgestellt, dass sich Routine und Langeweile in ihre Ehe geschlichen hatten, vor allem im Bett. Sie hatten es mit einem Swinger-Club probiert, das war aber nichts für sie. Sie wollten einander nicht mit anderen Partnern erleben und sie wollten auch keine organisierten Spielchen. Die fanden sie eher komisch als anregend. Was blieb, war das Bedürfnis, nicht aufeinander beschränkt zu bleiben, sich ab und zu mit jemand anderem auszuprobieren und sich dann wieder ganz neu zu begegnen, verändert durch die Berührung mit jenem anderen, mit dem Andersartigen. Beide neigten nicht zur Eifersucht in sexueller Hinsicht, und sie hatten einander versprochen, »seelisch und sozial treu« zu bleiben, wie Arndt sich ausdrückte.

»Was immer das heißen mag«, konterte Irene. »Vielleicht funktioniert es ja bei Ihnen, aber ich glaube, irgendwann funktioniert es eben nicht mehr. Einer leidet immer irgendwann. Oder was ist, wenn man sich verliebt?« Sie merkte plötzlich, dass sie sich schon wieder ereiferte, sie wusste selbst nicht, warum eigentlich. Erhitzt funkelte sie Arndt an und hoffte, er werde es auf den Tanz schieben. Ihre Vorstellungen von einer Liebesbeziehung oder Ehe waren ganz traditionell von Treue auch in körperlicher Hinsicht geprägt und nahmen sich gegen seine sehr konventionell aus, wie er lächelnd einwarf.

»Das ist nur Angst vor offenen Situationen«, meinte er. »Durch Beschränkung bindet man den anderen aber nun mal nicht«.

Sie empörte sich umso mehr: »Und wer sich nach außen orientiert, hält es doch bloß nicht aus, sich auch mal zu langweilen. Mal was durchhalten in einer Partnerschaft, das gibt es ja gar nicht mehr. Kaum fehlt der Kick, schon stiebt man auseinander. Verantwortung, füreinander einstehen, das ist ja wohl aus der Mode gekommen.«

Arndt war unter dieser Redeflut zwar verstummt, innerlich jedoch hatte er sich die ganze Zeit amüsiert. Er fand Irene entzückend, wie sie ihn da so aufgebracht belehrte. An dieser Stelle ihrer Ausführungen griff er aber doch ein: »Puh! Also. Meine Frau und ich stieben bestimmt nicht auseinander, und die Verantwortung für unsere Ehe sehen wir eben darin, dass wir uns Freiheiten lassen und trotzdem füreinander einstehen.«

Nun war es an Irene, zu verstummen. Sie kam sich plötzlich ganz naiv vor und hatte das Gefühl, Arndt unrecht getan zu haben. Zugleich aber erschien ihr Arndt, der sympathische, volkstümliche Politiker, auf abstoßende Weise überheblich.

»Sie mögen ja meine Meinung nicht teilen«, beschied sie ihn, »aber Sie müssen sie auch nicht so demonstrativ niedlich finden. Ich bin schließlich nicht eines Ihrer Betthäschen.«

Schade eigentlich, dachte Arndt und schämte sich sofort, aber nicht sehr.

Sie schwiegen beide für einen Moment, der ihnen klarmachte, dass dies ein recht ungewöhnlicher Meinungsaustausch gewesen war zwischen zwei kaum miteinander bekannten Menschen, die sich siezten und auf einer offiziellen Veranstaltung miteinander tanzten – viel zu lange übrigens schon.

Vielleicht bloß eine sehr spezielle Art der Anmache, überlegte Irene. Verlegen wechselten sie nur noch ein paar floskelhafte Bemerkungen, bis sie sich wieder sicherer fühlten, und wandten sich dann anderen Gesprächspartnern zu.

Am nächsten Tag ließ Arndt Erkundigungen über Irene einziehen. Sie war, obwohl erst Anfang vierzig, bereits seit Längerem Witwe. Ihr Mann hatte Krebs gehabt, und sie hatte ihn bis zu seinem Tod gepflegt. Das war einige Jahre her, in denen sie Karriere gemacht und sich den Ruf einer Nonne erworben hatte. Er griff zum Telefon und rief sie an, um sich zu entschuldigen.

»Wofür eigentlich?«, fragte Irene.

Monate später, nach einigen Tassen Kaffee, ein paar Abendessen und schließlich einer gemeinsamen Nacht, begriff Arndt, dass er sich in Irene verliebt hatte. In Irene, die moderne Managerin und altmodische Geliebte, in Irene, die Eiferin, in Irene, die Geradlinige, Aufrichtige, die von ihm Treue in jeder Hinsicht verlangte. Wenn er sich für sie entschiede. Und er musste sich entscheiden, soviel war klar.

Irene war eben kein Betthäschen. Das war gut, fand er. Aber auch furchtbar, denn da waren Alexa und die drei Töchter. Da war auch sein Unbehagen gegenüber Irenes Treueerwartung.

Als er sich schließlich durchgerungen hatte, als er es Alexa sagte, da sagte er es so, dass kein Zweifel blieb: Es hatte keinen Zweck, um ihn zu kämpfen. Nie in seinem

Leben war er einer Sache so sicher gewesen. Nicht einmal damals, als er Alexa geheiratet hatte.

Nach einer durchwachten, durchzechten, durchweinten Nacht – Arndt war in seinem Büro geblieben – kündigte Alexa ihm an, dass sie ihn fertigmachen werde, vor allem politisch.

»Das wird dir noch leidtun. Du hast ja keine Ahnung, wen ich alles kenne.«

Alexa gehörte zu den tatkräftigen Frauen. Sie übersprang die Trennungsphase des Nicht-glauben-wollens und landete stattdessen gleich mit beiden Beinen in der Phase besinnungsloser Wut. Ihr Zorn auf Arndt und Irene war ohne Maß, und das war genau das richtige Gefühl, fand sie. Es tat ihr gut. Sie hatte keinen Hang dazu, lange zu trauern, oh nein, sie nicht. Sie wollte handeln.

Sie rief die Lokalzeitung an und bot einen Exklusivbericht über ihre Ehe und deren Ende an. Die Zeitung, der Partei von Arndt politisch nahestehend, lehnte ab, was – vielleicht – damit zusammenhing, dass Arndt schneller gewesen war und sich bereits mit dem Blatt in Verbindung gesetzt hatte. Er hatte den Chefredakteur, den er natürlich sehr gut kannte, mit dürren Worten darüber informiert, dass er und seine Frau sich getrennt hätten, dass die Kinder bei ihr leben würden, wo er sie gut betreut und erzogen wisse, und dass alles getan werde, damit aus einer nicht mehr funktionierenden Ehe eine umso stärkere freundschaftliche Verbundenheit werde.

Als Alexa in ihrer eigenen Redaktion eine Andeutung machte, sie könne da mit gewissen Informationen über Arndt …, unterbrach sie zu ihrem Glück ein befreundeter Kollege, der sie bat, ihren Verstand wieder einzuschalten. »Ich höre dir gern zu, und wenn du Hilfe brauchst, bin ich da. Als Freund. Aber wenn du mit deinem Privatkram hier hausieren gehst, machst du dich völlig unmöglich.«

Alexa begriff. Das war nur der Weg, sich selbst zu ruinieren. Und nicht etwa Arndt.

Da fiel ihr Blick auf die drei Töchter.

Arndt war noch am Tag nach der Trennung von Alexa bei Irene eingezogen. Beide sahen keinen Sinn darin, dass er weiter im Büro schlief oder sich vorübergehend eine eigene Wohnung suchte. Sie wollten sowieso zusammenleben, wozu also warten?

Und dann, kaum zwei Wochen später, entdeckte Irene das Haus. Das Haus und den Garten. Es war ihrer beider Haus, ihrer beider Garten. Von der ersten Sekunde an. So wie sie einander verfallen waren, verfielen sie nun gemeinsam diesem Stückchen Erde. Das Haus war mindestens hundert Jahre alt, es war aus Backsteinen gebaut, die mit der Zeit verwittert und schwärzlich-rot geworden waren, und hatte im oberen Geschoss – von der Gartenseite aus betrachtet – leuchtend grüne Fensterläden. Nach vorn, zum Sträßchen hin, lag dieses Geschoss ebenerdig. Von hier aus betrat man das Haus durch eine alte, dunkle Holztür mit Schnitzereien. Nach hinten hinaus hatte es eine zusätzliche untere Etage mit Rundbogenfenstern, die bis zum Boden reichten.

Arndt und Irene richteten sich ganz altmodisch und warm ein, mit wuchtigen, antiken Möbeln und dicken, orientalischen Teppichen auf den alten Holzdielen. Bücher, ganze Wände voll. Viel Brokat. Nur die großen Rundbogenfenster im unteren Geschoss blieben frei von Gardinen und jeglichem Zierrat, und außer Blumensträußen aus dem Garten kamen ihnen keine Pflanzen ins Haus. Nichts sollte den Blick abfangen und vom Garten weglenken.

Sie waren kaum ein Vierteljahr zusammen, da war ihr gemeinsames Leben fertig eingerichtet, auf das Beste, wie beide fanden. Irene hatte alles gekauft und damit ihr Vermögen aufgebraucht, denn sie wussten beide, dass einige finanzielle Belastungen auf Arndt zukamen. Er zahlte großzügig, überschüttete Frau und Kinder mit allem, was er hatte. Das Haus, in dem er mit seiner Familie gewohnt hatte, überschrieb er ohne viel Federlesens Alexa. Viel Geld hatte er nicht zurückgelegt, aber auch das Wenige gab er ihr zum Ausgleich für die paar Möbel, die er aus dem gemeinsamen Haus mitgenommen hatte. Auf keinen Fall sollten seine Kinder unter der Trennung mehr als nötig leiden, zumindest nicht materiell. Darum verpflichtete er sich auch zur Zahlung eines üppigen Unterhalts, notariell und in vollstreckbarer Form. Außer seinem durch den Unterhalt freilich drastisch reduzierten Einkommen als Politiker hatte er nun nichts mehr. Das störte ihn aber nicht, denn er hatte Irene und ihr Haus und ihren Garten.

Dass alle drei Töchter sich bei ihm nicht blicken ließen, höchstens mal etwas fremdelnd mit ihm telefonierten, und das auch nur, wenn er anrief, wunderte ihn nicht. Sie hatten seinen Auszug nicht verwunden, dazu die neue Partnerin, der Vater erst in der Wohnung dieser Fremden, schließlich noch das Umzugschaos – er erwartete nichts.

Als er zum ersten Mal mit Nachdruck darauf bestand, dass sie ihn besuchten, um Irene und sein neues Zuhause kennenzulernen, kamen sie tatsächlich alle drei an einem Sonntag zur Kaffeezeit. Irene hatte sich große Mühe gegeben. Sie hatte extra zwei Kuchen gebacken, den Haushalt mit Kakao, Säften und Milch bevorratet und für alle Fälle Gesellschaftsspiele eingekauft, die für jedes Alter geeignet waren. Als Arndt die schöne, alte Haustür öffnete, prallte er erst einmal zurück.

Charlotte, seine Älteste, hatte sich einen Irokesenschnitt verpassen lassen und den verbliebenen Schopf in ein leuchtendes Pink gefärbt. Hautenge Röhrenjeans, die Hände tief in den Taschen vergraben. Ein Wunder eigentlich, dachte Arndt, dass sie in diese Jeans noch ihre Hände hineinzwängen kann. Er biss sich auf die Lippen und tat, als sei der neue Look von Charlotte der vertrauteste Anblick. Als Erstes führte er seine Töchter durch den Garten, zumindest setzte er dazu an.

»Ich bleibe hier«, sagte Johanna, die mittlere, verschränkte die Arme und blieb am Törchen stehen, durch das man von oben her in den Garten gelangte. Charlotte fand es offenbar nicht der Mühe wert, Arndt vor den Kopf zu stoßen, sie ging wie ihre jüngste Schwester, Claire, hinter ihm her den Pfad neben dem Haus hinab. Soweit man von Gehen sprechen konnte, eher latschte sie, die Hände weiterhin in den Hosentaschen vergraben, der Gesichtsausdruck betont gelangweilt. Nur Claire wieselte unbekümmert neben Arndt her, ließ sich jeden Baum, jeden Busch und vor allem jede Blüte erklären. Das tat er mindestens so eifrig wie sie fragte und zuhörte. Und wie sie sich dann begeistern ließ von dem Insektenhaus aus Backsteinen, Stroh und Holz, das Irene hatte bauen lassen!

Und als wolle er gerade sie begrüßen und den Gartenbesuch krönen, begann schließlich unten am Teich ein Frosch zu quaken. Man konnte ihn sogar sehen, auf einem Stein am Rande des Teichs, eine kleine, knallgrün perlmuttartig schimmernde Gestalt, deren Schallblasen sich bei jedem Laut kräftig ausstülpten. Davon erzählte Claire noch am Kaffeetisch, an den sich alle gesetzt hatten, nachdem Arndt die Töchter mit Irene bekannt gemacht hatte. Irene hatte nicht versucht, Charlotte (Hände in den Hosentaschen) oder Johanna (verschränkte Arme) die Hand zu geben. Sie bemühte sich wie Arndt, so zu tun, als habe sie die drei jeden Sonntag zu Gast. Als der Kuchen aufgetischt wurde (»Den hat Irene extra für euch gebacken!«) und Irene sich nach den Getränkewünschen der drei erkundigte, sprang Johanna plötzlich auf und schrie: »Der verfluchte Scheißkuchen stinkt!«, und Charlotte fauchte: »Was für eine Gruft hier. Komm, Claire! Wir gehen jetzt.« »Aber – « »Los, komm jetzt!« Sie zerrte Claire an der Hand vom Stuhl und aus dem Haus. Arndt, der Anstalten machte, die drei zurückzuhalten, wurde sanft von Irene daran gehindert. Schweigend räumte er den Tisch ab.

»Gib ihnen Zeit«, sagte Irene.

Und das tat er. Er rief ab und zu an, im Haus seiner Frau und seiner drei Töchter, in seinem ehemaligen Haus, das jetzt das Haus seiner ehemaligen Familie war. Wenn Charlotte den Anruf entgegennahm, legte sie wortlos auf.

Johanna erging sich eine Zeit lang in Beschimpfungen: »Du hast alles kaputt gemacht!« oder »Wegen dir können wir jetzt nicht mehr reiten gehen, es ist kein Geld da, sagt Mama.« oder »Erst gehst du wegen der weg, und dann lässt du uns mit dem Geld hängen.« Als er genug davon hatte und sanft darauf hinwies, dass er fast nichts mitgenommen hatte, dass er das Haus und sein Vermögen Alexa überschrieben hatte und dass er großzügig Unterhalt zahlte, schrie sie in den Hörer: »Du lügst ja!« Und unterbrach die Verbindung. Danach ging sie nicht mehr ans Telefon. Alexa sprach sowieso nicht mit ihm, nie.

Nur Claire, die von Liebesleid und Verrat, von geplatzten Träumen und von Geld nichts wusste, Claire, die einfach nur ihren Vater liebte und immer noch und immer wieder hoffte, ihn lieben zu dürfen, blieb ihm. Sie besuchte ihn und Irene regelmäßig. Sie mochte Irene, die Kinderlose, die immer ganz in diesen Besuchen aufging, die Claire ihre ganze Aufmerksamkeit und Zuwendung schenkte, wenn sie da war. Mochte die drahtige, energische Irene mit den raschen, zielstrebigen Bewegungen. Mochte die Irene, die so durch und durch weich wurde und nichts Drahtiges und Rasches mehr hatte, wenn Claire sich an sie lehnte. Arndt, der eher Behäbige, sah die beiden mit stillem Glück an. Die Liebe seiner jüngsten Tochter und seine Liebe zu ihr fühlte er so stark, dass es manchmal weh tat. Vor allem, wenn er sie zurückbringen musste und das stille Glück dem stillen Schmerz wich, jedes Mal.

Und doch: Wenn sie weg war, erfüllte die kleine Flamme, die sie in seinem Innersten immer wieder aufs Neue entfachte, ihn noch für eine ganze Weile mit Wärme und Licht. Die anderen beiden, dachte er in solchen Momenten, Charlotte und Johanna, die würden auch wiederkommen. Ab und zu rief er an. Sie legten auf. Alexa auch.

Nach knapp zwei Jahren ließ Arndt sich scheiden, so lernte ich ihn kennen. Als ich die Verträge zu Gesicht bekam, die Arndt zu Alexas Nutzen und zu seinem Schaden abgeschlossen hatte, schlug ich die Hände über dem Kopf zusammen. Aber es war nichts zu machen. Zwar vielleicht juristisch über einige Umwege, aber nicht mit Arndt. Der wollte unbedingt, dass Alexa sein Vermögen behielt, ohne jeden Ausgleich. Nur die Verweigerungshaltung seiner beiden älteren Töchter machte ihm wirklich zu schaffen. Es war natürlich nicht daran zu denken, eine Sechzehnjährige und eine Fünfzehnjährige dazu zu zwingen, mit dem Vater Kontakt zu haben. Und den Gedanken, sich um Unterstützung bei einer Kontaktanbahnung an das Jugendamt zu wenden, wies Arndt als lächerlich zurück.

Als aber die beiden älteren Töchter Alexa zum Scheidungstermin begleiteten – natürlich würdigten sie ihren Vater keines Blickes –, kam mir eine Idee, wie wir zumindest mehr über ihre Motive und Arndts Aussichten erfahren könnten. Ich bat die Familienrichterin, sich kurz mit den beiden in Abwesenheit aller anderen Beteiligten darüber zu unterhalten, ob sie eventuell bereit seien, es doch noch einmal mit dem Vater zu versuchen, und wenn nein, warum nicht. Die Richterin musste das nicht tun, es ging schließlich um die Scheidung und nicht um die Kinder, aber sie tat es. Sie bat die beiden in ihr Büro. Anschließend berichtete sie uns, dass Charlotte und Johanna nur immer beharrlich darauf bestanden hätten, den Vater nicht sehen zu wollen.

»Ich kann die nicht leiden«, habe Charlotte gesagt und wohl Irene gemeint.

»Der hat sich gar nicht mehr um uns gekümmert!«, habe Johanna nur beanstandet.

Das verblüffte Arndt: »Aber ich habe doch …«

Später, vor dem Gerichtssaal, erklärte ich ihm, was ich hinter Johannas Anschuldigung vermutete: Sie war offenbar hin- und hergerissen zwischen ihrem Bestreben, sämtliche Bemühungen des Vaters um sie demonstrativ zurückzuweisen und ihn dadurch zu bestrafen, und dem Wunsch, er möge diese Bemühungen dennoch unbeirrt fortsetzen.

Doch das tat er nicht. Stattdessen gab er seine beiden älteren Töchter auf. Lebte mit Irene und versuchte, sich mit Claire, dem letzten Menschen aus seinem alten Leben, zu begnügen.

Irenes Veränderung ging schleichend vor sich. Sie verwechselte schon einmal Zucker und Salz. Sie wurde vergesslich. Sie saß gelegentlich abends im Dunkeln da, wenn Arndt später als sie nach Hause kam, sie hatte sich nicht darauf besinnen können, wie man Licht macht. Sie versuchte, sich alles zu merken. Sie wollte alles richtig machen. Aber es wollte ihr nicht gelingen. In ihrem Unternehmen wusste sie manchmal die Namen wichtiger Geschäftspartner nicht mehr. Eine Zeitlang gelang es ihrer Sekretärin, ihr zu soufflieren und sie abzuschirmen und zu schützen. Als sie aber eines Tages auf einer Konferenz unsicher um sich schaute und versuchte, sich zu erinnern, wer sich hier zu welchem Zweck versammelt hatte, rannte sie unter Tränen erst aus dem Raum und dann aus dem Job. Ohne Abfindung.

Und Arndt, der sie eines Sonntags zum Notarzt fahren musste, weil sie sich die Finger verbrüht hatte bei dem Versuch, Eier aus einem Topf mit kochendem Wasser zu fischen, begann sich zu fragen, ob er es überhaupt noch wagen konnte, sie tagsüber allein zu lassen. Er wagte es. Sie schob ein Schneidebrett aus Holz in den heißen Backofen. Die Haushaltshilfe kam zufällig an dem Tag und verhütete einen Brand. Arndt bat sie, nun jeden Tag zu kommen und nach Irene zu schauen. Immerhin hatte Irene eine Krankentagegeldversicherung, ihr Auskommen war einstweilen gesichert, und für das Gehalt der Haushaltshilfe reichte sein Gehalt bequem aus.

Irene wurde misstrauisch und eifersüchtig. Sie verdächtigte nun die Haushaltshilfe, Arndts Geliebte zu sein. Die nahm das gelassen mit einem Lächeln und versorgte den Haushalt, so gut es eben ging.

Irene ließ sie nicht aus den Augen, lief die ganze Zeit, bei jeder Verrichtung neben ihr her. Als Nächstes beschuldigte Irene sie, gestohlen zu haben. Darauf reagierte die Haushaltshilfe weniger gelassen und beschwerte sich bei Arndt. Er machte ihr begreiflich, dass diese Verdächtigungen nur Ausdruck von Irenes zerfallendem Geist waren und nichts besagten. Er erwartete, dass die Haushaltshilfe das schluckte. Und obwohl es sie schwer ankam, verstand sie es zumindest.

Schließlich fing Irene an, Claire zu verdächtigen, mit Arndt ein Verhältnis zu haben. Da war Claire vierzehn Jahre alt und alles andere als gelassen. Fassungslos erlebte sie, wie Irene erst ein ums andere Mal sie und Arndt misstrauisch beobachtete, sie dann feindselig anzischte und ihr eines Tages schließlich unvermittelt ins Gesicht schlug. Arndt versuchte, ihr zu erklären, dass Irene nichts dafür konnte. Claire verließ das Haus und kam nicht mehr zu ihm.

»Sie hatten alle recht, Mama, Charlotte und Johanna«, ließ sie Arndt wissen, als er sie anrief. »Sie macht alles kaputt, siehst du das denn nicht?« Nein, er sah es nicht. Schrieb ihr einen Brief, um sich zu erklären. Claire antwortete nicht. Er schrieb erneut. Der Brief kam ungeöffnet zurück. Er schrieb noch einmal, ein Kärtchen, das musste sie ja lesen: »Wir können uns in einem Café treffen oder etwas zusammen unternehmen, wenn Du Irene für den Moment nicht sehen willst.« Auch das Kärtchen kam zurück, in einem Umschlag. Darauf hatte sie geschrieben: »Kapierst Du's nicht? Du sollst Dich aus meinem Leben scheren! Fuck off!«

Da gab er auch Claire auf.

Irene ließ Herdplatten an. Sie verließ das Haus und fand nicht zurück. Man musste ständig hinter ihr her sein, jede Sekunde. Es reichte nicht, was die Haushaltshilfe leisten konnte. Arndt musste sich mehr und mehr um sie kümmern. Die nächsten Wahlen standen an. Arndt kandidierte nicht mehr, er konnte unter diesen Bedingungen nicht einfach in die Welt hinausgehen und einen Wahlkampf führen. Nun musste er von seiner Rente leben. Die war schmal, weil die Scheidung ihn große Teile davon gekostet hatte. Irenes Krankentagegeld reichte auch nicht mehr weit, ihr Vermögen musste verzehrt werden. Und viel Vermögen hatte sie nicht aufgebaut in den kurzen Jahren nach dem Hauskauf und vor ihrer Kündigung. Die Haushaltshilfe konnten sie sich jetzt wieder nur noch einmal die Woche leisten, dafür kam täglich eine Pflegerin vorbei, die von der Pflegeversicherung bezahlt wurde.

Arndt kam erneut zu mir, um sich zu erkundigen, ob jetzt noch etwas gegen seine Rentenkürzung zu machen sei, zumal Alexa davon nichts hatte, sie war noch nicht in Rente. Ich konnte Arndt nicht helfen, weil Alexa keinen Unterhalt für sich selbst mehr bekam. Sie hatte den Kollegen geheiratet, der damals ihr unheilvolles Vorhaben verhindert hatte. Arndt hatte ihn immer sehr gemocht, sagte er mir. Die Rechtslage war allerdings eindeutig. Ich fragte Arndt, ob er jetzt Menschen hätte, die ihm zur Seite stünden. Er schwieg einen Moment. Dann berichtete er mir, dass er ohne Verwandte sei und dass seine Freundschaften alle aus der Politik stammten.

»Davon bleibt nichts, wenn man keinen Einfluss mehr hat. Das sind politische Weggefährten, aber keine wirklichen Freunde. Ich hab das jetzt erst mitbekommen.«

»Das heißt, Sie sind mit Ihrer Situation ganz allein?«

»So sieht es wohl aus.«

Ich gab ihm noch den Hinweis, dass es Selbsthilfegruppen für Angehörige von Alzheimer-Patienten gäbe. Mehr konnte ich nicht für ihn tun.

Arndt konnte sich kaum noch aus dem Haus bewegen. Ging er nur kurz eine Besorgung machen und ließ Irene zurück, selbst unter Aufsicht, wurde sie unruhig, weinte und verlangte nach ihm. Sie beruhigte sich erst, wenn er wieder zurück war, hängte sich an ihn. Die Pflegerin drängte ihn, ein Heim für sie zu suchen. Vorsichtig sprach er das Thema gegenüber Irene an.

»Dann bringe ich mich um«, verkündete sie. Triumphierend. Sie ging ersichtlich davon aus, dass er das Risiko nicht auf sich nehmen würde.

»Nimm doch Vernunft an, so geht es nicht weiter«, wollte Arndt schon sagen, aber die Absurdität einer solchen Äußerung war ihm sofort bewusst, und er schwieg.

Nachts fiel Irene aus dem Bett und wusste nicht, wie sie wieder hochkommen sollte. Ruderte mit den Armen. Schrie und greinte. Arndt schob seine Arme sacht unter ihren Körper, hob sie hoch und legte sie wieder hin.

Zog die Bettdecke über sie. Sehr sanft, sehr zart. Beim ersten Mal. Sehr ruhig, sehr begütigend beim nächsten Mal. Sehr rasch, sehr entschlossen beim darauffolgenden Mal. Roh und lieblos alle weiteren Male. Wenn er sie aufhob und in seinen Armen hielt, dann nur, um sich so rasch wie möglich ihrer zu entledigen, indem er sie von sich stieß, ins Bett stieß, das sie noch immer mit ihm teilte. Verließ er das Zimmer, um allein zu schlafen, schrie und weinte sie, bis er zurückkehrte. Manchmal war sie ihm widerwärtig. Als er sich bei dem Wunsch ertappte, sie am Bett festzuschnallen, um endlich einmal wieder durchzuschlafen, trug er sie auf Wartelisten einiger Pflegeheime mit sehr gutem Ruf ein. Dann ließ er das Bett vergittern, in dem er gemeinsam mit ihr schlief.

Und erneut kam er zu mir. Er wusste, dass Irenes laufende Einkünfte für ein Pflegeheim nicht ausreichen würden. Ihr kleines Vermögen musste also weiter abgeschmolzen werden und würde nur einige Monate reichen. Was aber wäre dann? Müsste er nicht für das Haus, Irenes Haus, Miete zahlen? Miete, die er sich nicht leisten konnte? Sicher würde ein Betreuer für Irene eingesetzt. Wäre es eine gute Idee, die Betreuung selbst zu übernehmen und anstelle der Betreuervergütung mietfreies Wohnen im Haus in Anspruch zu nehmen? Ich klärte Arndt darüber auf, dass ein Betreuer nicht schalten und walten kann, wie es ihm beliebt, sondern jeden Schritt mit dem Vormundschaftsgericht abzustimmen und zu rechtfertigen hat. Meine Prognose war, dass das Vormundschaftsgericht auf keinen Fall Arndt als Betreuer einsetzen würde, sobald zutage träte, dass er Interessen hatte, die mit Irenes Interessen kollidierten: Als Betreuer müsste Arndt das Haus verkaufen oder vermieten, um möglichst viel Geld für Irenes Pflege frei verfügbar zu haben. Als Privatperson müsste er einen Verkauf oder eine Vermietung vermeiden, um sein Zuhause zu behalten. Ich fragte ihn, ob sich das Haus aufteilen ließe, sodass man einen größeren Teil vermieten könne und er sich auf einen kleineren Teil zurückziehen könne, für den er sich die angemessene Miete leisten könne, eventuell dann doch aus einer Vergütung als Betreuer. Das, so sagte er mir nach kurzem Nachdenken, wäre auf jeden Fall mit größeren, vor allem teuren Umbaumaßnahmen verbunden und komme deswegen auch nicht in Betracht. Zum dritten Mal entließ ich Arndt, ohne ihm wirklich helfen zu können.

»Ich wünschte, ich hätte Ihnen erfreulichere Auskünfte geben können«, sagte ich ihm zum Abschied, mehr, um irgendetwas zu sagen. Er quittierte es mit schiefem Lächeln, hinter dem die Hoffnungslosigkeit so deutlich wahrzunehmen war, dass es mir den ganzen Tag noch nachging.

Als Arndt Irene ins Heim brachte, weinte sie auf dem ganzen Weg dorthin. Sie weinte weiter, als sie sehr freundlich in Empfang genommen wurden. Sie weinte, als man ihr das elegante, helle Haus, das nun ihr Zuhause werden sollte, zeigte. Sie weinte, als man sie beide in das Zimmer brachte, in dem schon ihr Lieblingssessel, ihre geliebte, alte Kirschholzkommode und ihr dazu passender Kleiderschrank standen. Sie hörte erst auf, als sie mit Arndt allein war. Legte sich auf das Bett und starrte an die Decke, reglos, während Arndt ihre Kleidung und ihre persönlichen Sachen an neue Plätze räumte, ordentlich gefaltet, ordentlich aufgehängt, ordentlich aufgestellt. Hoffend, dass er die Dinge in eine sinnvolle

Ordnung gebracht hätte, sodass sie alles wiederfinden würde, wenn sie es bräuchte. Sie schwiegen beide, und in diesem Schweigen wurde Arndt unvermittelt und unentrinnbar bewusst, dass er nie aufgehört hatte, Irene zu lieben. Ihre Veränderung und seine Mühen und Verluste hatten daran nichts ändern können. Er liebte sie. Und nun musste er sich von ihr trennen. Sie würden ab sofort an verschiedenen Orten leben.

»Ich besuche dich jeden Tag«, sagte er. Sie wandte den Blick von der Decke. Drehte den Kopf zu ihm und sah ihn unbewegt an. Als er sich zu ihr hinunterbeugte, um sie zu küssen, drehte sie sich wortlos wieder von ihm weg. Noch bevor er die Tür hinter sich schloss, hörte er, dass sie erneut begonnen hatte zu schluchzen. Seine Beine trugen ihn noch einen Schritt weit. Dann musste er sich an dem Handlauf, der hier alle Flure säumte, festklammern. Rutschte trotzdem langsam an der Wand entlang zu Boden. Saß da mit angewinkelten Beinen. Schlug die Hände vors Gesicht. So weinten sie beide, Irene und Arndt, sie weinten auf verschiedenen Seiten der Wand.

Als Arndt zu Hause angekommen war, bei dem Haus, das er nicht mehr lange bewohnen würde, ging er gleich durch in den Garten, nahm im Vorbeigehen die Gartenschere mit. Es war spät im Juni, die Rosen und der Lavendel blühten, es leuchtete burgunderrot, pink, rosa, weiß und lila, und es duftete. Rosen und Lavendel. Systematisch schnitt er alle Rosenblüten und -knospen ab, derer er habhaft werden konnte, ließ die Köpfe einfach auf die Erde fallen, sie fielen und rollten aus, wo sie gerade aufkamen. Schnitt auch die blühenden Lavendelzweige weg bis auf die Stümpfe.

Dann hörte er das Telefon klingeln. Eigenartig, wie fremd dieses Geräusch schon war. Er hatte gar keine Lust, den Anruf entgegenzunehmen. Schnitt immer weiter. Arbeitete sich Stück für Stück den Pfad entlang.

Doch der Anrufer war geduldig.

Es war Charlotte. Er wurde Großvater.

Das letzte Bild

Sie fuhr auf, als der Wecker klingelte. Es war halb fünf. Sie hatte nicht viel mehr als vier Stunden Schlaf bekommen in dieser Nacht. Das Baby war ruhig. Sie stand auf und schaute nach ihm. Es sah merkwürdig aus. Benommen irgendwie. Die Augen halb geöffnet, die Augäpfel verdreht. Es atmete unregelmäßig. Der Brustkorb flatterte, als sei er aus Papier.

Jolanta war einen Moment lang starr, dann schrie sie nach Erik.

Im Krankenhaus sagte man den jungen Eltern nicht sofort, dass ihr Kind tot war. Die Ärzte hatten zuerst die Polizei alarmiert. Sie glaubten nicht an einen natürlichen Tod. Erst als die Beamten im Anmarsch waren, wandte man sich wieder an die Eltern. Ein Assistenzarzt wurde vorgeschickt. Es war derselbe, der ihr Kind entgegengenommen hatte, er hatte Nachtdienst gehabt. Auch er hatte kaum ein Auge zugetan in dieser Nacht, die damit endete, dass Erik und Jolanta den kleinen Jeremy bei ihm einlieferten. Aus rotgeränderten Augen schaute er sie jetzt kühl an, und fast schroff eröffnete er ihnen, dass ihr Sohn schon nicht mehr lebte, als sie ihn in seine Arme gelegt hatten, und dass die Ärzte nichts mehr für ihn hatten tun können, obwohl alles versucht worden war, um ihn wiederzubeleben. Nun müssten sie, die Eltern, mit den Polizeibeamten mitgehen, die bereits auf sie warteten, um die Hintergründe für den Tod ihres Kindes aufzuklären.

Erik war wie versteinert. Sein Sohn Jeremy krank, bewusstlos. Sein Sohn Jeremy tot. Er und Jolanta auf dem Weg ins Polizeipräsidium. Nicht einmal Abschied hatte er nehmen dürfen von seinem toten Kind. Niemand sagte ihm, was eigentlich los war. Es war kurz nach halb sechs. Vor einer guten Stunde hatte der Wecker geklingelt, und seitdem schien in seinem Leben kein Stein mehr auf dem anderen geblieben zu sein. Jolanta weinte leise vor sich hin. Aber sie durften nicht miteinander reden, Jolanta und er. In verschiedenen Wagen wurden sie aufs Präsidium gefahren.

Mehr als drei Stunden lang wurden sie getrennt voneinander verhört. Dann war klar: Erik durfte nach Hause. Jolanta blieb in Polizeigewahrsam. Es war neun Uhr.

Einen Tag später las der Staatsanwalt den Obduktionsbericht, langsam und mit vielen Pausen. Er klappte die Akte zu und starrte einige Minuten lang reglos auf den Aktendeckel. Dann richtete er sich auf, holte tief Luft und diktierte den Antrag auf Anordnung der Untersuchungshaft. Der Haftrichter erließ Haftbefehl. Man würde Jolanta den Prozess machen. Sie wurde beschuldigt, ihr Kind umgebracht zu haben.

Erik war nicht zum ersten Mal bei mir, als er mich bat, ihn zu vertreten. Bereits ein paar Wochen zuvor hatte er mich aufgesucht und wissen wollen, was auf ihn zukäme, wenn er sich scheiden ließe. Seine Frau sei mit dem Kind und dem Haushalt überfordert, hatte er mir anvertraut. Seine Idee war, sich von Jolanta zu trennen und Jeremy zur Großmutter, seiner Mutter, zu geben. Die hatte er gleich mitgebracht, und während sie ein ums andere Mal bestätigte, dass sie nur zu gern bereit sei, Jeremy zu versorgen, meinte ich einen gewissen Unterton auszumachen, einen Übereifer, der offenbar nicht nur von selbstlosen Motiven getragen war. Dass Jeremy ihrer Schwiegertochter entzogen und ihr anvertraut werden könnte, war anscheinend eine Aussicht, die sie mit Befriedigung erfüllte.

Und richtig: »Die ist nichts für meinen Sohn. Und die ist auch nichts für meinen Enkel. Ein oberflächliches Ding, wenn Sie mich fragen«, verkündete sie und zog einige Fotografien aus der Tasche, die mir beweisen sollten, dass es in der Wohnung von Erik und Jolanta drunter und drüber ging.

»Eine richtige Messie-Wohnung ist das ja schon«, erklärte sie mir. Ja, sicher. Einige Wäscheberge, ungemachte Betten. Geschirr türmte sich auf der Spüle. Babysachen überall.

Ich hatte zugemüllte, schmutzstarrende Wohnungen gesehen. Wohnungen, in denen das vollgekleckerte Geschirr von Wochen und Monaten auf dem Herd verschimmelte, halb leergegessene, ebenfalls schimmelnde Verpackungen von Fertigmahlzeiten herumlagen, Aschenbecher überquollen, die Mülltüten sich stapelten und mit Insekten vollgeklebte Fliegenfänger von der Decke hingen. Die Wohnung von Erik und Jolanta sah einfach nur ein bisschen schlampig aus, nichts, was nicht binnen zwei, drei Stunden in Ordnung zu bringen war. Vor allem nichts, was ein Kind gefährden könnte. Und ich war sicher, dass die Fotos, was das betraf, keinen noch so entlegenen Anlass zur Beanstandung aussparten.

Ich hatte Erik und seiner Mutter daher die Fotos zurückgereicht und ihnen meine Einschätzung mitgeteilt, dass es keinen Grund gab, Jolanta im Falle einer Trennung das Kind wegzunehmen, um es der Großmutter zu geben. Erik versuchte weiter, mich zu überzeugen.

»Die flennt dauernd«, sagte er mir. »Die sagt, sie schafft das alles nicht mehr.« Klingt nach Erschöpfung, vielleicht schon depressiv, dachte ich und riet Erik, darüber nachzudenken, ob er nicht das Jugendamt um Hilfe bitten wolle, gemeinsam mit Jolanta. Vielleicht wäre eine Familienhelferin nützlich, die das Jugendamt stellen würde. Die könnte dann ab und zu nach dem Rechten sehen, Jolanta unter die Arme greifen und ihr Tipps zur Bewältigung von Jeremys Versorgung geben.

Das war sechs Wochen her. Und nun kam Erik erneut zu mir. Als er anrief, um den Termin mit mir zu vereinbaren, stellte ihn eine hörbar geschockte Sekretärin direkt zu mir durch.

»Ich kann den Mann kaum verstehen«, sagte sie zu mir, »der weint ganz furchtbar. Ich glaube, sein Sohn ist gestorben oder so was. Wie schrecklich! Es ist vielleicht besser, wenn Sie mit ihm reden.«

Als er mir dann gegenübersaß, brauchte er minutenlang, bis er sprechen konnte. Er weinte nicht. Er saß einfach da und schwieg und rang mit sich.

»Mein Sohn«, brachte er schließlich heraus, dann übermannte ihn seine Verzweiflung, und es schüttelte ihn so sehr vor Weinen und Schluchzen, dass ich mich fragte, ob ein Gespräch an diesem Tag überhaupt Sinn hätte. Erik hatte aber wieder seine Mutter, Hildegard, mitgebracht, und dieses Mal war ich froh darum. So erfuhr ich wenigstens, was sich zugetragen hatte. Was Hildegard mir berichtete, war stark eingefärbt von gerechter Empörung, ja Hass auf Jolanta. Jedes Wort eine Anklage.

Das hilft ihr wohl, sich der Trauer um ihr totes Enkelkind nicht so zu überlassen wie ihr Sohn, dachte ich bei mir.

Hildegard blieb auf diese Weise handlungsfähig und war in der Lage, mich zu unterrichten, während ihr Sohn, der starke Brummifahrer, der tonangebende Familienvater, wie ein Schatten seiner selbst, wie eine leere Hülle neben ihr im Besuchersessel zusammengesackt war, seinen Gefühlen wehrlos ausgeliefert.

Er hatte sich nach unserem ersten Gespräch gegen eine Trennung entschieden. Gemeinsam mit Jolanta hatte er beim Jugendamt um Hilfe gebeten und eine Familienhelferin beantragt. Die war bewilligt worden und hätte in dieser Woche zum ersten Mal kommen sollen.

»Zu spät. Ach, es war ja schon zu spät«, brach es aus Erik heraus, der während der Ausführungen seiner Mutter zu schluchzen aufgehört hatte, den Kopf gesenkt in seinen Schoß gestarrt und stille Tränen geweint hatte. Ein unablässiges Rinnen. Ich überlegte einen Augenblick lang, ob ich Erik empfehlen sollte, sich Hilfe zu suchen, um seine Seelenqualen ein wenig besser zu bewältigen. Die örtliche Trauma-Ambulanz, eine Trauerbegleitung, eine Selbsthilfegruppe. Ich entschied mich dagegen. Ich glaubte bereits, Hildegard zu hören: »Er bekommt alle Hilfe, die er braucht, von mir.« Ich würde später Gelegenheit haben, allein mit ihm zu reden und Vorschläge zu machen, falls er welche hören wollte. Stattdessen fragte ich nach seinen Wünschen an mich, seine Anwältin.

Er wollte an dem Strafverfahren gegen Jolanta teilnehmen und dabei von mir unterstützt werden.

»Und die Scheidung! Vergiss die Scheidung nicht!«, warf Hildegard ein.

Erik belebte sich etwas und erwiderte in überraschend scharfem Ton, dass er noch nicht genau wisse, was er in dieser Hinsicht wolle. Einerseits wünsche er Jolanta die Pest an den Hals, jedenfalls lange Jahre im Gefängnis, um den Tod seines Sohnes zu sühnen. Andererseits vermisse er sie sehr, seit sie eingesperrt sei, und wolle sie manchmal möglichst bald wieder bei sich haben. Und dann wieder nicht. Eigentlich wisse er gar nicht, worauf das Ganze hinauslaufen solle.

»Dann wollen Sie sich wohl erst einmal einfach nur vergewissern, was genau passiert ist, und danach alles Weitere entscheiden«, vermutete ich.

Erik nickte. »Nichts als die Wahrheit«, sagte er, und tatsächlich glomm in seinem Gesicht ganz kurz so etwas wie ein Lächeln auf.

»Ich finde es gut«, sagte ich zu ihm, »dass Sie nicht alles auf einmal angehen. Entscheiden Sie alles zu seiner Zeit. Einen Schritt nach dem anderen. Ich begleite Sie gern dabei. Machen Sie sich vor allem keinen Druck. Druck haben Sie schon genug.«

Dann erklärte ich ihm, was ich für ihn tun konnte. Als Nebenkläger hatte er das Recht, über mich Akteneinsicht zu nehmen und eigene Anträge im Verfahren zu stellen. Beweisanträge zum Beispiel, und am Schluss einen Strafantrag, genau wie der Staatsanwalt. Er konnte den Zeugen und Sachverständigen eigene Fragen stellen. Außerhalb dieser Rolle bliebe er allenfalls Zeuge und hätte nur als Zuschauer hinten im Saal sitzen, aber nichts sagen dürfen und den Prozess nicht beeinflussen können. Als Nächstes würde ich mir also die Akten kommen lassen und ihn anschließend einladen, um den Inhalt zu besprechen. Vor der Verhandlung würden wir uns noch mehrfach sehen und die zu erwartenden Abläufe, unsere eigenen Ziele und Schritte durchgehen, gemeinsam den Gerichtssaal besichtigen, vielleicht mal in eine andere Strafverhandlung hineinhören, damit er bei allen Belastungen wenigstens mit der größtmöglichen Sicherheit in die Verhandlung gehen konnte, in der es um den Tod seines Sohnes und um das weitere Schicksal seiner Frau gehen würde.

Der Tag der Verhandlung begrüßte uns mit verhangenem Himmel und kalten Temperaturen. Passend zum Anlass, dachte ich, als ich das Gerichtsgebäude betrat, einen beeindruckenden Bau aus der Gründerzeit mit gewölbten, hohen Decken, Säulen, Stuck und schweren, alten Eichentüren. Der Schwurgerichtssaal, vor dem ich Erik begrüßte, war mit dunklem Holz getäfelt, die Richterbank stand auf einem Podest, sodass die Richter höher saßen als alle anderen Prozessbeteiligten. Hinter der Richterbank war mittig vor die Wand eine Art Holzkäfig gesetzt, der sich zu einer Seite öffnete. Dass die Richter aus ihrem Beratungszimmer nicht einfach durch eine Tür, sondern nacheinander durch diesen Holzkäfig aus seiner seitlichen Öffnung in den Saal traten wie aufgereiht, gab ihrem Erscheinen etwas besonders Feierliches, Würdevolles. Erik kannte den Saal schon, ich hatte ihn ihm gezeigt, und auch heute früh hatte er schon einen Blick hineingeworfen, wie er mir sagte. Er hatte offenbar Angst, ich konnte förmlich sehen, wie er innerlich bebte. »Was wird nur?«, brachte er gepresst heraus. »Was wird nur werden?« Erik überragte mich um einiges, ein athletischer, schwerer Mann mit kraftvollen Gesichtszügen, buschigen Augenbrauen, stahlblauen Augen und Haaren so kurz geschoren, dass ihre Farbe nicht zu erkennen war. Seine bullige Erscheinung, die in so augenfälligem Kontrast zu seiner Angst und Hilflosigkeit stand, verstörte mich immer wieder ein wenig – auch heute.

Hildegard war natürlich auch da. Sie war auffallend sanft, liebevoll um ihren Sohn bemüht, streichelte seine Hände, reckte sich zu ihm empor und legte ihren Handrücken gegen seine Wange. Ihre rundliche Gestalt strahlte überhaupt etwas Weiches, Mütterliches aus. Die Schärfe gegenüber ihrer Schwiegertochter, ihre unverhohlene, verkniffene Verachtung hatten mich deswegen bei unserer ersten Begegnung sehr irritiert. Als der Fall aufgerufen wurde, mussten Erik und seine Mutter sich erst einmal trennen. Hildegards Platz war im Zuschauerraum, Erik nahm neben mir an der Seite des Staatsanwalts Platz, der so etwas wie »Beileid!« murmelte, als er Erik die Hand gab. Dann wurde durch eine Tür in der Holzvertäfelung Jolanta hereingeführt. Eine zarte Gestalt mit einem bleichen, spitzen Gesicht, scheu, eingeschüchtert, voller Angst. Sie sah nachlässig gepflegt aus, war ungeschminkt, die strähnigen, aschblonden Haare waren offenbar selbst geschnitten und hingen einfach irgendwie rechts und links vom Scheitel auf die Schultern. Sie verbarg ihr Gesicht nicht hinter einem Aktendeckel, als das Blitzlichtgewitter abgefackelt wurde. Sie sah nur noch ein wenig verwirrter drein. Ein Wachtmeister nahm ihr die Handschellen ab. Sie setzte sich neben ihren Verteidiger, uns direkt gegenüber. Als mich ihr Blick aus blassblauen, geschwollenen Augen streifte, bemerkte ich, wie er ganz plötzlich stoppte, noch bevor er Erik treffen konnte. Ihn wollte oder konnte sie nicht anschauen. Wie verloren, wie unendlich traurig sie aussieht, dachte ich, als die Richter einer nach dem anderen durch das Holzgitter in den Saal traten. Wir standen auf. Es ging los.

Die Vorsitzende Richterin war eine hart wirkende, hagere, schmallippige Person, die die Verhandlung straff führte und dafür sorgte, dass nicht der geringste Anflug von Leichtigkeit aufkam. Geradezu militärisch durchorganisiert wirkten alle Abläufe. Wenn die Richterin so etwas Ähnliches wie einen Scherz von sich gab, dann ging der stets auf Kosten anderer. Der Staatsanwalt glich ihr in Erscheinung und Wesen wie ein Zwilling, und so gab es während des gesamten Prozesses kein Element der Ruhe, kein besänftigendes Innehalten, keine Zeit für ein Gefühl oder für Besinnung, keine Entlastung; wir wurden alle regelrecht durch diesen Prozess gepeitscht. Während Jolanta aussagte – »sich einließ«, wie es bei einem Angeklagten juristisch korrekt heißt –, liefen ihr unausgesetzt die Tränen über das Gesicht. Immer wieder geriet sie ins Stocken, sprach sehr leise und manchmal mehr in sich hinein als zum Richterkollegium. Mehrfach wurde sie deswegen barsch von der Vorsitzenden angefahren, gefälligst lauter zu sprechen, bis ihr Verteidiger dazwischenfuhr und darauf hinwies, dass Jolanta zwar um Sachaufklärung bemüht sei, aber zum einen überhaupt nichts sagen müsse, wenn sie nicht wolle, und zum anderen nicht nur die Angeklagte dieses Prozesses sei, sondern auch eine Mutter, die ihr einziges Kind verloren habe. Das dürfe man bitte nicht vergessen. Die Vorsitzende stutzte, jedoch ersichtlich nur, weil sie befremdet war. So eine dümmliche Kumpanei mit der Täterin! So viel unangebrachte Empathie! Dabei würde sie nicht mitmachen. Leicht verächtlich zog sie die Mundwinkel nach unten. Die beiden beisitzenden Berufsrichter waren jung und hatten offenbar nichts zu sagen, die zwei Schöffen trauten sich wie immer in solchen Verfahren nicht, sich dem geballten richterlichen Sachverstand entgegenzustemmen. Ab und zu stellte einer der Berufsrichter Jolanta eine ergänzende Frage, meist wohltuend sanft und zurückhaltend.

Und Jolanta erzählte, was sich in jener Nacht zugetragen hatte.

Sie war müde. Müde. Und das Baby schrie. Und schrie. Seit Stunden schon. Sie hatte es in seinem Bettchen gewiegt. Sie hatte es auf den Arm genommen und ihm beruhigend ins Ohr geflüstert. Sie war mit ihm herumgelaufen. Sie hatte ihm vorgesungen. Und es wieder ins Bettchen gelegt und wieder gewiegt. Und es wieder hochgenommen, ihm die Wärme und Weichheit und den Geruch ihres Körpers angeboten. Sie hatte versucht, ihm ein Fläschchen zu geben. Es wollte nicht trinken. Es wollte schreien. Erschöpft sank sie auf einen Küchenstuhl. Erik schlief. Sie hätte auch so gern geschlafen. Erik aber fand, dass das Baby ihr Job war. Er machte seinen, tagsüber. Der war hart genug. Er fuhr Brummis in Wechselschicht, damit konnte man eine Familie ernähren. Vorausgesetzt, zu Hause lief alles reibungslos, besonders nachts. Erik brauchte seinen Schlaf. Auch in dieser Nacht. Bald schon würde der Wecker klingeln, um halb fünf.

»Stell dir vor«, hatte Erik noch kürzlich zu ihr gesagt, »stell dir vor, ich baue einen Unfall. Dann bin ich meinen Job los.« Sie sah es ein. Erik brauchte seinen Schlaf. Er hatte viel Verantwortung. Menschenleben hingen davon ab, dass er seine Touren ausgeruht machte, das hatte sie ja begriffen. Auch dass sie ihre Sache gut machen musste, damit er seine gut machen konnte.

Da war nur so ein merkwürdiger Druck auf ihrer Brust. So als müsse sie immer gegen irgendetwas ankämpfen. So als sei, was sie tat, nichts wert im Vergleich zu Eriks Beitrag. So als sei es sowieso gewiss, dass sie versagen würde, wenn sie sich um den Haushalt und das Baby kümmerte. Vielleicht lag es an Eriks mühsamer, geradezu zähneknirschender Geduld, mit der er ihr zu vermitteln versuchte, was er brauchte und was er von ihr erwarten durfte. Was stets dasselbe war. Vielleicht lag es daran, dass er seinen Lohn immer als »mein Geld« bezeichnete, von dem er ihr für die Haushaltsführung etwas »abgab«, widerwillig, wie ihr schien. Vielleicht lag es auch einfach an ihrer Erschöpfung. Das Baby forderte auch tagsüber sein Recht, dazu der Haushalt, und nun zahnte es wohl und raubte ihr Nacht für Nacht den Schlaf. Besorgt öffnete sie die Küchentür einen Spaltbreit und lauschte in Richtung Schlafzimmer. War Erik wach geworden? Nein, alles schien ruhig. Wenn er nur nicht aufwachte! Wenn sie doch bloß endlich schlafen dürfte! Stumpf und ratlos schaute sie auf das Baby. Es war rot im Gesichtchen und schrie. Sie nahm es hoch und legte es an ihre Schulter. Sie rüttelte es ein wenig. Verblüfft verstummte es für einen Moment, setzte dann zu einem fulminanten Crescendo an. Sie rüttelte ein wenig mehr. Still! Still! Sei endlich still!, dachte sie. Das Fläschchen fiel auf den Boden und drohte, auszulaufen. Sie bückte sich, das Kind immer noch auf dem Arm. Sanft rüttelte sie es dabei immer weiter. Mit der anderen Hand hob sie das Fläschchen auf. Das Geschrei ging in Kreischen über. Sie merkte, dass sie versucht war, das Baby, ihr eigenes Kind, gegen die Wand zu schlagen. Das wird allmählich gefährlich hier, dachte sie und zögerte.

Einen Moment lang erwog sie, Erik zu wecken und ihm das Kind zu geben. Und dann geschah das Wunder. Es wurde tatsächlich still. Das Baby hatte aufgehört zu schreien. Es brabbelte und gurgelte nur noch ein wenig vor sich hin und hatte die Augen geschlossen. Endlich. Es war fast vier. In einer halben Stunde würde der Wecker klingeln. Sie legte das Baby in sein Bettchen zurück und ging schlafen, für dreißig Minuten. Eine halbe Stunde köstlicher Ruhe. Erik hatte nichts bemerkt.

»Es war ein Unfall«, versicherte sie unter Tränen. »Ich habe Jeremy doch geliebt. Ich wollte ihm nichts tun. Es tut mir so leid!«

Niemand fragte etwas, als sie geendet hatte. »Sie sagen ›Rütteln‹, aber Sie meinen ›Schütteln‹, nicht wahr?«, sagte die Vorsitzende schließlich.

Dann kam der medizinische Sachverständige. Er hatte eine Babypuppe mitgebracht. Die hatte die Größe, die Jeremys Körpergröße zur Zeit seines Todes entsprach. Die Puppe war so konstruiert, dass sie genauso aussah und sich anfühlte wie ein Säugling und auf jede äußere Behandlung ansprach wie der Körper eines Säuglings. Der Eindruck eines lebenden Babys wurde noch dadurch unterstrichen, dass die Puppe bekleidet war. Als Jolanta sie sah, schrak sie zusammen, und Erik ging es nicht anders.

»Oh nein, bitte nicht!«, entfuhr es ihm.

Der Sachverständige wollte anhand der Puppe vorführen, welche Kräfte auf den Kopf eines Säuglings einwirken, wenn man ihn schüttelt. Die Vorsitzende unterbrach ihn sofort und forderte ihn auf, die Puppe Jolanta zu geben. Jolanta sollte anhand der Puppe vorführen, auf welche Weise genau, wie oft, wie stark sie Jeremy geschüttelt hatte. Jolanta schüttelte die Puppe. Einmal. Zweimal. Die Bewegungen, die sie uns vorführte, sahen gar nicht gewaltsam aus. Eher wie ein begütigendes Ruckeln. Der Kopf der Puppe flog ganz in den Nacken und wieder ganz nach vorn. Und wieder ganz nach hinten und wieder ganz nach vorn. Als sie sich mit der Puppe bückte und weiter rüttelte, kippte der Kopf so ab, dass er beinahe den Rücken zu berühren schien.

»Mein Gott, mein Gott!«, flüsterte Erik, sprang auf und rannte nach draußen. Er bekam nicht mehr mit, was der Sachverständige anschließend zeigte, nämlich einen Animationsfilm, der die Vorgänge im Inneren des Körpers während eines solchen Schüttelns demonstrierte. In

Zeitlupe sahen wir das Köpfchen, wie es hin und her flog und dabei nach vorn und hinten abkippte. Wir sahen ein kleines Gehirn, das haltlos im Schädel umhergestoßen wurde, gegen die Schädelwände prallte und gequetscht wurde. Das zu bluten begann. Wir sahen, wie schließlich Nerven im Nackenbereich so gedehnt und gezerrt wurden, dass sie einrissen.

»Daran stirbt ein Säugling oft«, sagte der Sachverständige. »Entweder an den Gehirnprellungen, wenn die nicht schnell genug erkannt und behandelt werden, oder an den Zerreißungen der Nerven im Nacken. Die steuern die Atmung. Es ist im Grunde ähnlich wie bei einem Genickbruch. Bei einem Säugling muss man nicht mal stark schütteln, der hat eben keine Möglichkeit, seinen Nacken selbst zu stabilisieren.« Jolanta sah nicht mehr hin. Sie hatte die Hände vors Gesicht geschlagen. Mittlerweile hatte auch Hildegard den Saal verlassen. Ich sah Erik und sie an diesem Tag nicht mehr.

Nach dem Sachverständigen wurde der Rechtsmediziner vernommen, der Jeremy obduziert hatte. Ich hatte den Obduktionsbericht in der Akte bereits gelesen und wusste, was uns nun erwartete. In trockenen, dürren Worten schilderte der Mediziner, welche ersten Anzeichen dazu geführt hatten, Verdacht gegen die Eltern zu schöpfen und welche Befunde er erhoben hatte, als er den kleinen Jeremy obduziert hatte. Dann trat er mit einer Fotomappe an den Richtertisch. Der Staatsanwalt, der Verteidiger und ich gingen ebenfalls nach vorn. Jolanta blieb auf ihrem Platz.

»Das ist zu viel, das kann ich nicht mehr«, sagte sie. Der Rechtsmediziner schlug die Fotomappe auf. Eine der beiden Schöffen, eine Frau um die fünfzig, wich zurück. Sie rutschte mit ihrem Stuhl so weit sie nur konnte nach hinten und drehte den Kopf weg.

Die Vorsitzende fuhr sie an: »Sie werden bitte näher herankommen. Wir müssen uns das alle hier angucken, ob wir wollen oder nicht.«

Das tote Kind, winzig, lag auf der viel zu großen Stahlwanne, Schläuche in Mund und Armbeuge. Die Ärmchen und Beinchen so abgespreizt und gedreht, wie es wohl gerade ausgekommen war. Das sieht irgendwie unordentlich aus, dachte ich. Durcheinander. Unfriedlich. So, als habe jemand das Kind einfach so auf den Tisch geworfen und nicht sorgsam daraufgelegt.

Ein Foto von der rasierten Kopfhaut. Keine äußeren Verletzungen oder Hämatome sichtbar.

Auf dem nächsten Foto war die gesamte Kopfschwarte vom Nacken bis zum Kinn vom knöchernen Schädel abgelöst und nach vorn bis zum Hals hinuntergezogen, um den sie sich wie ein Kragen legte. Man sah: Auch der Schädel hatte keine äußeren Verletzungen.

Das nachfolgende Foto zeigte uns den Blick von oben auf das freigelegte Gehirn. Der Gerichtsmediziner hatte die Schädeldecke abgesägt und abgenommen. Wir sahen Bluteinschlüsse, Gerinnsel im Gehirn. Hirnquetschungen.

Ein Foto weiter war das Gehirn entfernt, und wir konnten die Einblutungen in den Augäpfeln erkennen, die, nach Entnahme des Gehirns von oben in den Schädel hinein fotografiert, gut sichtbar waren.

Nächstes Foto: der freipräparierte Nervenkanal des Nackens, blutiges Gewebe. Offensichtlich Einreißungen.

Die Fotos vom Inneren des Torsos ließ der Gerichtsmediziner weg. Ich wusste aus früheren Verfahren, wie es aussieht, wenn ein Brustkorb aufgeklappt wird und das Innere des Rippenbogens zum Vorschein kommt: Was vom Menschen zurückbleibt, wenn er seine fleischliche Hülle verlassen hat, sieht ganz ähnlich aus wie das, was man beim Metzger für Grillabende erstehen kann.

Auf uns warteten noch die Fotos von den Präparaten, die der Mediziner für weitere Untersuchungen entnommen hatte: Gehirngewebe, die Augäpfel, Nervenfasergewebe. Dann schien es endlich vorbei.

Doch nein – ganz fertig war der Rechtsmediziner nicht. Ein Foto war noch übrig. Was denn nun noch?, dachte ich. Wir hatten alle genug. Genug, genug und übergenug. Er schlug die letzte Seite auf.

»Und so konnten wir den kleinen Jeremy dann für die Bestattung freigeben«, sagte er.

Ein schlafendes, nacktes Kind auf einem weißen Tuch. Die Beinchen säuberlich ausgestreckt. Die Ärmchen ordentlich neben den Körper gelegt. Der Ypsilon-Schnitt so fein vernäht wie möglich. Das Köpfchen, mit dem Gesicht am richtigen Platz, gerade ausgerichtet, die Augen geschlossen. Kein Stück Fleisch. Ein kleiner Mensch. Er war friedlich und würdevoll. Er war vollkommen.

Die Schöffin, die vorhin den Fotos hatte ausweichen wollen, presste eine Faust gegen die Lippen, ihre Augen weiteten sich. Die Vorsitzende schluckte, dann räusperte sie sich. Verteidiger und Staatsanwalt beeilten sich, ihre Plätze wieder einzunehmen. Ich war versucht, die Hände des Arztes zu ergreifen. Wie konnte er das wissen?, dachte ich. Wie konnte er, eben noch einem Metzger gleich, wie konnte er wissen, dass er nach all dem Gewaltsamen, das er diesem kleinen Körper zugefügt hatte, nach all dem Entsetzlichen, das er uns gezeigt hatte, Jeremy am Ende bei seinem Namen nennen und uns dieses letzte Bild von ihm mitgeben musste?

Die Kammer vertagte sich, am nächsten Tag sollte plädiert werden.

Vor der Verhandlung besprach ich mich mit Erik. Der Staatsanwalt würde vermutlich eine Verurteilung wegen Körperverletzung mit Todesfolge erreichen wollen. So hatte er es schon in seine Anklage geschrieben. Dabei würde er bleiben und unterstellen, dass Jolanta Jeremy absichtlich misshandelt hatte, um ihn ruhigzustellen, dass sie allerdings nicht gewollt hatte, dass er stirbt. Darauf stand Gefängnis von mindestens drei Jahren, ein Strafmaß, das nicht mehr bewährungsfähig ist. Der Verteidiger würde versuchen, das Gericht zu überzeugen, dass es ein Unfall gewesen war, und eine Verurteilung nur wegen fahrlässiger Tötung beantragen. Darauf standen Geldstrafe oder bis zu fünf Jahren Gefängnis. Er würde eine Bewährungsstrafe anstreben. Und was wollte Erik erreichen? »Ich will nicht, dass sie so hart bestraft wird«, sagte er mir. »Ich glaube ihr. Sie wollte das nicht.«

Durch das Holzgitter betraten die Richter einer nach dem anderen den Saal. Wir standen auf. Die Plädoyers konnten beginnen.

Der Staatsanwalt ließ noch einmal lebendig werden, was Jolanta geschildert hatte. Keinen Zweifel habe er, dass Jolanta mit voller Absicht ihr Kind geschüttelt habe. Jede Mutter wisse doch, dass man das nicht tun dürfe. Und Jolanta habe doch bereits beim ersten Schütteln bemerken müssen, wie stark das Köpfchen hin und her geflogen sei. Und dennoch habe sie das Kind weiter geschüttelt, um ihrer eigenen Bequemlichkeit und Nachtruhe willen. Das sei Absicht gewesen. Nicht der Tod des Kindes. Wohl aber das Schütteln in dem Bewusstsein, dass es dem Kind schaden könne. Er beantragte eine

Haftstrafe von viereinhalb Jahren. Erik zupfte mich am Ärmel, bevor ich aufstehen und mein Plädoyer halten konnte.

»Er hat recht«, flüsterte er. »Ich will eine harte Strafe, jetzt doch.«

Ich war keineswegs sicher, dass der Staatsanwalt recht hatte. Aber Jolanta hatte ja einen eigenen Verteidiger, der für sie sprechen würde. Ich schloss mich also dem Staatsanwalt an und schilderte dem Gericht, was Jolantas Handlungsweise für Erik bedeutete. Sein einziger Sohn tot, zu Tode gekommen durch die Hand der eigenen Frau. Ein Morgen, der alles zerschlug, was Erik für sicher und beständig gehalten hatte in seinem Leben, und der ihm gleichzeitig die beiden Menschen nahm, die er liebte. Der entsetzliche Schock. Die Trauer, so tief und schrecklich, dass sie von keinem von uns wirklich nachempfunden werden konnte. Die Einsamkeit. Die quälenden Zweifel. Seine Suche nach Wahrheit und Gerechtigkeit, die noch nicht an ihr Ende gekommen war. Einen Antrag, Jolanta zu einer bestimmten Strafe zu verurteilen, stellte ich nicht. Als ich mich setzte, dachte ich flüchtig, dass ich nicht über Selbstzweifel hatte sprechen können. Erik hatte keine.

Dann stand der Verteidiger auf. »Hohes Gericht«, begann er, »auch ich habe keine Zweifel, dass wir heute eine Körperverletzung mit Todesfolge zu beurteilen haben.« Ich war so vor den Kopf geschlagen, dass der Rest seiner Rede kaum noch zu mir durchdrang. »Geständnis«, »Reue«, »sich selbst die bittersten Vorwürfe«, »Überforderung«, »selbst ihr Kind verloren«, »an der untersten Grenze«. Drei Jahre. Das war sein Antrag. Keine Bewährung. Er hatte einfach die rechtliche Wertung des Staatsanwalts übernommen und für seine Mandantin mildernde Umstände geltend gemacht. Mehr nicht.

Vier Jahre Gefängnis warteten auf Jolanta. Die Kammer ging davon aus, dass sie ihr Kind absichtlich misshandelt und dadurch zu Tode gebracht hatte. Erik nahm auch an der Urteilsverkündung teil, sehr gefasst. Hildegard war nicht erschienen. Nach der Urteilsverkündung, die Jolanta erst unter Tränen und dann mit steinerner Miene ertrug, trat Erik auf sie zu und umarmte sie mit Erlaubnis der Vorsitzenden und von zwei Seiten durch Wachtmeister bewacht. Ein erstes und letztes Mal weinten die Eheleute gemeinsam um ihr verlorenes Kind und ihre zerstörte Familie und fanden Halt aneinander, für eine Minute nur und vor aller Augen. Dann wurden sie wieder getrennt.

Einige Wochen später, das schriftliche Urteil lag inzwischen vor, beauftragte Erik mich, die Scheidung zu beantragen.

Jolanta überstand ihr Schicksal nicht gesund. Sie wurde nach mehreren Selbstmordversuchen mit einer schweren Psychose in die forensische Psychiatrie verlegt. Sie soll dort jeden Tag mit Jeremy sprechen. Es sei, so soll sie immer wieder sagen, ein Quell der Freude, ihn aufwachsen zu sehen.

Abend vor dem Herbst

Sie sind heute von ihrer Reise nach Hause zurückgekehrt und sitzen bei einem letzten Glas Wein auf der Terrasse. Sie schweigen und schauen in den Garten. Der Abend ist lau, wenn auch der herannahende Herbst schon zu spüren ist, eine Kühle, ganz oben in den Baumwipfeln nur. Grillen zirpen.

»Weißt du noch, in Italien«, sagt Ilse plötzlich, »als die Zikaden immer so laut geschrillt haben, dass wir die halbe Nacht nicht schlafen konnten? Das muss vorletztes Jahr gewesen sein. Oder war es das Jahr davor?«

»Ist doch egal«, entgegnet Hugo. Viel zu laut. Ilse fährt zurück.

»Da hatten wir es immer so schön, weißt du nicht mehr?« Sie lächelt ihn Zustimmung heischend an.

»Hm.«

»Nicht?«

»Ach lass mich doch in Frieden jetzt mit Italien.«

»Na hör mal, was ist denn das für ein Ton?«

Sie schweigen wieder eine Weile.

Dann fragt Ilse: »Was meinst du, ob die Kinder zu Weihnachten alle kommen? Es wäre so schön, wenn wir dieses Mal die ganze Familie zusammenhätten.«

»Du liebe Güte, musst du jetzt mit Weihnachten anfangen? Wir haben September!«

»Was ist denn los mit dir heute, sei doch nicht so unwirsch. Zurückschauen darf man nicht und nach vorn auch nicht, was soll das?«

»Kann ich bitte endlich meine Ruhe haben? Hier und jetzt? Wäre das möglich? Ja?«

»Wie du meinst.« Ilse greift empört nach ihrem Glas, sie stößt es um.

»Pass doch auf! Immer deine Ungeschicklichkeit!«

Nun kommen ihr doch die Tränen.

»Warum machst du das?« Ihre Stimme bebt.

»Was denn?«, fährt Hugo sie an und springt auf. »Was mache ich denn? Ich gehe schlafen. Es ist ja nicht zum Aushalten mit dir heute, und jetzt noch Tränen.«

Beim Hineingehen greift er nach einem Brief, der auf der Kommode liegt, er ist für Ilse, aber heute Nachmittag bei ihrer Rückkehr hat Hugo die Post geöffnet. Er wendet sich wieder zu Ilse und legt den Brief vor sie hin.

»Ist für dich, von deiner Ärztin.«

Dann geht er hinein.

Im Bad würgt es ihn, und er sinkt vor der Toilette auf die Knie, den Brief noch vor Augen. Unklarer Befund – telefonisch nicht erreicht – dringend Rücksprache – unverzüglich – weitere Untersuchungen erforderlich.

Zum ersten Mal in seinem Leben betet er. »Lieber Gott, lass uns das hier überstehen. Hilf uns bitte. Nimm sie mir nicht. Bitte hilf uns doch, bitte.«

Dann kehrt er auf die Terrasse zurück, zerrauft und verweint wie er ist. Ilse schaut auf, den Brief hat sie auf den Schoß sinken lassen.

»Ich habe Angst«, sagt sie.

»Ich auch«, sagt Hugo.

Drei Monate später ist Weihnachten.

Sie feiern Weihnachten, wie Ilse es sich gewünscht hat, am ersten Weihnachtstag, mit den Kindern und Schwiegerkindern. Violetta ist aus Hamburg gekommen mit ihrem Mann André, Lorena aus Frankfurt mit ihrem Mann Jakob.

Ich habe so schöne, wohlgeratene Töchter, denkt Ilse, während sie das Roastbeef mit Würzmarinade einstreicht – es wird später in einem Bett aus besten Tomaten im Ofen schmoren. Die Tomaten hat sie im Sommer in Südfrankreich gekauft, dort eingeweckt und nach Hause mitgebracht, damals, in einem anderen Leben. Nun macht sie sich daran, den Rosenkohl zu putzen. Ilse liebt es, zu kochen, nicht nur, wenn sie ihre Familie zu Gast hat. Es hat so etwas Meditatives. Die äußeren Blätter der Kohlröschen, eines nach dem anderen, abzuziehen und ganz zum Schluss den kleinen Strunk zu kürzen. Links die ungeputzten Röschen, rechts die geputzten, dazwischen Zeitungspapier für die Abfälle. Jedes Röschen ein kleines Kunstwerk der Natur, dem sie nur noch den letzten Schliff gibt. Sehr sorgfältig und irgendwie berührt, sie weiß nicht, wodurch. Zu sehen, wie der Haufen links abschmilzt und die Schüssel rechts – ein alter Emailledurchschlag, den sie noch von ihrer Mutter hat – sich mehr und mehr füllt. Sie steht auf und schlägt das Zeitungspapier mit den abgezogenen Blättchen und abgeschnittenen Strünken zusammen. Wie immer empfindet sie dabei ein leises Bedauern. Zu sehen, dass der nicht gebrauchte Teil des Gemüses nun als Abfall zum Müll kommt, bloß weil er nicht schön genug ist, verzehrt zu werden. Auf dem Herd simmern Gemüse und Fischgräten für die klare Brühe, die sie am Abend als Vorspeise mit ihren berühmten Räucherforellenklößchen und Kresseschaum servieren wird. Die Nachspeise ist schon fertig vorbereitet und steht im Kühlschrank. Sie hat Reinetten aus dem Garten, ihre herrlich rosig duftenden, süßen Lieblingsäpfel, im Herbst zu Kompott verarbeitet, und der ist nun immer abwechselnd mit geschlagener

Sahne und gerösteten Haselnussblättchen in Gläser geschichtet worden.

Fertig, denkt Ilse, während sie den Rosenkohl abbraust, selbst die Kartoffeln sind schon geschält. Schade eigentlich, ich bin so gern hier zugange. Wie merkwürdig, dass ich an diesen einfachen Dinge so viel Freude finde. Und wie schön.

Hubert steckt den Kopf zur Tür herein. »Betten sind bezogen, Tisch ist gedeckt, Wein zieht schon Luft. Von mir aus können die Kinder kommen. Ich lege mich mal einen Augenblick hin. Mir ist nicht so gut.«

»Wen wundert's, bei dem, was ihr euch gestern reingezogen habt. Verwunderlich ist nur, dass wir noch Wein für heute im Keller haben.«

»Ich musste schließlich probieren, ob der Wein gut genug für unsere Gäste ist, und das meiste hat sowieso Rudi getrunken.«

»Dein Kumpel Rudi, immer auf der Suche nach Zechkumpanen«, sagt Ilse.

Hugo wird direkt ein bisschen rot, denkt sie. Reizend. Ein warmes, inniges Gefühl der Zuneigung überkommt sie. Dass sie das nicht nur bemerkt, sondern beachtet, einen Moment darin verharrt, ist neu.

Hugo hat sein Verhalten Ilse gegenüber nach der Diagnose nicht verändert. Er blafft sie an, wenn es ihm angebracht erscheint. Er zieht sich zurück, wenn er für sich sein will. Er ist kein bisschen gefälliger geworden. Er tut, wonach ihm ist, und verweigert, wonach ihm nicht ist. Zuerst hat Ilse das mit Bitterkeit erfüllt. Voraussichtlich bleibt ihnen nicht viel Zeit, der Krebs ist inoperabel, und die Chemotherapie setzt ihr enorm zu. Kann er da nicht ein bisschen zugänglicher und beflissener sein? Doch irgendwann, von einem Tag auf den anderen, hat es ihr gefallen, dass er der Alte geblieben ist. Dass er so ist wie immer. Dass sich nichts Aufgesetztes in ihren Umgang miteinander geschlichen hat. Dass er dafür garantiert, dass sie auf ihr vertrautes Leben bauen kann, dass wenigstens ihr Alltag, ihre Ehe sich nicht ändert, so sieht sie es jetzt. Es gibt ihr Sicherheit und ein gutes, ruhiges Gefühl. Nur – weinen muss sie allein.

Und nun ist das Haus plötzlich voll und belebt. Hubert, noch ein bisschen benommen vom Schlaf, empfängt mit ihr gemeinsam die Kinder, die fast gleichzeitig vorgefahren sind.

»Hey, du siehst gut aus, Schwiegermama!«

»Sag mal, hast du abgenommen?«

»Du bekommst ja auf deine alten Tage plötzlich dickes Haar!«

»Neue Frisur? Steht dir.«

Der Flur ist gerappelt voll und bleibt es noch eine Weile, bis alle Begrüßungsrituale abgewickelt sind, die ersten Komplimente ausgetauscht, die ersten Mitbringsel – Wein im Falle von Violetta und André, Pralinen im Falle von Lorena und Jakob – überreicht, die Mäntel umständlich ausgezogen und aufgehängt und schließlich das Gepäck ebenso umständlich auf die Gästezimmer verteilt ist.

Wenn wir noch Enkel hätten, denkt Ilse, würde das hier sich wohl eine Stunde hinziehen. Aber sie haben keine Enkel, und Ilse glaubt nicht daran, noch welche groß werden zu sehen. Andererseits: Wer kann sich schon anmaßen zu wissen, was kommen wird?

Jakob kommt als Erster aus der oberen Etage herunter. Er steuert direkt Hugo an und reibt sich die Hände. »Wie ich dich kenne, hast du schon etwas im Auge, was du deinem Schwiegersohn als Aperitif kredenzen möchtest?« »Und mir«, fällt André ein, der nur um Sekunden später als Jakob zu Hugo tritt. Es folgen die beiden Töchter, zur selben Zeit, Ilse zieht sie sogleich zu sich in die Küche.

Klassisch, denkt Ilse. Wir sind eine Klischeefamilie. Mann mit Schwiegersöhnen im Esszimmer beim Aperitif. Politik oder Fußball. Frau mit Töchtern in der Küche bei den letzten Vorbereitungen. Familienklatsch.

Solche Gruppenrituale, das lange Herumstehen bei Begrüßungen, beim Abstimmen der nächsten Schritte und bei Abschieden, die Aufteilung in »Frauengruppe« und »Männergruppe« befremden sie sonst immer. Nur nicht in ihrer eigenen Familie.

Eigentlich ist es, wie es sein sollte, denkt sie. Bloß dass sie noch am selben Abend Wasser in den Wein gießen wird … außerplanmäßig. Denn noch wissen ihre Kinder nichts von ihrer Erkrankung. Sie hat es ihnen nicht am Telefon sagen wollen, sie weiß selbst nicht, warum eigentlich nicht. Und sie hat auch Hugo zum Stillschweigen verpflichtet, er hat es ihr schwören müssen, und er hat sich daran gehalten, obwohl er ihre Haltung missbilligt.

Und dann verkündet Lorena beim Dessert, dass sie schwanger ist. Und da kann Ilse nicht mehr offenbaren, dass es letzte Dinge zwischen ihnen zu besprechen gibt. Dass sie dünner geworden ist, weil der Körper den Anstrengungen nicht standhält. Dass unklar ist, ob es die Therapie ist oder die Krankheit, die so an ihr zehrt. Und dass ihre scheinbar voller gewordenen Haare nicht ihre eigenen, sondern eine Perücke sind, dass sie in Wirklichkeit kahlköpfig ist. Dass sie vor der Chemotherapie zum Friseur gegangen ist, um sich alle Haare abrasieren zu lassen. Weil sie es nicht ertragen hätte, sie in Büscheln mit der Bürste vom Kopf zu ziehen. Dass unter der Perücke ein zarter, haarloser, verletzlicher Schädel zu sehen ist. Den aber nur Hugo und sie selbst jemals sehen dürfen. All das kann sie doch unmöglich in das Lächeln von Lorena hinein sagen, das schon erste Anzeichen des Mütterlichen hat. Zu einem solchen Lächeln am Tag der Geburt des Herrn passt ihre Erkrankung nicht.

Hugo – ja, Hugo wäre natürlich wie immer seinem Plan gefolgt, und auch jetzt schaut er Ilse auffordernd an. Wo man schon einmal bei den wesentlichen Themen wie Mutterschaft angekommen ist – warum dann nicht auch über den lauernden Tod sprechen, der seine Hand schon nach Lorenas Mutter, Großmutter des noch Ungeborenen, ausstreckt? Leise schüttelt Ilse den Kopf. Hugo zuckt mit den Schultern. Verständnis mag nicht seine Sache sein, Akzeptanz dagegen schon. Er sieht müde aus, findet Ilse.

»Ich räum dann mal ab«, sagt Jakob, und auch André steht auf, um Geschirr in die Küche zu bringen. Beide helfen Ilse, in der Küche Klarschiff zu machen, wie André es ausdrückt. Violetta und Lorena bleiben noch ein wenig bei Hugo sitzen.

Sie halten eben doch Einzug, die modernen Zeiten, selbst in unsere Familie, jedenfalls manchmal, denkt Ilse, als sie Violetta aufschreien hört: »André, André, komm schnell! Papa ist ohnmächtig geworden. Er sieht ganz merkwürdig aus!« Ilse steht wie erstarrt, als André, der Arzt, sie zur Seite schiebt und ins Esszimmer stürzt. Ilse folgt ihm, hinter ihr Jakob, während André schon versucht, Hugo wiederzubeleben. Herzmassage, künstliche Beatmung, Ilse sieht ihm zu, nagt an ihrer Unterlippe, während eine eiskalte Hand an ihr Herz greift und ihr Körper jeden Befehl verweigert, ihren Willen seiner

Reglosigkeit unterwirft. Sie weiß, dass sie André daran hindern müsste, ihren Mann zurückzuholen. Jeder im Raum weiß das, alle können sehen, dass Hugo schon in die andere, die jenseitige Welt hinübergeglitten ist. Die panische Verbissenheit des jungen Arztes, der dennoch den Kampf um Hugos Leben nicht aufgeben will, spiegelt ihre eigene Bedürftigkeit. Sie kann nicht, noch nicht, bitte noch nicht …

Schließlich löst sich ihre Hand aus der Erstarrung. Sie legt sie André auf die Schulter. »Lass gut sein jetzt«, sagt sie.

Dann setzt der Schmerz ein.

Ilse verbrachte den Rest des Weihnachtsfestes in der gnädigen Betäubung des Beruhigungsmittels, das André ihr verabreichte. Ein trauriges Weihnachten war das, traurig und betriebsam zugleich, die Bestattung wollte organisiert sein. Das übernahmen die Schwiegersöhne, sprachen mit ihren Frauen und Ilse nur gelegentlich Dinge ab, die entschieden werden mussten. Die jungen Frauen sahen sich Familienalben an, ließen Erinnerungen wach werden und fragten Ilse nach der Zeit, die sie mit Hugo verlebt hatte, bevor sie, die Kinder, in ihr Leben gekommen waren. Und dann, so plötzlich wie sie eingetreten war, so plötzlich erlosch die Betriebsamkeit. Lorena und Jakob reisten einstweilen nach Frankfurt zurück – es gab dringende berufliche Termine und zusätzlich Arzttermine für Lorena –, André musste zurück in die Hamburger Klinik. Nur Violetta sagte alle Verpflichtungen ab und blieb bei Ilse. Die anderen würden zur Beerdigung zurückkommen, André vielleicht schon zu Silvester, wenn es sich einrichten ließ. Ilse hatte ihnen irgendwann fast beiläufig gesagt, wie es um ihre Gesundheit stand, und ebenso beiläufig war es aufgenommen worden. Man war mit anderen Dingen beschäftigt, und auf eine ihr selbst nicht ganz verständliche Weise erleichterte es Ilse, dass niemand Aufhebens um ihre Erkrankung machte, ja dass kaum jemand Notiz davon zu nehmen schien.

Mit Violetta zusammen machte sie sich nun an das Ordnen von Hugos Papieren. Verwundert stellte Violetta dabei fest, dass Ilse alles Geschäftliche Hugo überlassen hatte, und zwar ganz und gar. Ilse hatte kein eigenes Konto und nicht einmal eine Vollmacht für Hugos Konto. Sie wusste nicht, wie man Überweisungen tätigte, Daueraufträge erteilte und kündigte, von Online-Banking ganz zu schweigen. Sie wusste nicht, ob Hugo eine Lebensversicherung hatte – er hatte eine – oder irgendwelche sonstigen Verträge oder Abonnements, die man nun kündigen musste. Und während Violetta das Leben ihres Vaters Blatt für Blatt umdrehte, schlich sich in ihr Mitgefühl für ihre Mutter so etwas wie Verachtung. Das gefiel ihr selbst nicht, zumal sie sich mehr als einmal dabei ertappte, wie sie ihrer Mutter mit unangemessener Ungeduld begegnete. Worauf diese mit abwartendem Gleichmut reagierte. Was sie, Violetta, umso mehr aufbrachte.

»Sie kann nichts!«, beklagte sie sich abends am Telefon bei ihrem Mann. »Nichts! Hat ihm alles überlassen und hat selbst überhaupt keine Ahnung.«

»Sie kann eine Menge«, erwiderte André. »Nur eben nicht das, was du von ihr erwartest. Sie hat euch großgezogen, Lorena und dich. Sie war die beste Mutter, die euch passieren konnte. Sie ist gebildet und warmherzig. Und das Haus hat sie geführt, wie es besser nicht geht.«

Violetta schnaubte verächtlich. »So hold, so schön, so rein. Sie ist schlicht und ergreifend aus dem Leben gefallen. Ein Totalausfall in allen Dingen außerhalb ihrer kleinen Welt.«

»Du machst das schon«, sagte André, und Violetta meinte zu hören, dass er dabei grinste.

»Merkwürdig«, sagte Ilse beim ersten, noch unsystematischen Durchblättern von Hugos Kontoauszügen. »Er war doch für die Firma mehrmals im Jahr für ein, zwei Wochen in Südeuropa. Da müsste es doch Abbuchungen geben von Hotels. Ich finde hier nichts.«

»Vermutlich haben die Hotels gleich bei der Firma abgerechnet?«

»Und hier – Abbuchung eines italienischen Restaurants. Ziemlich hoch, zwei bis drei Personen, würde ich sagen. Zu der Zeit war er in Frankreich. Hat er jedenfalls gesagt.«

»Mama! Es gibt auch in Frankreich italienische Restaurants! Was ist denn los mit dir? So was passt gar nicht zu dir. Lass uns uns auf die wichtigen Dingen konzentrieren.«

»Aber genau das tue ich, liebste Violetta. Bei dem Restaurant steht ›Trieste‹. Wenn das nicht der Name des Lokals ist, ist es der Ort. Und hier! Zwei Tage nach dem Restaurantbesuch eine Barabhebung. Via Giuseppe Mazzini, Trieste. Wieder Triest. Und das liegt nicht in Frankreich.«

Ilses Hand, mit der sie den Kontoauszug hielt, zitterte. Auch ihre Unterlippe begann zu zittern. »Das ist doch – nach all den Jahren!« Eine einsame Träne löste sich und rann ihre Wange hinab. Hilflos streichelte Violetta ihren Arm. Ilse hatte sich schon gestrafft und begann hastig, die Kontoauszüge etwas systematischer zu analysieren. Jeden Monat dieselbe Überweisung. Tausend Euro. Jeden Monat.

»An eine Andrea Sabatini in Triest. Ich kann es nicht glauben, ich kann es nicht glauben.« Ilse wimmerte.

»Mama ... – Andrea ist ein männlicher Vorname in Italien, das weißt du doch.«

»Ein Mann? Hugo war doch nicht – nein, auf jeden Fall eine Frau, vermutlich eine Deutsche, die in Italien lebt.«

»Sabatini klingt nicht gerade deutsch. Vielleicht kannte er da einen Italiener, den er unterstützen wollte? Zum Beispiel einen Künstler oder Musiker?«

»Violetta! Wo hast du deinen Kopf? Das hätte er mir nicht verheimlicht. Und mir obendrein noch vorgelogen, dass er in Frankreich ist. Ich muss sofort nach Triest.«

»Du musst was? Mama! Papa ist noch nicht unter der Erde! Wir wissen nicht, wo uns der Kopf steht. Du kannst nicht nach Italien.«

»Doch.«

»Doch?«

»Doch. Glaubst du, Papa würde mir übelnehmen, da, wo er jetzt ist, dass ich nicht an seinem Sarg wache? In einer solchen Lage? Und wenn schon, das hat er sich selbst zuzuschreiben. Ich muss da hin. Silvester bin ich zurück. Inzwischen wirst du schon mit allem fertig.«

Violetta musterte ihre Mutter einige Sekunden lang und nagte an ihrer Unterlippe. Sie sieht aus wie ich, dachte Ilse, heute mehr als in ihrer Kindheit, warum habe ich das nie bemerkt?

»Ich begleite dich natürlich, Mama. Du glaubst doch nicht, dass ich dich in einer solchen Lage, wie du es ausdrückst, allein fliegen lasse!«

»Deine Mutter hat echt Mumm«, sagte André am Abend zu Violetta. »Klingt kein bisschen nach ›kann nichts‹ und ›Totalausfall‹.«

»Ich weiß nicht. Mir kommt es eher vor, als ob sie vor ihrem Schmerz davonrennt und sich in die Sensation flüchtet. Oder in die Aktivität. Wer weiß, was sie zutage fördert, wenn sie dieses Mysterium aufklärt. Am Ende könnte es ihr noch viel schlechter gehen.«

»Du hast deine Mutter schon immer unterschätzt. Sie packt das schon, was immer es ist.«

Keine vierundzwanzig Stunden später saßen Ilse und Violetta mit Andrea Sabatini in einer Osteria am Golf von Triest. Es war nicht schwer gewesen, ihn ausfindig zu machen. Er war der einzige Andrea Sabatini in Triest und verfügte tatsächlich über einen Festnetzanschluss. Als Ilse angerufen hatte – nicht ohne Bangen, denn sie war auf eine weibliche Stimme gefasst gewesen –, und als sie sich vorgestellt hatte, auf Italienisch, als Frau von Hugo Königmann, hatte Andrea zunächst so lange geschwiegen, dass sie schon glaubte, er habe aufgelegt.

»Wo und wann?«, hatte er dann gefragt, auf Deutsch mit einem ganz leichten Akzent.

Und nun saßen sie hier, und bei ihrem Eintreffen, fast gleichzeitig, war es ein bisschen so gewesen wie am ersten Weihnachtsfeiertag. Umständliche Begrüßung, etwas zu laut und zu lang. Umständliches Aushändigen der Mäntel an den Maître, der ihnen auch ihren Tisch zugewiesen hatte. Umständliches Suchen nach dem richtigen Platz an diesem Tisch. Umständliches Hinsetzen.

Dann Schweigen.

Ilse musterte Andrea. Ein zarter Mann mit feinen, schmalen Gesichtszügen. Hugos dunkelblaue Augen, sein kräftiges, goldbraunes Haar – genau wie Violettas – und sein energisches Kinn, etwas abgemildert durch ein kleines Grübchen in der Mitte. Eine fremde

Nase, ihr fremd, sehr klein für einen Mann. Insgesamt ein ganz und gar ebenmäßiges, harmonisches Gesicht. Wie ein Jüngling, eine griechische Statue, dachte Ilse, nur keine Locken.

»Mama, es wäre vielleicht gut, wenn du jetzt mal was sagst«, ließ Violetta sich vernehmen.

Ilse zuckte zusammen. Dann richtete sie sich auf.

»Er war dein Vater, nicht wahr?«

»War …?«

»Er ist gestorben. Ganz plötzlich. Vor drei Tagen.«

»Dann bist du meine Halbschwester, ja?« Andrea schaute Violetta an. »Ich muss sagen, die deutschen Frauen verdienen ihren Ruf. Du bist sehr, sehr schön.« Er sprach es »du biste« aus. Übergangslos ergänzte er, an Ilse gewandt: »Sie natürlich auch.«

Dann begann er zu weinen. Es sah nicht schön aus und hörte sich auch nicht schön an. Sein ebenmäßiges Gesicht verzerrte sich, Wasser floss aus Augen, Mund und Nase, und er schluchzte und schnüffelte, zog die Nase hoch. Wortlos reichte Ilse ihm ein Päckchen Papiertaschentücher.

André hat recht, dachte Violetta. Sie hat echt Format.

Was für eine Aufführung, dachte Ilse. Er kann Hugo doch gar nicht so gut gekannt haben.

Andrea war zwanzig Jahre alt, drei Jahre jünger als Violetta, und Kunststudent. Seine Mutter war Dolmetscherin gewesen, Hugo hatte sie vor vierundzwanzig Jahren auf einer seiner Dienstreisen in Mailand kennengelernt. Ihr ganzes restliches Leben lang hatte sie gehofft, dass Hugo Ilse verlassen und mit ihr ein neues Leben in Italien beginnen würde. Obwohl sie vor acht Jahren zum zweiten Mal Mutter geworden war, von einem Anderen, und vor drei Jahren zum Vater des Kindes nach Triest gezogen war und ihn geheiratet hatte. »Ich dachte, sie hätte Papa jetzt endgültig aufgegeben. Aber sie sah das alles nur als eine Art Zwischenspiel auf dem Weg zu einem Leben mit ihm.«

Ilse und Violetta zuckten zusammen. Ihn »Papa« sagen zu hören.

Andrea war es nicht gut gegangen im Zusammenleben mit seinem Stiefvater; es hatte viel Streit gegeben, und so hatte Hugo am Stadtrand eine Wohnung für ihn gemietet, kaum dass Andrea achtzehn Jahre alt war, und hatte für Miete und Lebensunterhalt tausend Euro monatlich überwiesen. Vor ihrem Umzug nach Triest hatte Hugo, wann immer er es einrichten konnte, im Haus von Andreas Mutter in Mailand gelebt, wenn auch nur vier, fünf Wochen im Jahr und übers Jahr verteilt. Während des »Zwischenspiels« mit Andreas Stiefvater hatte Hugo in Hotels in Triest übernachtet, um Andrea sehen zu können, und immer bar bezahlt. Sobald Andrea die eigene Wohnung bezogen hatte, war Hugo bei ihm untergekommen, wenn er in Triest war. Mit Andreas Mutter hatte er nach ihrer Heirat gebrochen. Was für die Mutter kein besonderer Anlass zur Irritation gewesen war. Sie hatte die Trennung schlicht ignoriert, weiter auf ein gemeinsames Leben gehofft.

»Ich möchte sie kennenlernen«, unterbrach ihn Ilse.

»Wie heißt sie eigentlich, deine Mutter?«, fragte Violetta gleichzeitig.

Andrea zögerte.

»Violetta«, flüsterte er schließlich.

Ilse sprang auf, so behände ihr Zustand es ihr erlaubte.

»Du wirst so gut sein zu zahlen«, wandte sie sich an Violetta. »Du findest mich im Hotel.«

Violetta winkte dem Maître. Bis die Rechnung kam, sagte sie kein Wort, und Andrea auch nicht. Er starrte auf den Golf von Triest, der jetzt schwärzlich im Schein der Hafenlaternen glitzerte. Von den Hügeln schienen die hohen, weißen oder grauen Häuser mit den roten Dächern, die jetzt zur Nacht eher milchig als kontrastreich gleißend wirkten, zum Wasser hinabzupurzeln, als habe jemand sie aus einem Würfelbecher geschüttet.

»Unser Vater hatte echt Nerven«, sagte Violetta schließlich, während sie den Mantel anzog. »Hoffentlich habe ich das von ihm geerbt und nicht seine Neigung zu Feigheit, Lüge und Verstellung.«

»Aber ich habe ihn geliebt«, sagte Andrea.

Violetta schaute ihn an. Sie presste die Lippen zusammen.

»Du hast da was«, sagte sie schließlich und wischte über seinen Kragen. Die Geste wirkte irgendwie intim, fast mütterlich, und Andrea spürte für einen winzigen Moment so etwas wie Zutrauen.

Violetta schaute erneut zu ihm auf, schien etwas sagen zu wollen. Dann drehte sie sich abrupt um und ging weg.

Ihr fiel es selbst auf, als sie zum Hotel zurückhastete: Ihre Absätze klapperten viel lauter als auf dem Hinweg. Sie fühlte sich eigenartig kraftvoll. So viel Energie wie jetzt hatte sie seit dem Tod ihres Vaters nicht mehr gehabt.

Am nächsten Vormittag rief Ilse Andrea an. »Entschuldige meinen überhasteten Aufbruch. Das mit dem Namen war einfach zu viel. Zu erfahren, warum mein Mann … dein Vater für unsere zweite Tochter unbedingt diesen Namen wollte. Na, du kannst ja nichts dafür. Aber es ist wohl besser, es dabei zu belassen. Ich werde dich nicht mehr behelligen.«

»Zweite Tochter?«

»Oh, natürlich, das kannst du ja nicht wissen. Unsere erste Tochter heißt Lorena. Sie ist schwanger. Wenn man so will, wirst du also demnächst Onkel.«

»Also eine richtig große Familie. Na, ihr müsst euch keine Sorgen machen. Ich will nichts von dem Erbe.«

»Von – oh.« Ilses Ton sank um ein, zwei Noten. »Dann also leb wohl.«

»Ciao!«

Ein gutes halbes Jahr später kam Ilse zu mir. Ihre Erscheinung war durch ihre Krankheit bereits schwer gezeichnet, vor allem das Gesicht. Es war ein Schmerzgesicht, grau, faltig, hager und starr. Die Augen wirkten wässrig durchscheinend, der dünne Körper nahm kaum noch Raum ein.

Sie legte mir einen Erbschein vor, auf dem neben ihr und ihren Töchtern auch Andrea Sabatini eingetragen war, zu einem Sechstel Anteil.

»Kein Testament?«, fragte ich. Es gab keines, sehr erstaunlich bei diesen verwickelten persönlichen und üppigen wirtschaftlichen Verhältnissen.

»Ich habe gedacht, wenn der Mann stirbt, erbt die Frau alles, und wenn sie stirbt, die Kinder«, sagte Ilse. »Und jetzt hat er sich als Erbe eintragen lassen, und das scheint ja wohl zu gehen.«

Ich erklärte ihr, dass man, wenn es kein Testament gibt, von seiner Witwe oder seinem Witwer und seinen Kindern gemeinschaftlich beerbt wird. So wie es im Erbschein stand.

Dann legte sie mir das nächste Schriftstück vor. Die

Teilungsversteigerung ihres Hausgrundstücks war auf Antrag von Andrea angeordnet worden. Er hatte sich mithilfe des Erbscheins als Miteigentümer des Grundstücks eintragen lassen. »Und hier –«, Ilse tippte mit dem Finger auf die Mitteilung des Gerichts. »Die Beschlagnahme des Grundstücks ist angeordnet. Und ins Grundbuch eingetragen. Was bedeutet denn das?«

Ihr Gesicht wurde noch hölzerner, und ich dachte, wenn sie diese Starre lösen würde, dann wäre das Weinen nicht länger zu unterdrücken.

»Es bedeutet, dass Sie ohne seine Zustimmung über das Haus nicht mehr verfügen können. Sie können es zum Beispiel nicht einfach weggeben oder auf Ihre Töchter übertragen oder es verkaufen, auch nicht Ihren Anteil.«

Ilse hatte alle Rechtsmittelfristen verstreichen lassen – »Ich war zu fertig, der Krebs, die Trauer, der Schock« –, und so legte ich ihr zunächst einmal nur den Gang eines Versteigerungsverfahrens dar und dessen voraussichtliche Dauer. Einschließlich möglicher Verzögerungstaktiken. Ilse lächelte fein.

»Zwei Jahre, vielleicht drei – die überlebe ich sowieso nicht. Zeitgewinn wäre natürlich schon etwas. Aber ich will das Problem auch nicht einfach meinen Töchtern überlassen.«

Ich wies darauf hin, dass sowohl sie als auch die Töchter oder Schwiegersöhne am Versteigerungstermin mitbieten könnten und so eine realistische Chance bestünde, Andrea günstig quasi auszukaufen. Und dann gäbe es da noch ein paar Kniffe, um das Objekt für andere Interessenten unattraktiv zu machen, sodass sich vielleicht gar kein Bieter finden würde. Allerdings müsse sie bis zur endgültigen Auseinandersetzung eventuell Miete an Andrea zahlen, falls er auf die Idee käme. Natürlich nur seinem Anteil entsprechend und von ihm nicht leicht durchzusetzen, da die Erbengemeinschaft aus vier Personen bestehe und er nicht ohne Weiteres allein bestimmen könne, wer was von wem verlangen dürfe. Das könne ein weiteres Gerichtsverfahren bedeuten. Ob man Verhandlungen mit Andrea geführt habe, wollte ich wissen, ihm vielleicht eine Abfindung für sein Erbteil angeboten habe.

»Der lässt sich auf nichts ein ohne Sachverständigengutachten«, erwiderte Ilse.

»Also liegt keines vor, das ist schön. Dann muss das Gericht für die Teilungsversteigerung eines einholen, und das bringt wieder ein paar Monate.«

Ich zögerte einen Moment.

»Darf ich Sie fragen, wie Andrea nachgewiesen hat, dass er der Sohn Ihres Mannes ist?«

»Mein Mann hatte die Vaterschaft anerkannt.«

»Ohne Abstammungsgutachten?«

»Soweit ich weiß, ja.«

»Kann es sein, dass er hereingelegt worden ist?«

»Daran habe ich nie … Ja, was weiß denn ich, ich kenne die Mutter, diese … Violetta, schließlich nicht. Warum fragen Sie? Könnte ich denn seine Rechte irgendwie anfechten?«

Ich erklärte ihr, dass es ihr und ihren Töchtern nach deutscher Rechtslage nichts nützen würde, wenn Andrea nicht Hugos Sohn war, selbst wenn sie es beweisen könnten. Eine Vaterschaftsanfechtung war seit Hugos Tod nicht mehr möglich, seine Familie hatte kein Anfechtungsrecht. Aber vielleicht nach italienischem Recht? Andrea war in Italien geboren, war Italiener, lebte in Italien. Nur kannte ich mich mit italienischem Recht nicht aus.

»Soll ich mich um den Rat eines italienischen Kollegen kümmern?«

Ilse stand auf.

»Es könnte ein Weg sein, aber ich habe keinen Anhaltspunkt dafür, dass mein Mann sich zu einem Kind bekennen würde, das nicht seines ist. Es wäre eine Kriegserklärung, wenn ich das plötzlich in Zweifel ziehen würde, und ich weiß nicht, ob ich einem Krieg gewachsen bin. Eigentlich wollte ich nur wissen, was mir bevorsteht, und das weiß ich ja jetzt. Ich melde mich, wenn ich zu einer Entscheidung gekommen bin. Oder wenn ich im Versteigerungsverfahren Ihre Unterstützung brauche.«

Stattdessen meldete sich Lorena, drei weitere Monate später. Es war Herbst geworden.

»Ich bin froh, dass meine Mutter ihren Enkel noch kennengelernt hat«, sagte Lorena, nachdem sie mir, sehr unbewegt übrigens, mitgeteilt hatte, dass ihre Mutter gestorben war.

»Wie geht es Ihnen und Ihrer Schwester?«, erkundigte ich mich. »Wenn Sie Unterstützung brauchen …«

»Nein danke, es ist schon alles geregelt«, unterbrach sie mich. »Wir haben unseren ungebetenen Verwandten abgefunden. Die Versteigerung ist abgeblasen. Hoffentlich sehen wir den Typen nie wieder. War übrigens nicht unser Bruder.«

»Also doch Betrug!«

»Tja, in dieser ganzen Affäre ist unentwegt betrogen worden, jahrzehntelang. Mein Vater hat meine Mutter betrogen und ein Doppelleben geführt. Sein Liebchen hat ihn betrogen und genauso lange abgezogen. Alles, alles nur Lug und Trug. Und wir zahlen die Zeche.«

Plötzlich begann sie zu weinen.

»Woher wissen Sie eigentlich, dass er nicht Ihr Halbbruder war?«, fragte ich. »Haben Sie da mit einem italienischen Anwalt etwas ausrichten können?«

»Meine kleine Schwester war so schlau, Herrn Sabatini ein Haar vom Kragen zu pflücken, damals in Triest. Waren ein paar Hautschüppchen dran, alles zusammen reichte für einen Test. Vaterschaft ausgeschlossen.«

»Und trotzdem haben Sie ihn abgefunden?«

»Wir wollten uns damit nicht länger beschäftigen, nicht in Italien und hier auch nicht. Es reichte uns, dass wir die Wahrheit herausgefunden hatten. Irgendeine Wahrheit musste es ja in diesem ganzen Lügengespinst noch geben. Und als es so weit war, waren wir irgendwie – frei.«

Lorena und Violetta hatten also entschieden, es nicht auf weitere Streitigkeiten ankommen zu lassen, die sie jahrelang an Andrea gebunden hätten.

»Er hat alles kaputt gemacht, aber letztlich hat es uns zusammengeschweißt, Violetta und mich. Wir sind einander ähnlicher, als wir wussten. Und Andrea ist ja auch nur 'ne arme Socke. Er hat unseren Vater geliebt, hat Violetta gesagt, sie hat ihm das geglaubt. Der Mann ist echt um sein Leben und um seinen Vater betrogen worden. Während wir ja bei unserem Vater aufwachsen durften.«

Ich fragte, ob Ilse noch erfahren hatte, dass Andrea gar nicht Hugos Sohn war. Aber die Töchter hatten das Ergebnis des Abstammungsgutachtens erst nach Ilses Tod abgerufen.

»Wir waren uns da einig, aber wir wussten selbst nicht, warum wir ein Gutachten in Auftrag gegeben hatten und dann plötzlich nicht wissen wollten, was herausgekommen war. Merkwürdig.«

»Solche Dinge brauchen manchmal ihre Zeit«, sagte ich.

Wir verabschiedeten uns, und ich blieb noch eine Weile still sitzen. Mich wunderte nicht, dass die beiden Schwestern sich mit dem Abrufen des Gutachtens Zeit gelassen hatten, auch wenn dadurch ihre Mutter die ganze Wahrheit nicht mehr erfahren hatte.

Es war kaum ein Jahr her, da waren ihre Eltern unbeschwert aus einem Urlaub in Südfrankreich nach Hause gekommen. Sie hatten im Garten gesessen und Wein getrunken. Ilse hatte sich auf das Weihnachtsfest mit ihren Töchtern gefreut. Es war noch nicht kühl gewesen an diesem Abend vor dem Herbst.

Und dann, in diesem einen Jahr, war alles eingestürzt, was Lorena und Violetta für verlässlich gehalten hatten in ihrem Leben. Ihren Vater hatten sie sterben sehen, an Weihnachten. Sein Doppelleben war vor ihren Augen aufgedeckt worden, und das Bild, das sie von ihrem Vater gehabt hatten, hatte sich als Trugbild herausgestellt. Sie hatten den körperlichen Verfall ihrer Mutter miterlebt. Deren Trauer über den Tod des Vaters und die Verzweiflung über seinen Betrug geteilt. Sie waren in belastende Erbstreitigkeiten verwickelt worden. Und schließlich hatten sie auch noch die Mutter verloren. Nein, es war nicht verwunderlich, dass sie aus diesem Scherbenhaufen so rasch nicht auch noch die letzte Scherbe hatten hervorwühlen wollen.

Gar nicht verwunderlich.

Dämonen

Es musste sein, jetzt endgültig. Er hatte alles abgewogen, wieder und wieder. Gezögert, sich neu entschlossen. Es gab keinen anderen Weg. Jetzt war es so weit.

Konstantin war sich sicher, dass Friederike ihn betrog. Seit einem Jahr ging das schon so, wenn er richtig mitgerechnet hatte. Mindestens. Damals hatte sie begonnen, sich zu verändern. Wenn er hinzutrat, während sie telefonierte, beendete sie das Gespräch rasch und legte auf. Wenn er nach Hause kam, und sie hatte gerade eine Freundin zu Besuch, brach das Gespräch abrupt ab, und die Freundin verabschiedete sich hastig. Wenn er sie auf dem Handy anrief, während sie unterwegs war, war immer eine Männerstimme im Hintergrund zu hören. Wenn er sie dabei überraschte, dass sie etwas in ihr Tagebuch eintrug, schloss sie es hastig und ließ es in den Schreibtisch gleiten. Immer wirkte sie verlegen, wenn sie unerwartet seine Blicke auf sich spürte. Und oft genug kam sie später nach Hause als angekündigt. Das Treffen der Frauengruppe, die sie neuerdings – angeblich – besuchte, habe länger gedauert.

Sein Versuch, aus ihrem Tagebuch näheren Aufschluss zu gewinnen (ja, er hatte geschnüffelt, warum denn auch nicht?), hatte nichts erbracht. Er erfuhr nur, dass sie unter seiner Eifersucht litt. Immerhin. Aber sie verriet nichts über ihr Verhältnis. Wusste vermutlich, dass er nachlesen würde.

Manchmal tat er nur so, als ginge er ins Büro – er war Buchhalter für einen Wohlfahrtsverband –, und wartete in der Nähe seines Hauses, bis sie herauskam. Dann ging er ihr nach und stellte fest, dass sie nur einkaufen ging. Oder zum Friseur. Sie war geschickt, seine Frau, oh ja, das war sie. Oder ob es vielleicht gar der Friseur war? Unsinn, der Mann war kurz vor dem Ruhestand und hatte keinerlei Ausstrahlung. Ein ganz und gar farbloser Mensch.

Konstantin und Friederike waren zehn Jahre, fünf Monate und drei Tage verheiratet und hatten zwei Kinder, die neunjährige Georgina und die siebenjährige Marilyn, als Konstantin beschloss, dass nun endgültig Schluss sein müsse mit den Heimlichtuereien. Er rief seine Eltern an und weihte sie in seinen Verdacht ein. Sie wollten es nicht glauben. Dann seinen Bruder. Aber auch der winkte ab. Warum nur versuchten alle immer, Friederike reinzuwaschen und seinen Verdacht zu zerstreuen? Steckten sie mit ihr unter einer Decke? Halfen sie ihr am Ende sogar – nicht auszudenken! –, ihm Hörner aufzusetzen? Sie wussten etwas, er konnte es spüren, es lag in der Luft. Und sie wollten es nicht sagen. War es – ja, das könnte sein! –, war es der eigene Bruder?

Drei Tage später, Konstantin und Friederike waren zehn Jahre, fünf Monate und sechs Tage verheiratet, war Konstantins Entscheidung gefallen: Er würde Friederike die Rechnung präsentieren für ihren Betrug. Heute noch. Die Beweise gegen seinen Bruder musste er erst noch sammeln, der würde eben später bezahlen. Konstantin ging bereits am Mittag nach Hause, gut vorbereitet für den Showdown. Die würde sich wundern!

Auf dem Küchentisch lag ein Zettel: »So geht es nicht weiter. Ich bin mit den Kindern im Frauenhaus. Ich habe Angst vor Dir. Du musst Dich behandeln lassen, sonst haben wir keine Chance. Ich melde mich. Friederike.«

Konstantin brüllte auf wie ein angeschossener Löwe, machte auf dem Absatz kehrt und lief schnurstracks zur

Wohnung seine Bruders, wo er erfolglos Sturm klingelte. Gregor und seine Frau Alexandra waren arbeiten. Konstantin hinterließ einen Zettel im Briefkasten: »Ruf mich SOFORT an!!! Du Arschloch hast mir meine Frau weggenommen! Der eigene Bruder!! Pfui Teufel!!!«

Frauenhaus – ha! Wer wollte ihm denn so was weismachen, dachte er auf dem Heimweg. Obwohl – zuzutrauen wäre es ihr. Sie war schließlich sehr geschickt. Und im Haus seines Bruders lebte – das fiel ihm jetzt erst ein – noch Alexandra, da konnte Friederike ja noch gar nicht hin. Natürlich, dass er daran nicht gedacht hatte! Er winkte ein Taxi heran. »Zum Frauenhaus, bitte.« Dass Frauenhäuser in keiner Auskunftsdatei eine Adresse hinterlegt haben, damit die Frauen gewalttätiger Männer sich dort sicher fühlen können, wusste Konstantin.

Denn schon vor einem knappen Jahr hatte Friederike nach einem Streit um ihr Verhältnis, der Konstantin ein wenig entglitten war – er hatte ihren Kopf gegen den Türrahmen gedonnert, aber dann hatte es ihm leid getan und er hatte sie um Verzeihung gebeten –, obwohl – warum musste sie ihn auch betrügen und dann noch mit ihren Lügen und Ausreden daherkommen und ihn für blöd verkaufen … wo war er noch mal? Ah ja, also vor einem Jahr hatte sie schon einmal die Kinder genommen und war ins Frauenhaus gegangen, und er hatte das Haus nicht finden können, so intensiv er auch recherchiert hatte. Selbst in seinem Wohlfahrtsverband war die Adresse nicht bekannt. Oder wurde ihm vorenthalten, typisch, nach allem, was er für die … nun hatte er wieder den Faden verloren. Er ermahnte sich, sich zu konzentrieren. Also: zum Frauenhaus.

Taxifahrer fuhren bestimmt schon mal Hilfe suchende Frauen dorthin. Die mussten wissen, wo das war. Und richtig: Der Taxifahrer fuhr ohne mit der Wimper zu zucken los und setzte ihn vor dem Frauenhaus ab. Konstantin bedankte sich, stieg aus, prägte sich die Adresse ein, stellte ein paar Nachforschungen in der Umgebung an und fuhr mit einem anderen Taxi nach Hause.

Konstantin und Friederike waren zehn Jahre, fünf Monate und eine Woche verheiratet, als Konstantin in die Tat umsetzte, was er bereits am Tag zuvor hatte tun wollen. Er ging morgens mit seiner Aktentasche aus dem Haus wie immer, nur viel früher. Ab sechs Uhr wartete er in der Nähe des Frauenhauses hinter einem Gebüsch verborgen auf seine Frau. Er hoffte, sie würde die Kinder zur Schule bringen wie immer. Obwohl Schulen natürlich oft die entscheidenden Schwachpunkte sind, wenn eine Frau mit schulpflichtigen Kindern sich verborgen halten will: Von der Schule aus führen Kinder einen Verfolger direkt zur Mutter, und Friederike war schlau und wusste das. Aber sie war eben auch eine gute Mutter, ja, das konnte er durchaus anerkennen, auch wenn sie eine lausige Ehefrau war, er war nicht ungerecht. Vielleicht würde sie ja die Kinder zur Schule lassen, trotz der besonderen Umstände. Und tatsächlich: Um kurz vor halb acht verließ sie das Frauenhaus, Georgina rechts, Marilyn links an der Hand. Konstantin löste sich aus dem Gebüsch und folgte ihnen, seine Aktentasche fest vor die Brust gepresst. Nun mussten sich seine Nachforschungen vom Vorabend auszahlen, es wurde spannend: Würde sie sich nach links zur Bushaltestelle wenden, von wo aus der Bus direkt zur Schule der Kinder fuhr? Oder nach rechts zur Straßenbahnhaltestelle, von wo aus sie mit nur einem Mal Umsteigen am Rathaus zur Wohnung seines Bruders gelangen konnte?

Friederike wollte mit den Kindern zum Jugendamt und dann öffentliche Leistungen für ihren Lebensunterhalt beantragen. Im Rathaus. Sie ging nach rechts. Konstantin setzte sich in Trab und überholte die drei. Drehte sich um. Baute sich vor ihnen auf.

»Papa, Papa!« riefen die Kinder erfreut. »Wo kommst du denn her?«

Er beachtete sie nicht. Er würde sich später um sie kümmern. Er fixierte Friederike, die sich offenbar unschlüssig war, was sie als Nächstes tun sollte. Kein Wort sagte sie, nagte an ihrer Unterlippe. Er klappte die Aktentasche auf – noch immer hielt er die an sich gepresst – und holte das Springmesser heraus, das seit gestern Vormittag darin lag. Er löste den Mechanismus aus. Es sprang auf und stellte sich fest. Es sah schön aus, zuverlässig, es schimmerte sogar ein wenig in der Morgensonne. Konstantin betrachtete es entzückt. Ließ die Tasche sinken.

»Die Kinder …«, schrie Friederike. Dann fuhr die zweischneidige Klinge in ihren Leib.

Und sie ließ die Kinder los.

»Kommt, Kinder!«, sagte Konstantin und streckte die Hände aus. Er wunderte sich, dass sie starr stehen blieben, sich ihm nicht weich und fügsam überließen und dass sie kreischten, als habe man ihnen ein Leid zugefügt.

Ein knappes Jahr später suchten mich vier Menschen in meiner Kanzlei auf: Gregor, Alexandra und die Eltern von Konstantin und Gregor. Gregor war der Auffallendste, ein Bulle von einem Mann: Bierbauch, modische

Frisur, Cargohose. Raumgreifend, dröhnend, Arm über dem Stuhlrücken, die Knie so weit wie möglich auseinander. Alexandra, seine Frau, wirkte irgendwie formlos, die Figur ging bereits auseinander, das Gesicht hatte wenig Kontur und Ausdruck, und ihr Auftreten war auch ein wenig vage. Alles an ihr war leise und unbestimmt. Josef und Susanne, beide Mitte sechzig, waren dünn – so dünn, dass die Kleidung, die sie trugen, geradezu traurig an ihnen herunterhing. Schüchtern wirkten sie und hatten offenbar Schwierigkeiten, mir ihr Problem zu schildern. Sie trauten sich kaum, aufzublicken; es war, wie sie mir sagten, das erste Mal in ihrem Leben, dass sie einen Anwalt aufsuchten. So etwas tun zu müssen, war für sie eine Art Makel.

»Man kommt sich vor, als hätte man was verbrochen«, sagte die Mutter und schaute erneut in ihren Schoß. »Wir sind ehrliche Leute«, fügte der Vater hinzu. »Darum sag ich auch lieber gleich, dass wir kein Geld haben, um Sie zu bezahlen. Gibt es denn da Möglichkeiten?«

Die gab es; wir besprachen also zuerst die staatlichen Hilfen für Rechtsuchende mit geringen Mitteln. Anschließend erklärte ich ihnen, dass sie alle Optionen hätten: Sie könnten sich zunächst einmal nur beraten lassen. Oder auch mich beauftragen – heute oder später –, nach außen hin für sie tätig zu werden, also zum Beispiel gegenüber Behörden oder durch Einleitung eines gerichtlichen Verfahrens. Das läge ganz bei ihnen, alle Entscheidungen würden sie eigenverantwortlich fällen, und alles, was ich täte, würde genau mit ihnen abgestimmt, nichts würde an ihnen vorbei von mir allein auf den Weg gebracht. Dann endlich waren sie ein wenig beruhigt, und Josef begann, mir zu berichten, was die vier zu mir geführt hatte.

Josef war Rentner und bis zu seiner Pensionierung angelernter Friedhofsgärtner bei der Stadt gewesen. Er war sehr stolz darauf, dass er nie Schulden gemacht hatte und nie mit dem Gesetz in Konflikt geraten war. »Nicht mal bei Rot über die Ampel gegangen«, fügte er fast ein bisschen prahlerisch hinzu. Und seine Söhne hätten beide etwas gelernt, Gregor arbeite als Polier auf dem Bau.

»Lass datt domma wechezz, Vatta«, warf Gregor an dieser Stelle ein. Er war schon die ganze Zeit auf seinem Stuhl hin und her gerutscht, so als sei ihm die Unbedarftheit und Umständlichkeit seiner Eltern ein wenig peinlich.

Der Vater zuckte zusammen und beeilte sich, zum Punkt zu kommen. Also: Sein weiterer Sohn, Konstantin, vier Jahre älter als Gregor und gelernter Buchhalter (»Buchhalter« wurde mit mindestens drei Ausrufezeichen ausgesprochen), säße im Gefängnis, seit fast einem Jahr schon. An dieser Stelle begann die Mutter leise zu weinen. Sogar ihre Tränen waren ihr unangenehm, sie entschuldigte sich, während sie umständlich und vergeblich in ihrer Handtasche nach einem Taschentuch kramte, bis Alexandra ihr eines reichte, ein wenig genervt, wie mir schien.

Josef war aus dem Konzept gebracht, und ich fragte daher, in welcher Hinsicht ich ihnen denn nützlich sein könne. Strafverteidigungen würde ich nicht mehr machen, aber das wüssten sie sicher?

Nein, nein, darum gehe es auch nicht. Ich erfuhr, dass Konstantin im Gefängnis sei, weil er seine Frau Friederike umgebracht habe. Er habe zwei Töchter – Georgina, zehn Jahre alt, und Marilyn, acht Jahre alt, Susanne hörte auf zu weinen und holte mit erstaunlicher

Zielstrebigkeit zwei Fotos aus ihrer Handtasche, die sie mir mit sichtlichem Stolz präsentierte –, und die lebten nun bei den Großeltern mütterlicherseits, also bei Friederikes Eltern.

»Und das Problem dabei ist …?«, mahnte ich sanft.

»Datt Problem iss«, schaltete sich Gregor ein, zügelte sich dann aber auf einen mahnenden Seitenblick seiner Mutter hin sogleich und begann, Hochdeutsch zu sprechen. »Das Problem ist, dass wir die Ulligen nicht mehr sehen dürfen. Die Arschlöcher lassen uns nicht zu denen.«

Nun war es heraus. Ich wusste zwar noch nicht genau, wer in diesem Fall mit »die Arschlöcher« gemeint war, aber es war klar, dass die Familie von Konstantin Kontakt zu den beiden Mädchen wollte und dass ich das regeln oder ihnen eine Rat geben sollte, wie sie es erreichen konnten.

»Wie stehen Sie eigentlich zu dem, was Ihr Sohn gemacht hat?«, fragte ich Konstantins Eltern.

»Wir schlafen und essen kaum noch seitdem, gucken Sie uns doch bloß mal an!«, sagte Susanne und wies auf ihre weite Kleidung.

»Nein, ich meine: Missbilligen Sie, was Ihr Sohn getan hat? Haben Sie dafür Verständnis? Akzeptieren Sie es vielleicht sogar?«, wollte ich wissen.

Wieder schaltete sich Gregor, der Bulle, ein. Er hatte offensichtlich genug von all den zarten Empfindungen und der Zurückhaltung, und er sprach aus, was alle vier vermutlich dachten, die Eltern aber ganz sicher nicht ohne Weiteres zugeben würden: »Mein Bruder ist komplett durchgeknallt vor einem Jahr. Hat sich was eingebildet von wegen ich hätte ein Verhältnis mit seiner Frau« – zärtlicher Händedruck von Alexandra, der ihm bestätigte, dass sie seine Empörung teilte, bis heute – »und dann ist sie ins Frauenhaus, und da hat er sie abgefangen und erstochen. Die Mädchen waren dabei.«

»Die Kinder waren … oh!« Mir war sofort klar, was das für den Kontakt der Mädchen zu den Verwandten ihres Vaters bedeuten konnte. »Die Kinder wollen mit Ihnen allen nichts zu tun haben, richtig?«

So war es. Den Kindern war es gleichgültig, dass ein Sachverständiger in Konstantins Prozess festgestellt hatte, dass Konstantin aufgrund einer beginnenden Psychose nur eingeschränkt in der Lage gewesen war, seine Handlungen zu steuern und dass er deswegen nur sieben Jahre Freiheitsstrafe bekommen hatte. Den Eltern und Gregor und Alexandra war es auch gleichgültig. Sie hatten keinerlei Verständnis für Konstantins Tat, der Schock saß tief, und so wie die Dinge zur Zeit standen, wollten sie alle mit Konstantin nichts mehr zu tun haben. Das hatten sie den Mädchen auch ausrichten lassen, und beim Jugendamt hatte man ihnen zugesichert, diese Botschaft weiterzuleiten. Aber dort hatte man ihnen dann auch gesagt, dass Georgina und Marilyn den Kontakt ablehnten.

»Und das«, schaltete sich nun Alexandra ein, »und das wird natürlich nicht besser, wenn sie ausgerechnet bei Friederikes Eltern leben. Die impfen die doch bloß. Kann man ja sogar verstehen.« Ich kannte diese Art Befürchtung. Die Aussicht, dass Kinder manipuliert werden könnten, lässt bei jedem Angehörigen, gegen den Einfluss genommen werden könnte, das Bedürfnis wachsen, nun seinerseits möglichst rasch und intensiv Einfluss zu nehmen. Und auch dafür wird der Kontakt zu den Kindern benötigt, nicht nur, um gewachsene Bindungen zu pflegen.

»Also«, nahm Gregor den Faden wieder auf und erläuterte mir nun endlich, wer hier die Arschlöcher waren, »das Jugendamt will nicht, dass wir die Kinder sehen, und Friederikes Eltern sagen, sie richten sich nach dem Jugendamt. In Wahrheit wollen die da selbst nicht ran, wenn Sie mich fragen.«

»Und wer weiß, was Friederikes Eltern den Kindern über uns erzählen«, bemerkte Susanne und begann wieder zu weinen. »Bestimmt nichts Gutes. Die hassen uns doch! Die glauben, weil der Sohn, den wir großgezogen haben, so was macht, können sie die Kinder nicht zu uns lassen. Oh Gott, diese Schande!« Sie war kaum zu verstehen, wimmerte fast nur noch.

Wir verabredeten, dass ich Josef und Susanne vertreten und mich um ihr Anliegen kümmern sollte. Sie hatten wenig Hoffnung, allein mit Ratschlägen gerüstet weiterzukommen. Gregor und Alexandra hatten derzeit keine Chance, Umgangsrechte juristisch durchzusetzen, so beschränkten wir uns auf die Eltern. Was für ein Schicksalsschlag, dachte ich bei mir. Was für stolze Menschen und wie viel Grund, stolz und zufrieden zu sein. Keine Schulden bei dem geringen Einkommen, ein rechtschaffenes Leben, nie ein noch so geringer Konflikt mit dem Gesetz, beide Söhne gut ausgebildet und verheiratet, die beiden Enkelinnen wohlgeraten, und dann so eine Katastrophe. Richtig gern nahm ich den Auftrag an. Aber ich war keineswegs sicher, was am Ende dabei herauskommen würde. Vor allem war ich nicht sicher, was für die Kinder das Beste war, und ausschließlich darauf konnte es ankommen. Es wird ein Sachverständigengutachten geben müssen, dachte ich, das wäre ein gutes erstes Ziel. Dahin müssen wir kommen. Wir brauchen Gewissheit darüber, was getan werden kann, um den verletzten, verstörten und verwirrten Kinderseelen das Richtige zu geben. Vielleicht ist ja das Abschotten von der Familie des Vaters ein Mittel, zur Ruhe zu kommen und Heilung zu finden, wie es offenbar alle übrigen Beteiligten annehmen? Oder erleiden die Kinder dadurch nur einen weiteren nutzlosen, schmerzhaften Verlust?

Ich rief das Jugendamt an. Ich kannte die zuständige Pädagogin, wir waren schon durch viele Unwetter gemeinsam gesegelt, und ich hielt viel von ihrer Fachkompetenz.

»Daraus wird vorläufig nichts«, sagte sie mir, als ich ihr das Anliegen von Josef und Susanne vortrug. Sie berichtete mir, dass sie natürlich mit den Kindern gesprochen hätte. Um die Mädchen zu schonen, habe sie das Thema »Besuche bei den anderen Großeltern« allerdings recht knapp gehalten.

Ob man sagen könne, warum genau die Kinder die Großeltern ablehnten, wollte ich wissen.

»Sie reagieren jedenfalls ängstlich, wenn die Sprache auf sie kommt«, sagte mir die Pädagogin, »aber sie wollen nicht sagen, ob sie Angst haben beziehungsweise wovor.«

Ob man den Kindern angeboten habe, die Großeltern in vertrauter, geschützter Umgebung wiederzusehen? Zum Beispiel in Begleitung der Pädagogin, sodass sie sich sicherer fühlen könnten? Das hatte man. Die Mädchen wollten auch das nicht. Sie befanden sich in Therapie zur Aufarbeitung ihres traumatischen Erlebnisses und Verlustes. Vielleicht sei anschließend wieder an Kontakte zu denken. »Aber machen Sie bitte Ihren Mandanten keine falschen Hoffnungen. Die Therapie ist nicht für die Großeltern da, sie soll die Kinder entlasten.«

Falsche Hoffnungen zu hegen oder gar welche zu wecken, dazu bestand allerdings nicht der geringste Anlass. Ich sagte der Pädagogin, dass ich nun meinen Mandanten raten würde, das Familiengericht einzuschalten.

»Das müssen Sie wohl tun«, entgegnete sie mir, »aber von uns werden Sie keine Unterstützung bekommen. Sie wissen ja selbst, dass Ihre Mandanten beweisen müssen, dass der Kontakt dem Kindeswohl dient. Das wird schwierig.«

Ich berichtete Josef und Susanne von dem Gespräch und reichte mit ihrer Zustimmung den Antrag beim Familiengericht ein. Und wie es die Pädagogin vom Jugendamt vorhergesagt hatte: Wir bekamen von niemandem Unterstützung, auch nicht vom Verfahrensbeistand, einem weiteren Pädagogen, den das Gericht hinzugezogen hatte, um die wirklichen Wünsche der Kinder zu erforschen und darauf aufbauend zu beurteilen, was für sie das Beste war. Der Verfahrensbeistand war ein engagierter, herzlicher Mann mit stets positiver Ausstrahlung. Ebenfalls hoch kompetent. Er war vom Gericht vermutlich ausgewählt worden, weil er dafür bekannt war, familienfreundlich zu denken und sich immer dafür einzusetzen, dass Kindern die Beziehung zu allen Familienmitgliedern möglichst erhalten blieb, gerade wenn die Familie in die Krise geraten war. Man konnte sicher sein, dass er in unserem Fall alles dafür tun würde, Großeltern und Kinder einander wieder anzunähern. Und er tat alles. Vergeblich. Der Wunsch der Kinder, die Großeltern nicht mehr zu sehen, blieb unverrückbar.

Und so lud die Familienrichterin uns alle ein, um mit uns zu besprechen, wie es weitergehen sollte. Friederikes Eltern mussten kommen, Josef und Susanne, die Pädagogin vom Jugendamt und der Verfahrensbeistand. Die Richterin wollte später entscheiden, ob sie auch noch einmal selbst mit den Kindern reden wollte. Sie hatte für den Termin eigens einen hellen, freundlichen Raum ausgewählt, der über einen großen, runden Tisch verfügte. Es war unmöglich, an diesem Tisch irgendeine förmliche Sitzordnung auszumachen. Die Roben blieben in den Aktenkoffern. Aus dem Fenster sah man auf die dicht belaubten Kronen alter Kastanien.

Meine Mandanten waren furchtbar aufgeregt. Susanne stand das sogar irgendwie. Sie hatte glänzende Augen und rosige Wangen. Beide waren noch mehr als bei unserer ersten Besprechung beschämt, dass sie die Justiz hatten bemühen müssen und jetzt, wie Josef es ausdrückte, »vor Gericht standen«. Friederikes Eltern mieden meine Mandanten. Sie sahen noch dünner aus als diese, zerbrechlich und furchtbar traurig. Josef und Susanne grüßten sie scheu.

Sie ernteten nur ein kurzes, ernstes Nicken und ein bitteres Verziehen der Mienen. Josef und Susanne hatten sie, die trauernden Eltern Friederikes, vor Gericht gezerrt, sagten diese Mienen. Und auch: Das sind die Eltern des Mörders unserer Tochter. Einen Anwalt hatten die beiden nicht eingeschaltet.

Wir hörten uns lange an – von der Richterin, von der Vertreterin des Jugendamtes und vom Verfahrensbeistand –, dass, jedenfalls derzeit, wohl wenig zu machen sei.

»Ich werde die Kinder nicht zwingen, die Großeltern zu sehen«, sagte die Richterin. Die Kinder müssten erst einmal in Ruhe zu sich kommen, sagte die Pädagogin. Die Kinder sähen, wenn sie an die Familie ihres Vaters dächten, immer den Vater vor sich, wie er die Mutter umbringe, sagte der Verfahrensbeistand. Auf die Vorstellung, die Großeltern wiederzusehen, hätten sie regelrecht mit Verzweiflung reagiert.

»Aber warum?«, fragte Josef. »Ich meine, warum geben sie uns die Schuld? Kommt das nicht davon, dass sie bei den anderen Großeltern leben? Immer den ganzen Schmerz mitbekommen und den Hass?«

Wie aus einem Munde entgegneten Richterin, Pädagogin und Verfahrensbeistand: »Das ist doch egal.« Es sei ganz und gar gleichgültig, woher die Ablehnung komme, man könne sie eben nicht mit der Brechstange überwinden, ohne die Kinderseelen zu beschädigen.

Ich holte Luft. »Auffällig ist das aber schon, oder?«, wandte ich ein. »Ich meine, wir haben hier zwei kleine Mädchen, die ihre Familie einteilen in gute Familie, schlechte Familie. Und wenn sich das verfestigt, wenn wir das zulassen, ist es vielleicht genau das Falsche für sie. Wissen Sie, ob wir sie dadurch nicht sogar im Stich lassen? Vielleicht sind sie ja unglücklich mit dieser Haltung, vermissen die anderen Großeltern. Vielleicht hoffen sie, wir Erwachsenen hätten einen Weg da raus. Ganz gleichgültig ist es doch auch wieder nicht, warum sie die Familie des Vaters in Bausch und Bogen verdammen.«

»Und angenommen«, sagte die Richterin leicht ironisch, »ich würde mir Ihr schönes Plädoyer durch den Kopf gehen lassen: Was wäre dann die praktische Konsequenz?«

Ich sagte es ihr.

Und das Wunder geschah: Die Richterin ordnete ein Gutachten an. Sie beauftragte eine familientherapeutisch ausgerichtete Sachverständige und schrieb erstaunlich präzise Fragen in den Gutachterauftrag. Fragen, die mir verrieten, dass sie von der Gutachterin erwartete, Wege für eine Begegnung und Verständigung zwischen Georgina und Marilyn und der Familie ihres Vaters zu suchen.

Sechs Monate später lag das Gutachten vor, eine richtig dicke Kladde. Wie immer blätterte ich sofort ganz an den Schluss, da sind in der Regel die Empfehlungen zu finden.

Ein zweites Wunder war geschehen: Georgina und Marilyn waren jetzt bereit, die Großeltern wiederzusehen, probehalber. Die Sachverständige empfahl die Anbahnung regelmäßiger Kontakte, möglichst bald. Ich rief sofort Josef und Susanne an, beide weinten vor Freude. Danach erst las ich das Gutachten durch. Die Sachverständige hatte herausgefunden, dass die beiden Mädchen in ihrer Not die Familie des Vaters, wie sie es ausdrückte, »dämonisiert« hatten.

Ohne es zu überprüfen, hatten sie als Lösung für ihre Verstörung, als Linderung für ihren Schmerz, als Gehhilfe durch ihr Leben übernommen, was die Eltern ihrer Mutter ihnen, ohne es zu wollen, dafür anboten. Wir hatten es vor dem Gerichtssaal erlebt: Der Schoß, aus dem ihr Vater kam, war giftig, ein hässliches Natternnest, durch das sie wie er vergiftet würden, wenn sie sich auch nur in seine Nähe begäben. Wie ein todbringender Schlangenzahn war ihre Herkunft ihnen ins Fleisch geschlagen. Jede Berührung mit der väterlichen Familie würde den Zahn wie einen vergifteten Stachel tiefer ins Fleisch drücken. Hielten sie sich fern, bliebe er beherrschbar, vielleicht harmlos. Mit solchen Visionen hatten die beiden kleinen Mädchen mehr als ein Jahr lang leben müssen, bis die Sachverständige es aufdeckte und ihnen gemeinsam mit der Kindertherapeutin Entlastung verschaffte. Nach und nach öffneten sie sich dem Gedanken, zwischen den Handlungen des Vaters, dem Wesen seiner Familienangehörigen und auch dem eigenen Wesen zu unterscheiden.

Georgina und Marilyn waren erst zehn und acht Jahre alt, aber sie schafften das. Sie besannen sich wieder auf ihre Zuneigung, und sie waren mutig. Sie wollten Josef und Susanne noch einmal neu kennenlernen und die entsetzlichen Vorstellungen, von denen sie beherrscht gewesen waren, an der Wirklichkeit messen: Würden die Großeltern als Dämonen in ihr Leben treten? Oder als liebevolle, wohlmeinende Wesen? Und durften sie, die Kinder, sich darauf verlassen, dass die Geborgenheit nicht wieder umschlagen würde in Verderben und Tod? Sie waren entschlossen, es darauf ankommen zu lassen. Eine Chance, mehr nicht. Aber wir brauchten keinen weiteren Gerichtstermin.

Josef und Susanne schenkten mir zum Abschied eine Riesenpackung Merci-Schokolade. Es ist eines der schönsten Geschenke, das ich je von einem Mandanten bekommen habe.

Die Fürstin

Solveigh sah aus wie eine orientalische Fürstin. Ein goldener Schimmer schien über sie geworfen wie ein feinmaschiges Netz. Die Haut, leicht gebräunt, hatte einen Goldton. Die dicken Haare, im Nacken zu einem fast hüftlangen, geflochtenen Zopf zusammengefasst, waren goldbraun. Sie trug eine kragenlose, bis zu den Knien reichende Bluse in einem changierenden Farbton zwischen Grün und Messing, eine bronzefarbene Pluderhose und – wahrhaftig! – goldene Ballerinas. Sogar ihre Augen, sehr schöne Katzenaugen übrigens, erinnerten an Goldtopase. Ihre Gestalt war groß, ein wenig eckig und flach. Sie ging sehr aufrecht und stolz, ihre Bewegungen waren voller Anmut, vornehm gemessen, fließend. Fast etwas träge. Sie hatte sich mit einer Unzahl von unterschiedlich langen Ketten und Armbändern aus den verschiedensten Metallen und Steinen behängt, die bei jeder ihrer sparsamen Bewegungen leise klirrten. Alles an ihr schrie: »Edel!«, »Besonders!« Und wahrhaftig hatte ich, als ihre Katzenaugen mich fast gelangweilt musterten – was sie sahen, war nicht gerade Business, aber doch konventionell, und eine höchst langweilige Perlenkette –, den Eindruck, dass sie mich abschätzte wie eine Katze eine unvertraute Speise. Vermutlich fiel ich durch, und fast erwartete ich, verschmäht und zugescharrt zu werden. Nach einer Kunstpause, die mir endlos vorkam, begann sie, mir ihr Problem zu schildern. Auch ihre Stimme war ein wenig träge. Kultiviert, tief, erlesene Wortwahl.

Solveigh war eine der wenigen reichen Künstlerinnen. »Das heißt, ich bin eigentlich arm wie eine Kirchenmaus«, korrigierte sie sich sogleich. Sie wird doch nicht mein Honorar herunterhandeln wollen?, dachte ich und nannte noch einmal meinen Stundensatz. Sofort fand sie aus ihrer Langsamkeit und kam zum Punkt. Dabei stellte sich rasch heraus, dass ihre Kunst zunächst darin bestanden hatte, ihren Vater beerbt zu haben, der gebürtiger Schwede gewesen war und in seiner Heimat etliche Silberminen besessen hatte. Millionen wert. Ihre Mutter, mit dem Vater nicht verheiratet, war zuerst gestorben, da war Solveigh gerade an einer nahen Kunstakademie aufgenommen worden und frisch verheiratet mit einem Studenten. »Philosophie, wissen Sie«, erläuterte sie, sichtlich stolz, und schaute mich erwartungsvoll an. Ich zeigte mich gebührend beeindruckt. Warum auch nicht? Nun, also damals hatte der Vater ihr alle Schürfrechte übertragen, und bei seinem Tod erbte sie sein gesamtes Vermögen. Ihr Studium gab sie sofort auf.

»Wissen Sie, die Silberminen interessierten mich eigentlich nicht so«, verriet sie mir.

Natürlich nicht! Wen interessiert schon ein Millionenvermögen in Schweden?, dachte ich bei mir. Und sogleich präzisierte sie: »Ich meine, der Silberabbau interessierte mich nicht.« Sie habe die Rechte verpachtet und dafür ein ganz hübsches Sümmchen im Jahr bekommen und so viel Silber, wie sie für ihre Kunst brauchte. Herausfordernde Pause. Sie hatte nun schon das zweite Mal angesprochen, dass sie Künstlerin sei, also war es wohl an der Zeit, nachzufragen.

Bitte sehr: »Und was ist das für eine Kunst?«

»Ich entwerfe Silberschmuck.«

Also Kunsthandwerk, dachte ich. Bis ich zum ersten Mal ein Schmuckstück von ihr sah. Doch das war viel später.

»Wieso sagten Sie, Sie hätten ein hübsches Sümmchen bekommen? Bekommen Sie es jetzt nicht mehr?«

»Das erzähle ich gleich.«

Jedenfalls entwarf sie nicht nur, sie stellte auch selbst her. Und das Geschäft lief großartig, nicht zuletzt dank einer klugen Preispolitik: Jedes Stück war unfassbar teuer. »Kunst eben«, erläuterte sie und zwinkerte mir zu. Zum ersten Mal entdeckte ich so etwas wie Humor bei ihr, einen Hauch Selbstironie. Die Katzenaugen sprühten. Nach vier Jahren, so berichtete sie weiter, hatte sie ihr Vermögen um einiges vergrößert, und der Philosophiestudent entdeckte, dass aus seinen Studien kein Broterwerb zu ziehen war, nicht einmal in der freien Wirtschaft, jedenfalls bei seinen Leistungen nicht. Wozu also noch Examen machen, sagte er sich und wandte sich von der Philosophie ab und dem Geschäftsleben zu. Er verwaltete fortan Solveighs Vermögen. »Nicht zu meinem Schaden«, wie sie etwas widerwillig zugab. Am Ende stammten etwa zwanzig Prozent ihres Vermögens aus der Zeit seiner Vermögensverwaltung.

Gut, bis hierher hatten wir also: ein früh abgebrochenes Kunststudium, ein spät abgebrochenes Philosophiestudium, eine Millionenerbschaft, gut verwaltet und ausgebaut, mit hohen Erträgen, ein höchst einträgliches – nun ja – Kunstatelier, eine glückliche Ehe. War Solveigh zu mir gekommen, um ihr – ungeachtet des fehlenden Berufsabschlusses – äußerst erfolgreiches Leben auszubreiten vor jemandem, der dafür bezahlt wurde, ihr zuzuhören? Zunächst fuhr sie jedenfalls mit dem Ausbreiten fort, nur dass jetzt die Misserfolge an der Reihe waren.

René, Solveighs Mann, war im Gegensatz zu Solveigh der Typ fusseliger Zausel. Sein langes, mageres Gesicht war blässlich, und wer ihn zum ersten Mal traf, hatte vergessen, wie er aussah, kaum dass man auseinandergegangen war. Nur die optimistisch blickenden Augen verrieten Intelligenz und Witz. Sein immer etwas ungekämmt wirkendes aschblondes Haar war dünn, was er durch einen prächtigen Vollbart auszugleichen versuchte. Solveighs Selbstsicherheit, ihr stolzer Gang und die Art, wie sie alles – auch ihn – beherrschte, fielen ihm bisweilen arg auf die Nerven. »Das hat er mir am Ende vor den Latz geknallt«, sagte Solveigh, »aber da war es schon zu spät.« Während alle, denen sie begegnete, ihr sofort Platz zu machen und gläubig auf ihre Anweisungen zu warten schienen, nahm man von ihm kaum Notiz, auch wenn er direkt neben ihr stand. Ihm fehlte offenbar alles, was sie hatte. Seine Ausstrahlung glich, so kam es ihm mehr und mehr vor, einem blassen Nichts. Einmal sah er sich zufällig in einer Schaufensterscheibe. Er schrak zusammen. Da geht jemand, der Komplexe hat, dachte er. Jemand, der sich keinen Platz nimmt. Sogar die Arme zu eng am Körper. Fahrige Bewegungen. So, als würde er sich wünschen, gar nicht da zu sein. »Sogar daran sollte ich schuld sein«, sagte Solveigh und sah hochgradig empört aus. »Dabei wusste er doch ganz genau, dass ich vieles an ihm schätzte.«

René war gebildet und geistreich, er unterhielt sie mit seinem kindlichen, zuweilen poetischen Humor auf das Beste, obwohl sie sonst eine Vorliebe für sarkastischen Witz hatte. Und sie profitierte von seinem ausgeprägten Geschäftssinn. Er war es schließlich, der ihr Unternehmen erst zur vollen Blüte gebracht hatte.

»Er dachte, ich sehe das nicht. Hochmütig und herablassend wäre ich, hat er mir hinterher vorgeworfen, und ich könnte niemanden neben mir bestehen lassen.

Und von ihm hielte ich sowieso nichts. Und das hatte er alles für sich behalten, die ganze Zeit. Und ich dachte immer, es reicht, dass ich ihn zum Mann genommen habe. Ich meine, er hätte doch wissen müssen, dass das gute Gründe hatte.«

Und dann war eines Tages Sonja gekommen. Sonja war Schmuckeinkäuferin, immer auf der Suche nach einigen ausgefallenen Stücken. Sonja benahm sich, als habe René alles, was er ihr zeigte, selbst hergestellt, und er merkte, wie er, wann immer sie das Geschäft betrat, die Arme vom Körper lösen und sich sicherer bewegen konnte. Sonja schenkte ihm ihre volle Aufmerksamkeit, schaute ihn mit dunklen, ergebenen Augen an und bewunderte alles, was er tat und sagte. Sie sah öfter und öfter vorbei, René wurde lockerer und lockerer. »Tja, sie muss wohl etwas bedient haben, wonach er sich sehnte. Etwas, was ich nicht hatte, was er aber brauchte. Und da ist er eben ausgezogen. Zu seiner Neuen.«

Und weil René, so berichtete Solveigh mir weiter, das gute Leben nun einmal gewöhnt war, ließ er sich samt seiner Geliebten fürstlich aushalten, von Solveigh natürlich, und machte alle Anstalten, nun auch noch die Hälfte ihres Vermögens zu fordern. Trotz Gütertrennung. Den Schmuckhandel habe er schließlich mit ihr gemeinsam aufgebaut, ließ er sie wissen. »Den Handel, sicher, aber das Entscheidende war doch schließlich meine künstlerische Arbeit.« Er aber fand, dass durch seinen Einsatz aus Solveighs Silberminen und ihrem Atelier so etwas wie ein gemeinsamer Betrieb geworden sei. Sie fand das nicht, hatte aber vorsorglich Vorkehrungen gegen seine Forderungen getroffen. Vorkehrungen, die ihr sehr findig vorgekommen waren: »Also, ich habe das nicht eingesehen, dass er mein Geld mit dieser … jedenfalls mit ihr durchbringt, und da habe ich alles verschenkt.«

»Sie haben …« Ich wollte nicht glauben, was ich da hörte. »An wen?«

»An meinen Freund.«

Solveigh hatte sich ein halbes Jahr nach der Trennung von René mit einem Praktikanten getröstet, der bei ihr ein wenig Silberbearbeitung und Kaufmännisches lernen wollte. Ein sympathisches Langhaar, so beschrieb sie ihn. Fünfzehn Jahre jünger als sie, er war neunzehn damals.

»Sehr begabt«, erfuhr ich darüber hinaus und schluckte den Kalauer, der mir auf der Zunge lag, herunter. Als die Beziehung ein Jahr dauerte, reichte René die Scheidung ein und kam, weil ihm der üppige Unterhalt, den er erhielt, nicht reichte, mit seinen Vermögensforderungen. Und Solveigh übertrug Silberminen, Schürfrechte, Pachtverträge und ihre Kunstwerkstatt samt deren Silberbezugsrechten auf das sympathische Langhaar. Sie selbst erhielt einen Arbeitsvertrag als Geschäftsführerin und Schmuckdesignerin mit einem nicht übermäßig hohen, aber auch nicht auffallend niedrigen Gehalt. Das war nun ein Jahr her, mittlerweile waren Solveigh und René geschieden.

»Lassen Sie mich raten: Es reut Sie nun, aber Ihr Freund will Ihr Vermögen nicht zurückgeben?«

Es war schlimmer.

Als der fremde Mann eines Sonntags an Solveighs Haus geklingelt hatte, hatte sie beim ersten Blick auf ihn gewusst, dass etwas nicht stimmte. Praktische, wetterfeste Kleidung, der Blick auf sie etwas zu demonstrativ bekümmert und entschlossen zugleich. Er stellte sich gleich als Polizeibeamter vor. Er hat etwas angestellt, dachte sie sofort, René hat etwas angestellt, als er noch meine Geschäfte geführt hat. Steuerhinterziehung vielleicht? Sie schaute den Polizeibeamten an. Sie erwartete nichts Gutes. Der Beamte begann zu sprechen. Niklas, so hieß ihr Freund, war auf seiner Motorradtour, die er wie jeden Sonntag bei gutem Wetter unternahm, verunglückt. Hatte eine Kurve zu sportlich genommen und die Kontrolle über sein Krad verloren. Er war noch an der Unglücksstelle gestorben. Solveigh vernahm die Worte des Beamten, je länger er redete, immer undeutlicher, alles um sie her schien zu versinken, und sie klammerte sich am Türknauf fest.

»Kommen Sie doch bitte herein«, sagte sie zu dem Beamten, und es klang wie die Worte einer Aufziehpuppe. Manieren, dachte sie. Stolz. Und Würde. »Darf ich Ihnen etwas anbieten? Ein Glas Wasser oder einen Kaffee oder Tee? Ist ganz rasch gemacht.«

»Soll ich jemanden anrufen, der Ihnen beisteht? Eine Freundin? Einen Arzt vielleicht?«

Sie wusste plötzlich, dass sie den Beamten so rasch wie möglich loswerden musste. »Nein, danke«, sagte sie und schloss einfach die Tür. Einfach. Die. Tür. Sie lachte vor sich hin. Dann leerte sie eine Flasche Sherry, das einzige alkoholische Getränk, das sie überhaupt im Haus hatte. Manieren, Würde und Stolz konnten warten. Sie schlief trotzdem schlecht. In den nächsten Wochen allerdings dienten diese drei Worte als Krücken, waren hilfreich, wenn ihre Selbstbeherrschung sie im Stich zu lassen drohte. Und Selbstbeherrschung war das Wichtigste, jedenfalls nach außen. Niemand durfte Zeuge für die Verwüstung werden, die ihr Innerstes ergriffen hatte.

Niemand. Auch die nächsten Menschen nicht. Manche hielten sie für kalt deswegen.

Solveigh rang, während sie erzählte, oft sichtlich um Fassung, die Stimme zitterte ein wenig, aber sie bekam sich jedes Mal rasch in den Griff und fuhr in ruhigem Ton fort.

»Und die Erben, also seine Eltern …«

»Ach du Schande!«, entfuhr es mir. Zum ersten Mal hatte ich sie unterbrochen. Sie nahm es gleichmütig, und wir schwiegen beide einige Sekunden lang, ein unheilvolles Schweigen.

Schließlich sagte sie: »Ja, die wollen von allem natürlich nichts wissen. Also von den Absprachen mit Niklas und dass ihnen das Vermögen gar nicht zusteht. So eine Riesenscheiße!«

Diese Ausdrucksweise passte überhaupt nicht zu ihrer Person, und so war ich einen Moment lang verdattert, was ihr wiederum ein spitzbübisches Lächeln abrang. Es sah kein bisschen hochmütig aus. Vielleicht ist sie eine leutselige Fürstin, dachte ich.

»Sie müssen mir helfen, alles zurückzukriegen.«

Kommt ein Skelett zum Arzt …, dachte ich und sagte: »Kein Problem. Ich geh nur eben rasch meinen Zauberstab holen.«

»Wollen Sie mich …«

»Natürlich nicht, Entschuldigung!« Ich beeilte mich, Solveigh zu erklären, in welche Situation sie sich gebracht hatte. Solveigh hörte mir zu und fasste meine Erläuterungen zusammen: »Sie wollen mir sagen, mein Vermögen ist weg, alle Erträge aus den Minen und dem Atelier stecken sich die Erben in die Tasche, die zahlen mir bloß noch mein Gehalt und können mir sogar jederzeit kündigen, und bei meinem Mann habe ich trotzdem den Arsch voll Schulden?«

Ich nickte, immer noch etwas verblüfft über ihre gelegentlichen Ausflüge in die Gossensprache. »Könnte sein. Die Ansprüche Ihres Mannes sind jedenfalls bestehen geblieben, obwohl Sie Ihr Vermögen beiseitegeschafft haben.«

Solveigh lachte höhnisch auf. »Mein Mann hat mich immer für selbstherrlich gehalten«, sagte sie. »Jetzt bin ich nicht mal mehr sicher, ob er nicht recht hatte. Dieses ganze Herumstolzieren und die Schlaue markieren … weit bin ich damit wirklich nicht gekommen.« Plötzlich wirkte sie still und in sich gekehrt, und ich hatte zum ersten Mal das Gefühl, dass sie sich unverstellt zeigte.

Um zu schauen, wie groß der Flurschaden war, begann ich, das Feld abzustecken und ließ mir die Verträge mit dem Langhaar zeigen. »Kein Treuhandvertrag?« Ich erklärte Solveigh, dass sie mit ihrem Freund auch separat hätte vereinbaren können, dass er nicht wirklich Eigentümer ihres Vermögens werden, sondern es nur treuhänderisch für sie verwalten sollte, jederzeit widerruflich. Ein solcher Vertrag wäre ausgesprochen nützlich bei der Auseinandersetzung mit den Erben des Langhaars gewesen. So nützlich, dass Solveigh in diesem Falle überhaupt kein Problem nach dieser Seite hin gehabt hätte. René gegenüber allerdings wäre eine solche Finte als Betrug strafbar gewesen. Und deshalb nicht anzuraten.

»Betrug? Pah! Wer hat denn hier wen betrogen?«, warf Solveigh ein.

Aber wie auch immer, entscheidend war, dass es einen solchen Vertrag nicht gab. So weit, so schlecht – gab es denn wenigstens Vereinbarungen mit René bezüglich des Betriebsvermögens, die ihm Forderungen erschwert oder sie ausgeschlossen hätten? Nein. Gab es nicht. Zu viel vertragliche Vorsorge passte einfach nicht zu Kunst und Philosophie und großer Liebe. Stattdessen hatte René sogar mittlerweile seinen Anwalt beauftragt, Solveigh seine Forderungen zu unterbreiten und sie möglichst durchzusetzen. Dieser hatte nun Solveigh schriftlich aufgefordert, Auskunft über den Bestand ihres Vermögens am Tag der Zustellung des Scheidungsantrages zu erteilen. Der Brief des Anwalts war nun für Solveigh der unmittelbare Anlass gewesen, mich aufzusuchen. Gab es Zeugen für die tatsächlichen Absprachen zwischen Solveigh und dem Langhaar?

»Natürlich nicht!«

Natürlich nicht. Ich lehnte mich zurück. »Ich bin ratlos. Geben Sie mir Zeit zum Nachdenken, bitte?«

»Zeit, die ich bezahle?«

»Selbstverständlich werde ich auch fürs Nachdenken bezahlt. Das heißt für die Zeit, die es mich kostet.«

»Okay.« Vielstimmiges Klirren und Geklingel, während sie sich erhob, ein trockener Händedruck, dann war sie draußen und hinterließ einen Abglanz von Gold und einen Hauch von Sandelholz, Rosen und Patschuli.

Mein nicht sehr zeitaufwendiges Nachdenken führte zu ein, zwei Nachfragen bei Solveigh. Die Antworten fielen zufriedenstellend aus, und nachdem Solveigh mir freie Hand gegeben hatte, setzte ich mich mit Renés Anwalt in Verbindung und lud ihn zusammen mit seinem Mandanten zu mir ein. Auch Solveigh erschien zum angesetzten Termin. Ich kam gleich zum Punkt und fragte Renés Anwalt, Dr. Gursky – Kammgarn, Solariumbräune und intensive Vetiver-Duftnote –, nach seinen Vorstellungen.

»Furchtbar einfach«, antwortete er. »Wir wollen die Hälfte des Vermögens.«

Solveigh ergriff sofort das Wort. Ein ungehaltenes Wort. »Welches Vermögen?«, fragte sie. »Bekanntlich habe ich keins mehr.«

»Was die Angelegenheit nicht mehr ganz so einfach macht«, ergänzte ich. »Dafür wirklich furchtbar. Für alle Beteiligten.«

Dr. Gursky gab sich siegessicher. Er kündigte an, Solveigh zu verklagen, und zwar auf der Basis ihres Vermögens bei Einleitung des Scheidungsverfahrens.

»Unterstellt, Sie gewinnen den Prozess«, sagte ich, »wie genau wollen Sie die Gerichtsentscheidung zu Geld machen?«

Diesen Einwand hatte Dr. Gursky vorhergesehen. »Anfechtungsgesetz«, entgegnete er also und sah triumphierend in die Runde, »schon mal davon gehört?«

Das hatte ich erwartet. Das Anfechtungsgesetz hilft einem Gläubiger gegen Vermögensverschiebungen des Schuldners. Nach diesem Gesetz mussten die Erben dulden, dass René sich wegen seiner Forderungen an den Silberminen oder Geschäftskonten schadlos hielt. Und zwar dann, wenn René nachweisen konnte, dass Solveigh alles verschoben hatte, um ihn leer ausgehen zu lassen.

Ich zeigte mich beeindruckt. »Und bestimmt gilt dieses Gesetz auch in Schweden? Wie ich Sie kenne, haben Sie das sicherlich längst überprüft?« Ich setzte mein harmlosestes Gesicht auf und fuhr fort: »Sie beabsichtigen also, in Vermögenswerte zu vollstrecken, die in Schweden liegen. Und zwar aufgrund eines deutschen Gerichtsentscheids. Aber mit Erlaubnis eines schwedischen Gerichts. Das sich zweifellos in deutschem Recht schlau machen und die Sache dann durchwinken wird, ja?«

Zwar wandte Dr. Gursky ein, er könne auch in das Atelier vollstrecken, aber alle im Raum wussten genau, dass dieses seinen Wert praktisch ausschließlich aus Solveighs Tätigkeit bezog, ohne sie also nichts wert war. Und sie würde natürlich jede Arbeit in diesem ihr nicht gehörenden Atelier sofort einstellen, falls René sie verklagte, führte ich aus. Ich erklärte weiter, dass wir uns außerdem in dem Prozess mit Händen und Füßen wehren würden. Erstens müsse Solveigh nicht etwa ihr Vermögen mit René teilen – schließlich hatte sie es geerbt und nicht in der Ehe erwirtschaftet –, sondern allenfalls den Wertzuwachs seit Renés Eintritt in den Betrieb. Zweitens werde es zweifellos nicht ohne Sachverständigengutachten abgehen, diesen Wertzuwachs zu ermitteln. Ein teures Vergnügen, denn der Sachverständige werde dafür gleich zwei Werte ermitteln müssen, den zu Beginn von Renés Einsatz und den zu Beginn des Scheidungsverfahrens. »Das sind schon einmal doppelte Sachverständigenkosten. Plus Spesen des Sachverständigen für mögliche Reisen nach Schweden. Plus die Prozesskosten in Deutschland und noch einmal die in Schweden für die Vollstreckung. Bei ungewissem Ausgang.« Und wie, fragte ich René, wollte er, selbst wenn er all diese Kosten auf sich nähme, die Absicht Solveighs beweisen, ihn zu benachteiligen?

René, dessen Erscheinung in augenfälligem Kontrast zu der seines Anwaltes stand, sodass ich ihn bisher kaum bemerkt hatte, René also wurde unruhig. »Ich verstehe das nicht«, wandte er an Solveigh gewandt ein. »Du hast doch alles auf deinen Liebhaber übertragen, damit ich in die Röhre gucke.«

»Und woher wissen Sie das?«, fragte ich ihn.

»Hat das saubere Pärchen mir selbst gesagt. Lauthals gelacht haben die dabei.«

»Aber sonst haben Sie keine Zeugen dafür?«, fragte ich.

»Frau Kollegin!« Der Vetiver-Duft intensivierte sich. »Ihre Mandantin hat schon Vermögen hinterzogen. Wollen Sie ihr jetzt auch noch zu einem Prozessbetrug raten?«

Ich holte Luft und erklärte ihm, was ich wollte. Es war von vornherein klar gewesen, dass wir uns mit René verbünden mussten, wenn Solveigh Teile ihres Vermögens retten wollte. Und wir gingen das Bündnis ein.

Als Nächstes rief ich den Anwalt der vermögenden Erben an. René hatte mir mittlerweile im Einzelnen erläutert, wann genau und mit welchen Worten Solveigh und ihr Freund ihm gegenüber zugegeben hatten, dass das Vermögen nur zum Schein übertragen worden sei. Und dass Solveighs Freund nichts zu sagen haben würde, weil in Wirklichkeit Solveigh alleinige Inhaberin eben dieses Vermögens habe bleiben sollen.

Wir hatten unseren Beweis für ein Treuhandverhältnis. Bei unserem Erstgespräch hatte Solveigh die Begebenheit nicht erwähnt, weil sie nicht auf die Idee gekommen war, dass so etwas – das offene, ja triumphierende Zugeben einer illoyalen Vermögensverschiebung – von irgendeinem Nutzen für unsere Ziele sein könnte. Uns beiden war allerdings auch jetzt klar, dass unsere Beweissituation ziemlich wackelig war. Nicht halb so gerichtsfest wie eine schriftliche Vereinbarung. Aber etwas, was Niklas' Erben vielleicht beeindrucken konnte.

Und so war es. Vor die Wahl gestellt, auf Rückgabe eines Millionenvermögens verklagt zu werden, vielleicht zu verlieren und dann die schwindelerregenden Prozesskosten aus eigener Tasche begleichen zu müssen oder einen geringen Teil vom Kuchen abzubekommen, nahmen sie den geringen Teil. Sie erhielten zehn Prozent des mutmaßlichen Vermögenswertes in bar. Das war für sie immer noch ein, wenn auch kleines, Vermögen, das ihnen (und das wussten sie genau) völlig unverdient zufiel. René erhielt fünfzehn Prozent. Das war mehr, als ihm zugestanden hätte, auch er hätte eigentlich nur zehn Prozent verlangen können, seinen Anteil an der Wertsteigerung des Vermögens.

»In diesem Falle würde ich meinem Mandanten allerdings anraten, im Prozess gegen die Erben von seinem Aussageverweigerungsrecht als geschiedener Ehemann Gebrauch zu machen«, hatte Dr. Gursky eingewandt und sein harmlosestes Gesicht dazu aufgesetzt. Zarte Vetiver-Note.

Ich hatte mich daraufhin mit Solveigh allein beraten, das heißt, wir hatten erklärt, uns beraten zu müssen, warteten in einem separaten Raum eine Anstandspause ab und gingen zu Dr. Gursky und René zurück. Also fünfzehn Prozent. Solveigh wäre bis fünfundzwanzig Prozent gegangen, wir hatten das natürlich längst vorbesprochen. Die Katzenaugen funkelten vergnügt.

Eines Tages, nachdem alle Formalitäten erledigt waren, kam Solveigh ohne Termin in meine Kanzlei. Sie hatte eine kleine Schatulle dabei, für mich.

»Schenk ich Ihnen.«

Ich öffnete die Schachtel. Auf dunkelgrünem Samt lag eine silberne Brosche, in ungewöhnlichem Hochformat gearbeitet. Das eigentlich doch kalt glänzende Metall schien am oberen Ende regelrecht zu sprühen, wie ein Vulkan. Dann setzte das Silber sich als ein fließendes Gewässer fort. Kleine Strudel und kaskadenartige Absätze hier und da, gefolgt von einem ruhigen Auslaufen. Wie Wellen, die gezähmt wurden und nun erschöpft verflachen. Ein explosives Ausbrechen, ein noch unruhiges Fließen, ein Münden schließlich in großer Ruhe. Ein Schmuckstück, das eine Geschichte erzählte.

»Hab ich gemacht, während wir zusammengearbeitet haben«, sagte Solveigh. »Ich finde, die steht Ihnen zu.«

Nie wieder ist es mir in den Sinn gekommen, Solveighs Arbeit als Kunsthandwerk zu bezeichnen.

Fünf Minuten Ewigkeit

Es war ihr zweites Kind, ein Junge dieses Mal, Timo. Sie konnte ihn nicht lieben, sie konnte es einfach nicht, und sie wollte es doch so sehr. Das war doch nicht normal, dass eine Mutter ihr Kind nicht liebt.

»Das gibt es schon mal, das legt sich von allein«, sagte man ihr im Krankenhaus.

Aber es legte sich nicht. Dabei war Timo so unfassbar niedlich und herzig, dass selbst die Säuglingsschwestern ganz verzaubert von ihm waren. Nur seine eigene Mutter, Lioba, erlag seinem Charme nicht. Sie tat alles für ihn, was man als Mutter tut. Sie stillte ihn sogar, obwohl es ihr zuwider war. Sie war versucht, um Flaschenkost zu bitten, tat es dann aber doch nicht. Sie hoffte, Timo besser annehmen zu können, wenn sie ihn stillte. Sie schaute auf den Jungen, der ihre Brüste leer sog und ihre Brustwarzen zerquetschte, dass sie sich entzündeten, und liebte ihn nicht. Sie hatte wenig Milch für ihn und keine Liebe.

Lioba war alleinstehend. Ganz allein stand sie in Wirklichkeit nicht, denn sie lebte bei ihrer Mutter. Die war ebenfalls ohne Partner. Sie betreute, während Lioba von Timo entbunden wurde, die ältere Tochter von Lioba, die neunjährige Shirin. Deren Vater, mit dem Lioba zusammengelebt hatte, stellte – nach einem begeisterten Empfang für das neue Kind und einigen seligen Wochen des Familienlebens, in denen er Shirin vergötterte – fest, dass er doch lieber keine Familie wollte, und entschwand. Lioba zog mit Shirin zu ihrer Mutter. Fred, so hieß Shirins Vater, besuchte seine Tochter ab und zu, immer ohne Vorankündigung, dann trat er großspurig auf und machte die tollsten Versprechungen. Die er allesamt nicht einhielt. Shirin betete ihn an. Gegen Lioba opponierte sie dagegen häufig, besonders wenn Fred mal wieder da gewesen war und das künftige Dasein in den buntesten Farben ausgemalt hatte. Sie konnte dann nicht verstehen, dass es bei ihrer Mutter nicht so leuchtend bunt zuging wie bei Fred, jedenfalls in seinen Schilderungen. Und sie glaubte auch, dass Fred nur wegen der Mutter so selten vorbeikam. Shirins trotziges Temperament und ihr Misstrauen strengten Lioba oft an, und so war sie trotz Shirins immerwährender Sehnsucht nach ihrem Vater froh, dass der nicht allzu häufig auftauchte. Dann kam das Kind besser zur Ruhe, schien ihr.

Als Vater von Timo gab Lioba an: Michael Hausmann. Liobas Mutter erledigte die Formalitäten, meldete das Neugeborene auf den Namen Timo an und ließ Michael Hausmann als Vater eintragen. Michael war der Mann von Liobas bester Freundin Simone.

Es war ein Dreivierteljahr her. Lioba war mit Simone aus gewesen, ihre Mutter hatte auf Shirin aufgepasst. Simone hatte sich etwas hastig verabschiedet, weil sie nicht zu spät zurück bei ihrem Mann sein wollte. Sie ging zu Fuß nach Hause, das war nur eben um die Ecke. Lioba wollte noch schnell zur Toilette und dann ein Taxi nehmen, den Wagen musste sie stehen lassen, sie hatte zu viel getrunken. Sie war nicht mehr reaktionsschnell genug, um sofort zu begreifen, dass der Gast, der hinter ihr die Räumlichkeiten betrat, auf der Damentoilette nichts zu suchen hatte. Als sie ihn dann doch noch lächelnd auf seinen vermeintlichen Irrtum aufmerksam machen wollte, stieß er sie in die Toilettenkabine und schloss ab. Sie konnte nicht schreien, weil er ihr ein Messer an den Hals hielt, auf Knopfdruck war es aufgesprungen.

Die Vergewaltigung dauerte kaum fünf Minuten. Fünf Minuten Ewigkeit. Als der Mann endlich verschwand, rutschte Lioba an der Kabinenwand hinab und lag, sie wusste nicht wie lange, zusammengekrümmt auf dem feuchten, nach Urin und jetzt auch Sperma stinkenden Boden. Ihr Make-up war zerlaufen, ihre Bluse zerrissen, BH und Strumpfhose zerfetzt, ihre Brüste und Oberschenkel voller Prellungen, ihre Brustwarzen zerbissen, ihre Scheide ein einziges Meer von Schmerz. Sie wusste nicht, wie sie da jemals wieder rauskommen sollte. Wie aufstehen? Wie laufen? Aber sie musste! Musste den Geruch – es würgte sie – den Geruch und das Sperma und die Haut, jedes Atom von diesem Mann loswerden. Dieser Plan half ihr nach einer Weile auf die Beine. Die wackelten, aber trugen sie. Notdürftig hielt sie die Bluse vorn zusammen und humpelte nach draußen. Zum nächsten Taxistand. Die Taxifahrerin sah sie mitleidig an: »Na? Streit mit dem Freund gehabt? Ach, das wird schon!« Dann verstummte sie endlich und fuhr ihren schweigsamen Fahrgast, dem kalte Tränen aus leeren Augen rannen, nach Hause.

Lioba stand fast eine Stunde unter der Dusche. Sie hatte alles zusammengesucht, was sich an Schwämmen und Bürsten auftreiben ließ und scheuerte an ihrem Körper, als wollte sie ihm die Haut nehmen. Die Haut, die der Mann berührt hatte. Am schlimmsten war es zu wissen, dass sein Sperma in ihr ... Sie würgte und hielt zum fünften Mal den Duschkopf direkt vor ihre schmerzende Scheide und ließ Wasser hineinlaufen, so viel und mit so viel Druck wie möglich.

Sieben Wochen später gratulierte ihre Frauenärztin ihr zur Schwangerschaft. In diesen sieben Wochen hatte Lioba das Erlebte für sich behalten, sie wusste selbst nicht, warum. Sie hatte funktioniert, sie hatte Shirin versorgt, sie hatte mit ihrer Mutter den Haushalt gemacht, sie hatte Freunde getroffen, alles schien so normal. Es ging weiter, und je weiter und weiter ihr Leben ging, so wie immer, mit denselben Verrichtungen und Abläufen und Begegnungen wie immer, umso besser konnte sie die Vergewaltigung einschließen in eine sichere Kapsel, extra dafür gemacht und unauffindbar in ihrem Innersten versenkt.

Und nun war sie schwanger.

Simone! Simone musste helfen!

»Du solltest abtreiben«, war der erste Rat von Simone, die sich mit namenlosem Entsetzen anhörte, was sich unmittelbar nach ihrem Weggang aus der Gaststätte zugetragen hatte. Aber das kam für Lioba nicht in Betracht, auf keinen Fall, unter gar keinen Umständen. Zu katholisch, dachte Simone, nicht mal ein Kind aus einer Vergewaltigung lässt sie wegmachen.

Das sagte sie nicht. Sie sagte, dass das Kind einen Vater bräuchte. Sie werde ihren Mann fragen. Vielleicht könne der als Vater auftreten?

Nach der Geburt war Simone sofort zur Stelle, um Timo zu begutachten und Lioba zu besuchen. Was sie sah, entzückte (Timo) und entsetzte (Lioba) sie gleichermaßen.

»Was ist los, Lioba, du siehst ja furchtbar aus! Gott, wie süß der ist, guck doch mal! So ein Wonneproppen. Jetzt wein doch nicht!«

Die Tränen schossen nur so aus Lioba heraus. »Ich kann ihn nicht lieben. Er macht mich fertig. Ich könnte den ganzen Tag heulen. Ich versorge ihn wie eine Puppe. Als wäre ich ein kleines Mädchen. Oder ein Versorgungsautomat.«

Simone fackelte nicht lange. »Gib ihn mir.«

»Spinnst du? Das geht doch nicht!«

Doch Simone war nicht so leicht von ihrer Idee abzubringen. Lioba hatte doch schon Michael als Vater eintragen lassen, oder etwa nicht? Hatten sie das nicht ein halbes Jahr zuvor so abgesprochen? Damit das Kind einen Vater hätte und sie beide, Simone und Michael, Lioba unterstützen könnten? Lioba nickte. Na also. Da lag es doch nahe, das Kind gleich bei ihnen aufwachsen zu lassen, da Lioba es ja sowieso nicht wollte.

Lioba zögerte. Nicht aus plötzlicher Zuneigung zu Timo. Sondern weil sich so etwas einfach nicht gehörte.

Simone legte nach: »Tut mir leid, das zu sagen, aber ein zweites Kind, das kriegst du nicht hin. Sei doch froh, dass du Michael und mich hast.« Sie versprach, gut für Timo zu sorgen. Sie versprach auch, dass Lioba ihren Sohn jederzeit sehen könne.

Lioba hatte nicht sonderlich viel Vertrauen in Simones erzieherische Fähigkeiten. Drei Kinder hatte Simone gehabt. Der Älteste, schon volljährig, wollte nichts mehr von ihr wissen und ließ sich nie bei ihr blicken. Die beiden jüngeren, vierzehn und sechs, lebten in Pflegefamilien. Alle drei waren von verschiedenen Vätern, keines von Michael. Das fand Lioba ja noch normal. Aber die Sache mit den Pflegefamilien stimmte sie bedenklich. Nun ja, das Jugendamt machte schon mal Sachen, die nicht in Ordnung waren, wie Simone ihr erklärt hatte. »Die sind total übereifrig, und wenn sie dich erst mal auf dem Kieker haben, dann gute Nacht!«

Noch viel weniger Vertrauen aber hatte Lioba in ihre eigenen Kräfte und Fähigkeiten. Sie bat ihre Mutter um Rat und Hilfe. Doch die hatte schon während der

Schwangerschaft angekündigt, dass sie nicht bereit sei, auch noch ein weiteres Kind von Lioba aufzunehmen. Und dabei blieb sie jetzt. Lioba möge für sich und die Kinder eine Wohnung suchen, sobald sie das Krankenhaus verlassen könne.

»Wenn du mich fragst, nimm Simones Angebot an. Zwei Kinder sind zu viel für dich. Das kriegst du nicht hin.«

Ohne es zu wissen, hatte sich die Mutter genau so ausgedrückt wie Simone. Lioba war nicht in der Lage, sich selbst Mut zuzusprechen. Dass man es im Krankenhaus tat, reichte nicht. Sie war keine, die sich sonderlich viel zutraute.

Vom Krankenhaus aus fuhr sie direkt zu Simone und Michael und legte Timo in Michaels Arme. Timo schlief, friedlich, engelsgleich. Simone, sofort eifrig um ihn bemüht, beugte sich über ihn und streichelte sehr sacht seine winzigen Finger. Michael hielt ihn ganz fest, er und Simone lächelten selbstvergessen, und Lioba stahl sich aus der neuen Familie. Auf dem Heimweg merkte sie plötzlich, dass ihre Wangen nass waren. Sie dachte, dass sie weinte, weil sie um das Glück betrogen worden war, ihr Kind zu lieben.

Simone und Michael ernährten das Kind allein. Sie verlangten keinen Unterhalt von Lioba, die sowieso keinen hätte aufbringen können. Sie brachen jeden Kontakt zu Lioba ab. Erst mit Ausflüchten, dann ganz offen ließen sie Lioba wissen, dass sie nicht willkommen war in ihrer Familienidylle.

Lioba hatte keine Ahnung, wie es Timo ging, als sie ein Dreivierteljahr später zu mir kam. Sie lebte mittlerweile mit Shirin allein. Simone und Michael waren mit dem

Kind in eine andere Stadt gezogen. Vor dem Jugendamt unserer Stadt geflohen, wie Lioba vermutete. Oder vor ihr.

Sie war eine recht grobschlächtige Frau, etwas übergewichtig, mit trotzigen Zügen in einem fleischigen Gesicht. »Die haben Simone alle Kinder weggenommen. Selbst kann sie keine mehr kriegen, und jetzt hält sie sich an meins. Ich will mein Kind wiederhaben.«

Lioba erzählte mir, dass Michael Hausmann eingetragener Vater ihres Sohnes Timo sei. Und dass sie auf den Rat seiner Frau hin den Jungen beim Vater abgegeben habe. Von der Vergewaltigung erfuhr ich nichts. Die hatte sie wieder eingekapselt und tief in ihrem Inneren verborgen. Während ich Lioba zuhörte, sortierte ich im Kopf die Fakten, die für einen Wechsel von Timo zu Lioba sprechen würden.

»Haben Sie das Sorgerecht?«

»Klar.«

»Allein?«

Das hätte es einfacher gemacht. Doch Lioba hatte Michael Hausmann die gemeinsame elterliche Sorge eingeräumt, gleich nachdem sie aus freien Stücken ihren Sohn zu ihm und seiner Frau Simone gegeben hatte.

»Das ist meine beste Freundin. Also war.«

»Oh. Aha. Und was soll jetzt Ihrer Meinung nach das Familiengericht davon überzeugen, dass Timo zu Ihnen zurück soll? Außer dass Sie es sich anders überlegt haben?«

»Die haben sich an nix gehalten.« Damit meinte sie das gebrochene Versprechen, dass sie Timo jederzeit sehen könne. Mit diesem Argument lag Lioba gar nicht mal daneben. Nicht zuzulassen, dass ein Kind auch Bindungen an den anderen Elternteil aufrechterhält oder entwickelt, ist nach Auffassung aller Familiengerichte ein wichtiger Hinweis auf mangelnde Erziehungseignung, sie nennen es »Fehlende Bindungstoleranz«.

Aber Timo war nun bereits seit zehn Monaten bei Michael, seinem Vater, und zwar, weil Lioba ihn weggegeben hatte. Ich konnte Lioba nicht viel Hoffnung machen, dass das Familiengericht Timo jetzt einfach auf die Schnelle von Michael und Simone wegnehmen und ihn Lioba, der unbekannten Mutter, in die Arme legen würde. Ich schlug daher vor, uns erst einmal darum zu kümmern, dass sie ihren Sohn sehen konnte.

»Machen die nicht. Ich will mein Kind nicht besuchen, ich will es zurück. Außerdem ist Herr Hausmann vielleicht gar nicht der Vater. Dann ist es mein Kind allein.«

»Aber Sie haben ihn doch damals als Vater angegeben, ihm sogar das Mitsorgerecht eingeräumt.«

»Das war ja nur, weil er einverstanden war. Ich ... ich bin damals, als ich schwanger wurde ...«

Sie schluckte sichtbar und senkte den Kopf. Dann begann sie flüsternd zu erzählen

»Ich wusste ja nicht, von wem ich schwanger war. Und da war ich froh, dass Michael – er hat jedenfalls gesagt, er steht zu dem Kind, und Simone auch, hat sie gesagt. Trotz dem anderen Mann «

»Haben Sie damals Anzeige erstattet?«

»Nein. Glaubt einem ja sowieso keiner.«

Ich lehnte mich zurück und fasste zusammen, was Lioba mir berichtet hatte, um ganz sicherzugehen, dass ich diese ungewöhnliche Geschichte richtig verstanden hatte.

»Sie hatten also eine Affäre mit dem Mann Ihrer Freundin, wurden in dieser Zeit vergewaltigt, und als Sie schwanger wurden, wussten Sie nicht, von wem.

Und Ihre Freundin hat sich trotz allem nicht von Ihnen abgewandt. Stattdessen hat sie angeboten, Ihnen beim Großziehen des Kindes zu helfen. Herr Hausmann sollte auf jeden Fall amtlich als Vater des Kindes registriert werden. Später hat Ihre Freundin Sie dann sogar überredet, ihr und ihrem Mann das Kind zu geben und ihm das Mitsorgerecht einzuräumen. Richtig?«

»Voll richtig«, bestätigte Lioba. »Ich hab das damals nicht gecheckt. Also worauf Simone hinauswollte. Ich war zu fertig. Und meine Mutter hat mir ja auch noch zugeredet. Die hat ja überhaupt nicht zu mir gehalten!«

Ich schlug vor, zuerst einmal prüfen zu lassen, ob Herr Hausmann überhaupt der Vater war, und parallel dazu Besuchsrechte für Lioba durchzusetzen. Wegen der Kontakte zu Timo verwies ich Lioba an das zuständige Jugendamt, wo man ihr versprach, sich mit den Hausmanns in Verbindung zu setzen. Für die Vaterschaftsanfechtung war das Familiengericht zuständig, dort reichte ich meinen Antrag ein.

Michael Hausmann ließ dem Gericht über seine Anwältin mitteilen, er sei sich vollständig sicher, dass Lioba in der fraglichen Zeit nur mit ihm zusammen gewesen sei. Die Sache mit der Vergewaltigung sei für ihn ganz neu. Das habe sich Lioba nur ausgedacht, um Timo zurückzuholen. Alles gelogen. Das Gericht solle das doch bitte nicht auch noch durch ein teures Sachverständigengutachten unterstützen. Kein Zweifel: Er sei der Vater von Timo. Als Zeugin benannte er seine Frau Simone.

»Was ist hier eigentlich los?«, fragte die Richterin, als sie mir den Schriftsatz schickte. Natürlich drückte sie sich anders aus, in der üblichen gespreizten Amtssprache.

»Was ist hier eigentlich wirklich los?«, fragte auch ich Lioba, als ich Michaels Schriftsatz mit ihr besprach.

»Das war ehrlich so, wie ich gesagt habe. Also das mit der Vergewaltigung. Und dass die mich überredet hat, ihren Mann als Vater anzugeben. Ich kannte den gar nicht, sie hatte den erst seit einem halben Jahr. Die ganz große Liebe, sagte sie, und hat den praktisch sofort geheiratet.«

Ich atmete durch. »Sie kannten Herrn Hausmann gar nicht? Das Kind hätte gar nicht von ihm sein können?«

Lioba nickte.

»Und wann haben Sie ihn kennengelernt?«

»Als ich mit Timo aus dem Krankenhaus kam und ihm den in die Hand gedrückt habe.«

»Sie hatten Herrn Hausmann vorher noch nie gesehen?«

»Nee, noch nie.«

Ich schwieg ein paar Sekunden.

»Warum? Warum haben Sie sich darauf eingelassen, einen Mann, den Sie gar nicht kannten, als Timos Vater zu benennen und ihm dann noch Ihr Kind anzuvertrauen?«

»Also, das war so: Simone meinte ja, sie würde mir helfen, Timo großzuziehen, weil meine Mutter schon gesagt hatte, dass ich bei ihr nicht bleiben kann. Hatte ich Ihnen ja schon erzählt. Sie meinte aber, also Simone meinte, dass es einfacher wäre, wenn sie dann aber auch alle Rechte hätte, also, wenn ich zum Beispiel mal nicht kann. Sie meinte, ich könnte ja aber wohl schlecht sie als Vater angeben, und sie hätte das mit ihrem Mann schon so besprochen. Also, ich sollte den angeben, meinte sie, und ihm auch das Sorgerecht geben, dann könnte er auch alles für Timo machen, wenn mal was mit dem wär. Er fänd das auch gut, meinte sie.«

Simone meinte, sie meinte, meinte sie. In unsicheren, schwierigen Situationen folgte Lioba offenbar blind den Einflüsterungen anderer. Vermutlich kannte Simone diese Eigenart von ihr genau und hatte sie ausgenutzt, um ihr das Kind wegzunehmen.

»Und im Krankenhaus war ich so fertig und ich mochte den Timo nicht. Was sollte ich denn machen? Da war dann auch schon alles egal. Dann konnten die den auch gleich ganz haben.«

Doch warum hatte Lioba mich, ihre Anwältin, belogen?

»Ist es vielleicht so, dass Sie sich für all das geschämt haben – dafür, dass Sie das Kind einer wildfremden Person …«

»So wildfremd auch wieder nicht, ich kannte ja Simone«, warf Lioba ein.

»… also jedenfalls einem Mann, den Sie noch nie gesehen hatten, gegeben haben? Sind Sie deswegen erst jetzt mit der Wahrheit herausgerückt?«

»Ja.«

Das war nun mal endlich eine Äußerung, die in diesem Durcheinander durch ihre Schlichtheit bestach.

»Warum macht er das bloß?«, fragte Lioba. »Der weiß doch, dass Timo nicht von ihm sein kann.«

»Er kämpft darum, das Kind zu behalten«, vermutete ich. »Es ist ja auch nicht so einfach, es jetzt abzugeben nach all der Zeit. Bestimmt hofft er, irgendwie damit durchzukommen.«

»Kommt er aber nicht, oder?«, fragte Lioba.

»Nicht, wenn Sie mir jetzt die Wahrheit gesagt haben.«

Ich kam noch einmal auf die Vergewaltigung zu sprechen, riet Lioba zu einer Traumatherapie und wies sie auf die gesetzlichen Hilfsmöglichkeiten für Verbrechensopfer hin. Ich erklärte ihr den Gang eines Strafverfahrens, falls sie sich doch noch für eine Anzeige gegen den Vergewaltiger entschied, immerhin hatte man seine DNA. Sein Sohn trug sie.

Für das laufende Verfahren konnte ich ihr nur dringend empfehlen, der Familienrichterin alles richtig und vollständig zu unterbreiten, und zwar sofort.

Und das taten wir. Die Anwältin von Michael legte daraufhin ihr Mandat nieder. Zum ersten Gerichtstermin erschien Michael nicht. Er sei beruflich unabkömmlich. Es half ihm nichts. Der Pädagoge vom Jugendamt, der auch geladen und erschienen war, erklärte, er habe sich in der Kürze der Zeit schon einmal einen ersten Eindruck von Lioba als Mutter verschaffen können. Sie gehe mit Shirin jedenfalls liebevoll um und scheine mit ihr gut zurechtzukommen. Die Richterin unterhielt sich mit Lioba und fand, dass sie sehr »suggestibel« sei, so schrieb sie es ins Protokoll. Man könne ihr durchaus abnehmen, dass sie sich erst von ihrer Freundin habe beeinflussen lassen und später zu sehr geschämt habe, um gleich alles aufzudecken. Lioba stand ihre Befragung unter Tränen durch, aber sie stand sie durch. »Ich vermisse den Kleinen so sehr«, schluchzte sie am Ende. Fast ein Jahr, nachdem sie ihren Sohn weggegeben hatte, spürte sie erstmals, dass er ihr fehlte, dass es ein Gefühl für ihn gab und einen großen Schmerz über seinen Verlust.

Es wurde ein Abstammungsgutachten angeordnet. Das ergab erwartungsgemäß, dass Timo nicht Michaels Sohn war. Wegen des bisherigen Verhaltens von Lioba, das zu dem Schlamassel geführt hatte, übertrug die Richterin dem Jugendamt die Vormundschaft für Timo.

Das Jugendamt wurde beauftragt zu klären, ob ein Wechsel des Kindes zu Lioba das Richtige war und wie er vorbereitet werden konnte.

Damit war Lioba einverstanden. Sie meldete sich nicht mehr bei mir. Der weitere Gang der Dinge wird sie also vermutlich zufriedengestellt haben. Ich weiß nicht, ob sie Timos Vater angezeigt hat.

Kein Hass

Udo sah Gundula, seiner jüngeren Schwester, zu, wie sie Obst zerteilte. Sie sah alt aus. Alt und vertrocknet. Dabei war sie noch keine fünfzig. Das war kein Alter heutzutage. Aber musste sie das Haar – es wurde schon grau – so hausbacken zu einem Knoten drehen und aufstecken? Musste sie ausnahmslos diese verwaschenen Joppen tragen, die immer wirkten, als seien sie aus Filz genäht? Und die entweder kitt- oder schlammfarben waren? Und ihre Hosen, grundsätzlich zu kurz, wenn sie nicht überhaupt einen dieser entsetzlichen, formlosen Wollröcke trug. Und immer, egal ob Rock oder Hose, zog sie bequeme Treter an, natürlich ohne Absatz. Nie hatte er sie geschminkt gesehen. Dabei war sie schlank, hatte lange Beine und eine aufregende Oberweite. Kolleginnen aus seiner Bank mit einer solchen Figur sahen sogar im strengen Hosenanzug aufreizender aus. Aber sie, sie zog über ihre schmalen Hüften natürlich eine zu kurze Hose, deren Bund bis über den Bauchnabel reichte. Heute hatte sie allerdings wenigstens keine Joppe an, sondern eine karierte, ärmellose Bluse, der Tag war warm. Ihr Fleisch fängt an zu hängen, dachte Udo, während er ihre Oberarme betrachtete, und die Haut wird schon runzelig.

Systematisch arbeitete sie sich durch den Obstteller. Auf dem lagen Pflaumen und Birnen, die sie heute geerntet hatte. Udo schaute ihren langen, knochigen Fingern zu, die gierig Frucht um Frucht ergriffen. Den raschen, zielstrebigen Bewegungen der Hände, auch sie ohne Liebreiz, ohne Anmut, wie sie jede Frucht zerteilten und von Kernen und Steinen befreiten. Sah zu, wie die Stücke zwischen ihren Schneidezähnen in kleinere Bissen zerhackt und schließlich im Mund zerstoßen und zermalmt wurden, bevor der Nahrungsbrei mit kurzem, energischem Schlucken in den Magen befördert wurde. Gundula sah auf, blickte Udo an und lächelte. Nicht mal ihr Mund ist schön, zu schmale Lippen, dachte er. Das würde nicht besser werden mit dem Alter.

»Auch ein Stück?« fragte sie und hielt ihm einen Birnenspalt entgegen, den sie zwischen Daumen und Messer eingeklemmt hatte. Ihre Hand zitterte leise.

Udo war sieben Jahre alt gewesen, als Gundula geboren wurde. Er hatte sich gefreut. Ein kleines Wesen würde zu ihm kommen. Ein hilfloses Wesen, dem er die Welt zeigen und das er durchs Leben führen würde. Seine Eltern hatten sich viel Mühe mit Udo gegeben während der Schwangerschaft seiner Mutter. Sie hatten bunte Bilderbücher gekauft mit Titeln wie »Hurra, ein Geschwisterchen«, und sein Vater und seine Mutter und die Bilderbücher erklärten ihm, dass er auch nach der Ankunft des neuen Familienmitglieds genauso geliebt werden würde wie zuvor. Nur werde sein Leben reicher sein. Es war nicht nötig, ihm so etwas zu versichern. Er war der Älteste und Erstgeborene, der Günstling seiner Eltern, und dass ein Geschwisterchen dazukommen würde, ein kleiner Mensch, der auf seine Seite gehörte, auf die Seite der Kinder in der Familie, das war verheißungsvoll und beglückend.

Und dann kam sie, seine Schwester. Ein runzeliges, rotgesichtiges Wesen mit energischen Fäusten und eindringlichem Geschrei. Die erstaunten Augen groß in dem kleinen Gesicht. Die Fingernägel so winzig, dass man kaum glauben konnte, dass sie einem echten Menschen gehörten. Udo mochte seine Augen nicht von dem Bündel lassen, das die Säuglingsschwester ihm und seinem Vater hinter einer Glasscheibe zeigte. Sie hielt es hoch, damit sie es gut sehen konnten, und es hatte große, erstaunte Augen, rote Fäuste und winzige Fingernägel. Und sogar Haare, einen dunklen Schopf, zart wie der Flaum eines Kükens. Udo hüpfte an der Hand seines Vaters auf und ab, zeigte auf das Baby, auf die Haare, die Augen, die Fingernägel, so als glaube er nicht, dass sein Vater das alles selbst bemerken könne. Dann kam seine Mutter mit dem neuen Geschwisterchen nach Hause, endlich, und als Udo es jetzt ohne die Glasscheibe sah und an seiner Haut roch, die geruchlos war und trocken und voller Wülste, dachte er zum ersten Mal, er wüsste, was Glück ist. Dieses Glück war seines allein, es gehörte nur ihm, und es nahm ihn ganz ein.

Aber sie hatten ihn belogen. Alle. Es stimmte ja nicht, dass er genauso geliebt wurde wie vorher. Gar nichts stimmte. Mit dem Baby war nichts anzufangen. Es lag nur so herum, es schlief und trank und schrie. Man konnte nicht mit ihm spielen. Es forderte alle Aufmerksamkeit. Aufmerksamkeit, die von ihm abgezogen wurde. Er lief so nebenher mit. Er war nicht mehr der Günstling. Wenn Besuch kam und er freudig zur Tür lief und öffnete, schob seine Mutter ihn rasch zur Seite und präsentierte das Baby. Niemand sagte ihm, dass die Besucher eigens gekommen waren, um das neue Kind zu begrüßen. Er dachte, sie seien gekommen, um ihn beiseitezuschieben.

Eines Abends, als er zum Gute-Nacht-Sagen ins Wohnzimmer kam, sah er seine Eltern nebeneinander auf dem Sofa sitzen. Seine Mutter hielt Gundula im Arm und wandte sich seinem Vater zu. Beide beugten ihre Köpfe über das Baby. Es sah aus wie ein geschlossener Kreis.

Ein dramatisches Bild innigster Verbundenheit, in das seine kleine Schwester hineinpasste, er dagegen nicht. Zum ersten Mal spürte er, wo sein Brustbein verlief. Von dort aus breitete sich der Schmerz über seinen gesamten Brustraum aus, nahm ihn in Besitz, und ohne je zuvor etwas Derartiges erlebt zu haben, wusste Udo, dass ihn dieser Schmerz nicht mehr verlassen würde, dass er ein Leben lang hinter seinem Brustbein brennen und ihm auf die Luft drücken würde. Es wurde besser, wenn man Zorn hineinträufeln konnte. Viel besser. Am nächsten Morgen, Udo dachte, alle schliefen noch, zog er probehalber die Decke, mit der Gundula zugedeckt war, über ihr Gesicht. Sie begann ein bisschen zu greinen. Sofort war die Mutter da. »Was machst du denn, dummer Junge«, schalt sie ihn, »das Baby muss doch Luft kriegen!« Das hatte er auch ganz allein gewusst. Er war ja schon groß.

In den nächsten Jahren, immer wenn sich Zorn unter seinen Schmerz mischte, spielte er ab und zu mit dem Gedanken, wie es wohl wäre, wenn Gundula nicht mehr lebte. Als sie zwei Jahre alt war, ließ er sie einmal auf dem Fenstersims sitzen, außen, die Beinchen nach draußen baumelnd. Sie wohnten im dritten Stock. Er hielt sie fest und zog sie ins Zimmer zurück. Zwei Jahre später musste er sie zum Sportverein mitnehmen. Er hatte sowieso andauernd auf sie aufzupassen, seine Eltern arbeiteten beide. Gundula lief wie eine Katze die Sprossenwand der Halle hinauf, Udo stieg hinterher, um sie abzusichern. Mittendrin überlegte er es sich anders und stieg wieder hinab. Gundula klebte wie eine Fliege ganz oben, direkt unter der Decke, ohne Angst. Sie lachte und winkte ihm zu. Udo sah fasziniert zu ihr hoch, erstarrt. Dann bemerkte der Sportlehrer sie, kletterte ihr nach und holte sie von der Sprossenwand. Er kam mit ihr, mit dem Kind, das durch nichts zu beseitigen war, heil unten an. Er gab Udo eine Ohrfeige, schickte ihn nach Hause und informierte die Eltern. Sie sagten Udo, dass sie es wussten. Sie sahen ihn mit stummem Vorwurf an. Ihr Blick hatte etwas Trauriges und auch etwas Resigniertes. Als gehöre er nicht zu ihnen. Sie bestraften ihn nicht. Sie redeten nur sehr ernst mit ihm.

Im darauffolgenden Winter musste er mit ihr rodeln gehen. Er setzte sie auf den Schlitten und stieß sie mit aller Kraft den Hügel hinab. Der Schlitten kippte um. Gundula schlug sich die Lippe auf. Sie saugte das Blut ab, zog die Nase hoch und sah Udo an. Sie weinte nicht. Sie war hart im Nehmen.

Es wuchs sich aus. Udo kam in die Pubertät. Sein Vater verdiente jetzt genug. Die Mutter gab ihre Berufstätigkeit auf. Udo musste nicht mehr auf Gundula aufpassen. Und er begann, sich für Mädchen zu interessieren. Die Eltern wurden weniger wichtig, Gundula wurde unwichtig. Er lebte mehr und mehr außerhalb der Familie. Die Eltern fanden ihn schwierig. Gundula hing an ihm, eigentlich war sie ja ganz niedlich.

Udo wurde Bankkaufmann und blieb einstweilen Junggeselle. Immer, wenn sich eine junge Frau in ihn verliebte, nahm er früher oder später Reißaus. Ob auch er verliebt war, wusste er dann immer gar nicht so genau. Er war zufrieden. Aber wenn er dann irgendwann Wörter hörte wie Zusammenziehen, Heiraten, Kinder, dann fand er es an der Zeit, sich zu verabschieden. Er erfand Gründe, sich nicht zu sehen. Hatte Einwände gegen Wohnungen, die man gemeinsam anschaute. Zog sich weiter und weiter zurück. Und irgendwann stiegen sie wieder auf, die Gedanken an Fenstersims, Sprossenwand, Schlitten, und wenn sie aufstiegen, fing er an, die Frauen anzuschreien oder zu beleidigen. Dann gingen sie. Oder er ging. Bis er Mitte dreißig war, machte er das so. Dann hörte er auf, sich um Frauen zu kümmern. Er wurde dick. Es war diese Art von Dicksein, die nur einen strammen Bauch wachsen lässt. Das Monstrum, das sich unterhalb seiner Schlüsselbeine aufblähte, zwang ihn, seinen Oberkörper nach hinten zu stemmen, wenn er sich aufrichtete, damit er nicht vornüber fiel, und beim Gehen zusätzlich die Schultern mit jedem Schritt um die eigene Achse zu drehen wie eine Unruh. Dazu musste er die Arme immer ein wenig abspreizen, wenn er nicht die Hände in den Taschen versenkte. Seine Erscheinung wirkte dadurch nicht nur schwerfällig, sondern auch ein wenig primitiv und großkotzig. Da konnte er sich mit noch so viel Kammgarn behängen.

Gundula wurde Tierarzthelferin und heiratete Ferdinand, einen Ökobauern. Schafe und Obstwiesen und ein Kartoffelacker vor den Toren der Stadt. Gefärbte Wolle, Schafskäse, Lammfleisch und Früchte, das war ihr Leben. Dazu fünf Kinder in den ersten elf Jahren. Udo verstand nicht, wie sie das aushielt. Sie sahen sich selten. Gundula wurde nicht müde, bei diesen Gelegenheiten Udo auf die Gesundheitsrisiken hinzuweisen, die mit seinem Gewicht einhergingen. Seine Besuche bei ihr und Ferdinand waren familiäre Pflicht. Sie sahen sich an ihrem Geburtstag (dann fuhr er zu ihr), an seinem Geburtstag (dann kamen sie zu ihm, alle sieben) und zu Weihnachten (wiederum bei ihr). Alle atmeten auf, wenn die wenigen Stunden um waren. Was hatten sie einander schon zu erzählen? Meist sprachen sie über Gundulas Kinder.

Gundulas Zuneigung zu ihrem Bruder reichte immerhin so weit, dass sie sich ständig Sorgen um ihn und seine Gesundheit machte. Und dann lernte er Ute kennen und stellte sie ihr vor. Und Gundula zögerte nicht, ihn anschließend anzurufen und zu warnen. Er sei im Begriff, einen verhängnisvollen Fehler zu machen, wenn er sein Herz an diese Frau hänge.

»Sie säuft, das ist ja wohl nicht zu übersehen«, sagte sie.

»So hat eben jeder seins«, sagte Udo. »Ich fresse, sie säuft. Ergänzt sich doch prima.«

Dann legte er auf. Ute war die erste Frau, die keine Fluchtimpulse bei ihm auslöste. Er fühlte sich gut mit ihr. Sie trank, das stimmte. Und vielleicht war sie deswegen mit sich selbst beschäftigt, so sehr, dass sie nicht dazu kam, Ansprüche an ihn zu stellen, dachte er manchmal. Jedenfalls jagte sie ihm nicht diese Höllenangst ein, die in seinen jungen Jahren immer so heftige Abstoßungsreaktionen auf Frauen bei ihm ausgelöst hatte. Er war außerdem auch schon Ende vierzig und vielleicht deshalb nicht mehr so bange, glaubte er.

Gundula gab nicht auf. Nachdem ihr telefonischer Vorstoß zu nichts geführt hatte, schrieb sie Udo einen Brief.

Lieber Bruder!

Ich will nicht anmaßend erscheinen, wenn ich Dir heute schreibe. Ich tue das nur aus schwesterlicher Sorge um Dein Wohlergehen. Du bist verliebt und siehst es wohl deswegen nicht. Aber Du läufst geradewegs in Dein Verderben. Es kann nicht gut gehen, wenn Dein süchtiges Essverhalten auf Trunksucht trifft, das musst Du doch einsehen. Ihr werdet zusammen untergehen, glaub mir. Und im Grunde weißt Du das selbst ganz genau. Rede Dir nur nicht ein, Du könntest sie heilen. So etwas funktioniert nie. Sie braucht eine Therapie, und wenn Eure Beziehung eine Chance haben soll, bringst Du ihr das am besten bei. Und Du solltest auch in eine Klinik gehen und lernen, Dich vernünftig zu ernähren. Oder willst Du mit Gewalt dafür sorgen, dass Du krank wirst und früh stirbst?

Deine Dich liebende Schwester Gundula

Deine Dich liebende … Und sie hatte Ute nicht einmal beim Namen genannt! »Sie« hatte sie geschrieben! Udo zerriss den Brief in kleine Schnipsel. Nicht klein genug konnten die sein. Ute erzählte er nichts davon. Stattdessen machte er ihr einen Heiratsantrag. Den sie annahm. Er schrieb Gundula ein Kärtchen und zeigte ihr die Verlobung an. Ein schönes, gedrucktes Kärtchen mit allem, was dazugehörte samt Namen und Adressen und schon festgesetztem Hochzeitsdatum. Gundula war außer sich.

»Lass ihn doch«, sagte Ferdinand. »Was mischst du dich ein? Ist doch sein Leben.«

Ja, sicher, sein Leben. Das Leben ihres Bruders. Gundula setzte sich hin und schrieb wieder einen Brief.

Liebe Ute,

ich habe bestimmt nichts gegen Dich persönlich. Aber wenn Du meinen Bruder heiratest, ist es sein Untergang. Als Du neulich bei uns warst, ist mir nicht entgangen, wie viel Du trinkst. Und Ferdinand auch nicht. Nicht dass wir

Dir die Gläser in den Mund zählen würden. Aber wir reden hier ja wohl auch eher von Flaschen und nicht von Gläsern, nicht wahr? Und trotzdem bist Du noch aufrecht durch die Tür gekommen und hast keine Ausfallerscheinungen gezeigt. Für mich ein eindeutiges Zeichen, dass Du alkoholabhängig bist. Sicher hast Du jetzt jede Menge Gegenargumente auf der Zunge, aber was ich gesehen habe, habe ich gesehen. Alkoholismus kann man heilen, aber zwei Süchtige können nicht zusammen gesund werden. Wenn Du meinen Bruder liebst, dann unternimmst Du entweder etwas gegen Dein Problem und am besten auch gegen seins. Oder Du ziehst Dich zurück. Wenn nicht, macht bitte eine Therapie, alle beide. So wie es jetzt steht, kann ich jedenfalls Eure Ehe unter keinen Umständen akzeptieren.

Gundula

Als Udo diesen Brief zu lesen bekam, rief er Gundula an. »Ich will mit dir nichts mehr zu tun haben, das ist endgültig«, sagte er und legte auf, bevor sie zu einer Erklärung ansetzen konnte. Es tat ihr leid um das bisschen Kontakt zu ihrem Bruder, das merkte sie jetzt. Sehr leid sogar. Sicher, sie hatten sich auseinandergelebt in den letzten Jahren. Aber er war immerhin ihr Bruder, den sie fast von der ersten Sekunde ihres Lebens an kannte, länger als jeden anderen Menschen auf der Welt, seit die Eltern tot waren. Er hatte sie beschützt und durchs Leben geführt, als sie noch Kinder gewesen waren. Sie weinte ein bisschen. Dann zog sie die Nase hoch. Das würde schon wieder werden.

»Wart einfach eine Weile ab«, sagte Ferdinand, der sich hilflos fühlte, als er sie so bekümmert sah. »Das wird schon wieder.«

Und es wurde wieder, wenn auch viel später und ganz anders, als sie gedacht hatte. Sechs, sieben Jahre lang hatten sie keinen Kontakt, dann kam die Todesanzeige. Ute war gestorben. Gundula hielt sich nicht mit einem Anruf auf. Sie fuhr sofort in die Stadt zu Udo. Ihr Bruder empfing sie ungewaschen, nicht angezogen, ungekämmt, starr vor Trauer, selbst wie tot. Dabei hatte Utes Tod ihn nicht unvorbereitet getroffen. Leberkrebs, drei Monate nach der Diagnose war es vorbei gewesen. Gundula drückte ihn an sich. Er roch nicht gut, nach Schweiß, altem Hautfett und ungeputzten Zähnen, und er fühlte sich nicht gut an. Ein Stück Holz, dachte sie, ein dickes, brüchiges Stück Holz, er sieht alt aus, Tränensäcke, schon! Dann packte sie ein paar Sachen zusammen.

»Du kommst natürlich zu uns. Wir nehmen erst mal nur ein paar Sachen mit. Alles andere kann warten.«

Udo war zu ausgebrannt, um eine eigene Meinung zu haben. Auf dem Bauernhof steckte Gundula ihn in die Badewanne und wusch ihn persönlich ab. »Ich habe fünf Kinder großgezogen, mir macht das nichts«, sagte sie, als Udo sie halbherzig und etwas verlegen abwehrte. Es tat ihm gut, zu spüren, wie sie seine Fettwülste abseifte. Es war gut, wieder sauber zu sein und gut zu riechen. Ja, sie tat ihm gut. Für den Moment.

Aber das Leben mit seiner Schwester und ihrer Familie hasste er fast von Anfang an. Zu sehen, wie Gundula Hand in Hand mit seinem Schwager arbeitete. Wie die beiden sich wortlos verstanden, wie der Alltag und der Betrieb reibungslos abliefen. Diese zärtlichen Blicke füreinander, die ihn ausschlossen. Diese erbarmungslosen Blicke, die seinen Verlust Tag für Tag neu spürbar machten und die Trauer lebendig hielten. Und wie er es hasste, mit Kindern zu leben. Eigentlich waren sie schon

Jugendliche, die zwei von fünf, die noch zu Hause lebten. Aber sie hatten eben ihre Bedürfnisse; unentwegt war auf irgendetwas und irgendwen Rücksicht zu nehmen. Ute hatte nichts von ihm gefordert, nicht mal Nähe und Zuwendung. Und hier verlangte andauernd jemand etwas, man stellte immer wieder Fragen und erwartete tatsächlich Antworten. Er war eingeschnürt, er hatte keine Wahl. Außer wegzugehen. Er wusste selbst nicht, warum er das nicht wollte, das Weggehen. Er wusste, dass er das Hiersein hasste. Und dann wieder dachte er, dass er es vielleicht noch mehr hassen würde, woanders zu sein. Und am meisten, bei sich zu sein. Was er schätzte, wirklich schätzte, war das Essen im Haus seiner Schwester. Er nahm sogar ab, während er Lammfleisch, Schafskäse und Gemüse und Salat aus dem Garten zu sich nahm. Aber es half nichts, er war unglücklich hier. Dass er das vor sich selbst zugab, führte er darauf zurück, dass sein Verlust ihn anfällig gemacht hatte. Aber für diesen Hass, der hinter seinem Brustbein brannte, für diesen ewig schwelenden Zorn hatte er keine Erklärung. Das ging nicht weg, auch nach einem halben Jahr nicht.

Und jetzt kam er nach Hause. Zu Hause – das war ihr Haus, und da sah er ihr nun zu, wie sie Obst klein schnitt und verzehrte.

»Nein danke.«

»Geht's dir nicht gut?«

»Hab Ärger in der Bank.«

Sie fragte gar nicht nach. »Könntest du mal nach dem Waschbecken im Gästeklo gucken? Ist verstopft. Rohrzange ist im Abstellraum.«

»Ist Ferdi nicht da?«

»Ist noch bei den Schafen. Du stinkst nach Schnaps. Fang bloß nicht auch noch mit dem Trinken an.«

Es klang vorwurfsvoll, nicht bloß mahnend. Und kein bisschen besorgt. Sie hatte nicht einmal gefragt, was denn gewesen war in der Bank. Mit der Reparatur war er rasch fertig, ein Haarballen hatte sich festgesetzt. Er ging wieder nach draußen, zu Gundula. Die Rohrzange sauste auf ihre Stirn und Wange nieder, weil sie sich im letzten Moment umgedreht hatte; vielleicht hatte sie das Pfeifen des Stahls geahnt, den Luftzug gespürt. Udo hatte noch im letzten Moment gesehen, wie ihre Augen sich ungläubig verdunkelten, bevor die Rohrzange sie traf, mitten ins Gesicht. Die Zange zerstörte Gundulas Stirn- und Jochbein.

Zwei Jahre später saß Ferdinand in meinem Büro. Er wollte sich scheiden lassen. »Meine Ehe steht eigentlich seit fast drei Jahren nur noch auf dem Papier«, sagte er, »und seit zwei Jahren ist sie die reine Hölle.« Dann begann er, zu erzählen. Gundula und er hatten sich trotz der gemeinsamen Führung des Bauernhofs und trotz ihrer fünf Kinder mehr und mehr entfremdet. Sie sei ausgesprochen rechthaberisch gewesen, habe alles dirigiert, den Hof, die Kindererziehung, am Ende habe er sich regelrecht abgemeldet gefühlt. »Und, ehrlich gesagt, das Älterwerden stand ihr überhaupt nicht.« Sie habe sich gehen lassen, nie etwas Schickes angezogen, auch in der Freizeit nicht. Rappeldürr sei sie gewesen. Und immer habe sie ihren Kopf durchsetzen müssen, auch als sie ihren Bruder Udo aufgenommen habe, nachdem dessen Frau gestorben war. »Ich wurde gar nicht gefragt.« Da sei es für ihn vorbei gewesen, er habe sich innerlich zurückgezogen. Um der Kinder Willen habe er das aber nicht gezeigt; nach außen hin, auch vor Udo, sei alles weitergelaufen wie zuvor, dafür hätte er manchmal richtiggehend schauspielern müssen.

Seltsamerweise habe auch Udo immer merkwürdig distanziert, ja abweisend auf Gundula reagiert. Auf die Kinder auch. »Und dann hat er ihr eine schwere Rohrzange durchs Gesicht gezogen. Und seitdem ist meine Frau nur noch Gemüse, und jetzt will ich einfach nicht mehr.«

Ich war nicht sicher, ob ich richtig verstanden hatte. »Sie wollten sagen, Ihre Frau nimmt nur noch Gemüse zu sich?«

Ferdinand sah mich befremdet an. »Ich meinte, sie ist nicht mehr sie selbst, kein richtiger Mensch mehr.« Kein richtiger Mensch, das gibt es gar nicht, dachte ich.

Ferdinand hatte Gundula gefunden damals. Udo hatte die Rohrzange von sich geschleudert und war weggelaufen. Man griff ihn in seiner alten Wohnung auf, er hatte sie nie aufgegeben. Als habe er sie eigens zu diesem Zweck bewahrt, saß er da und wartete auf die Polizei. Man verurteilte ihn zu dreieinhalb Jahren Gefängnis. Er sagte vor Gericht, er habe seine Schwester nicht umbringen wollen. Er wisse nicht, was er eigentlich gewollt habe. Es sei einfach plötzlich über ihn gekommen, der ganze Hass, er habe das Gefühl gehabt, sie schlagen zu müssen. Man konnte es ihm nicht widerlegen, außerdem hatte er unter Alkoholeinfluss gestanden, darum fiel das Urteil milde aus. »Guter Verteidiger, wenn Sie mich fragen«, meinte Ferdinand dazu.

Gundula hatte ein halbes Jahr lang im Wachkoma verbracht, dann hatte sie angefangen, wieder zu sprechen.

Lallend. Ihre Stirn war der Länge nach eingedrückt und blieb es zunächst auch, während das Jochbein wieder zusammenwuchs. Hinter der Spalte im Stirnbein, die ihr Gesicht unschön entstellte, lag das Gehirn fast ungeschützt unter der Haut. Nach diversen Operationen, darunter einer, bei der mittels einer Plastik die Stirn wiederhergestellt wurde, und einer Nachsorge in einer Kurklinik konnte sie wieder nach Hause. Sie konnte nicht mehr laufen, jedenfalls nicht allein. In einem ihrer Beine hatten sich Spasmen gebildet. Auch das Bein wurde operiert, aber sie war auf jemanden, der sie stützte und führte, angewiesen oder auf Gehhilfen. Am liebsten saß sie einfach im Rollstuhl. Am schlimmsten aber fand Ferdinand die Persönlichkeitsveränderungen. Sie nahm wenig von dem auf, was er ihr sagte, vergewisserte sich ständig bei ihm, konnte sich nichts merken. Sie greinte, wenn ihr etwas nicht gelingen wollte, rief nach ihm oder den Kindern und war zuweilen unvermittelt aggressiv. Dann wieder war sie euphorisch, grundlos fröhlich. Am stärksten fühlte Ferdinand sich durch ihre Enthemmung abgestoßen. Sie hatte fünfundzwanzig Kilo zugelegt, hatte offensichtlich kein Sättigungsgefühl mehr. Und andauernd wollte sie Sex mit ihm, mehrmals hatte sie sich über sein Desinteresse beklagt, auch vor den Kindern.

Vor Kurzem war er davon wach geworden, dass sie vor seinem Bett stand, mit ihren Gehhilfen, und Anstalten machte, die Bettdecke aufzuschlagen. Sie wollte offenbar zu ihm unter die Decke. Er fuhr auf, packte sie und brachte sie mit Gewalt in ihr Zimmer zurück. Sie wehrte sich. Fauchte, schrie und spuckte ihn an. Das ganze Haus wurde aus dem Schlaf geholt. Ferdinand fing an zu weinen, als er mir davon berichtete.

»Ich weiß nicht, was ich tue, wenn das so weitergeht«, sagte er. »Vielleicht bringe ich dann bald zu Ende, was mein Schwager nicht geschafft hat.«

Ich fragte, ob man auch an eine Pflegestelle oder betreutes Wohnen für Gundula gedacht habe.

»Will sie nicht. Sie sagt, sie ist gesund. Außerdem: Wer soll das bezahlen?« Er sah mich einen Moment an, ohne etwas zu sagen. Da Gundula sich noch selbst an- und auskleiden und waschen konnte – wenn sie sich auch dabei am liebsten anleiten ließ – hatte sie noch nicht einmal Anspruch auf Pflegegeld. »Kein Mensch interessiert sich dafür, wie es mir geht«, sagte Ferdinand. »Ich muss sie loswerden.«

Das würde nicht ganz einfach werden, jedenfalls was die Wohnverhältnisse betraf. Gundula hatte wie Ferdinand ein Recht, das Haus zu bewohnen, auch wenn es Ferdinand gehörte. Denn es hatte als Ehewohnung gedient. Das Familiengericht würde abwägen müssen zwischen dem Eigentumsrecht von Ferdinand und Gundulas Bedürfnissen, die sich aus ihrem Zustand ergaben. Ich stellte also den Scheidungsantrag und den Antrag, das Haus Ferdinand zuzuweisen.

Dann erhielt Ferdinand einen Brief. Aus dem Gefängnis.

Lieber Schwager,

es wird Dich wundern, dass ich Dir schreibe. Ich habe über den Gefängnispfarrer Kontakt zu Gundulas Anwalt aufgenommen, weil ich etwas für Gundula tun will. Wie er mir berichtet, willst Du Dich scheiden lassen und Du willst, dass sie Dein Haus verlässt. Ich werde bald entlassen wegen guter Führung, wenn alles gut geht, in etwa drei

Monaten. Jetzt habe ich mir überlegt, eine behindertengerechte Wohnung für Gundula und mich anzumieten und Gundula zu pflegen. Was meinst Du dazu? Und könntest Du bitte bei Gundula vorfühlen, ob das für sie in Betracht kommt? Ich frage nicht nur uneigennützig. Ich muss einfach etwas wiedergutmachen. Anders werde ich mit den Ereignissen nicht fertig. Ich hoffe, dass es Dir inzwischen einigermaßen gut geht.

In Erwartung Deiner Antwort alles Gute

Udo

Ferdinand kam mit dem Brief in der Hand in mein Büro, legte ihn auf meinen Schreibtisch, noch während er davor stand, stützte sich mit den Fäusten auf die Schreibtischplatte und schwieg zunächst.

»Er schreibt wahrhaftig ›Ereignisse‹«, schnaubte er dann. »Ereignisse! Das ist doch …« Er suchte nach Worten.

»Und?«, fragte ich. »Was sagt Ihre Frau?«

Ferdinand setzte sich. »Das ist ja das Verrückte. Sie will das. Sie muss komplett durchgeknallt sein.« Ich fand vor allem, dass Gundulas Entscheidung Ferdinand das Leben erheblich erleichtern würde. Ich sah keinen Grund, auf sie herabzuschauen. Oder auf Udo.

Zum Scheidungstermin ließ Gundula sich von Udo im Rollstuhl fahren. Schwager und Schwager sahen sich nach über zweieinhalb Jahren zum ersten Mal im Gerichtsflur wieder. Es war eine befangene Atmosphäre, man konnte die Anspannung mit Händen greifen. Doch alle waren außerordentlich bemüht, sich gut zu benehmen, einander sogar mit einer gewissen Freundlichkeit zu behandeln.

»Merkwürdig«, sagte Ferdinand nach dem Termin zu mir. »Was mein Schwager getan hat, hat alles geändert, für uns alle drei. Und jetzt ist überhaupt kein Hass da.«

Das stimmte. Es war kein Hass da. Aber würde das, was da war, für Frieden reichen?

Schwierigkeiten

Es sah nach einem recht einfachen Fall aus. Ilona und Gerhard lebten seit sechs Monaten getrennt, Gerhard war ausgezogen. Sie hatten beide kein Vermögen und keine Schulden, der Hausrat war geteilt. Die Scheidung stand noch nicht an, weil das Trennungsjahr noch nicht verstrichen war.

Doch nun hatte Gerhard die Unterhaltszahlungen für seine drei Kinder eingestellt, und Ilona kam zu mir. Eine recht füllige Frau Mitte dreißig mit einem hübschen, runden Gesicht. Wache Augen, die verrieten, dass sie gern fröhlich war und Fröhlichkeit verbreitete. Man konnte sie sich sehr gut in, wie es so heißt, froher Runde vorstellen. Auch die Stimme, hell, kräftig, lebendig, ließ darauf schließen. Und ihre farbenfrohe Kleidung. Bunte, große Ohrringe, die lebhaft schaukelten. Und doch war auch etwas Wehmütiges um sie, und ihre Bewegungen waren zögerlich und hatten etwas Fragendes; man sah aber, dass sie sich sonst rasch bewegte. Nervös rutschte sie auf dem Stuhl hin und her. Irgendetwas ist ihr zugefügt worden, da ist nicht mehr viel Zuversicht und Lebensfreude zurzeit, dachte ich.

»Hat er Sie verlassen?«, hörte ich mich zu meiner Verblüffung fragen. Es ging mich nichts an, es hatte mit Ilonas Problem, dem Kindesunterhalt, nichts zu tun. Aber ich hatte spontan Sympathien für diese Frau und wollte genauer wissen, was sie bewegte. Sie begann zu weinen. Entschuldigte sich. Holte ein Taschentuch heraus. Schnäuzte sich. Hatte sich rasch wieder im Griff.

Das wird ihr helfen, dachte ich, sie überlässt sich nicht einfach ihren Gefühlen. Schaut dann gleich, was sie tun kann.

»Möchten Sie ein Glas Wasser?«, fragte ich, weil ich wusste, dass manche Mandanten es schätzen, wenn man die Situation unterbricht, und außerdem gern für die eine Minute allein sind, die ich brauche, um das Wasser zu holen.

»Nein, danke. Ja, stimmt, er hat Schluss gemacht. Wegen einer anderen. Entschuldigung.« Wieder wischte sie mit einer entschlossenen Bewegung ein, zwei Tränen weg und versuchte, mich tapfer anzulächeln.

Ilona und Gerhard hatten eine Bilderbuchehe geführt. Es gab in ihrer Umgebung niemanden, der nicht davon ausging, dass sie ihr Leben lang zusammenbleiben würden. Alles passte. Sie hatten denselben Beruf, beide waren bei der Kriminalpolizei, wo sie sich auch kennengelernt hatten. Im Dezernat für Drogendelikte. Gerhard war auch nicht gerade schlank, sein Gesicht wirkte immer entspannt, und er strahlte eine Gutmütigkeit aus, die weniger behäbig als vital wirkte. Er hatte, wie Ilona, ein Talent zur Fröhlichkeit, war lebenslustig und gesellig. Beide liebten Filme und gingen in jeden neuen, nicht ganz anspruchslosen Film. Beide mochten dieselben Rockbands und besuchten bei jeder sich bietenden Gelegenheit deren Konzerte. Beide feierten gern, luden gern ein, gingen gern auf Partys. Beide schauten stundenlang mit Begeisterung (und Erdnüssen) Comedy-Sendungen im Fernsehen an. Ja, sie wählten sogar dieselbe Partei.

Sie konnten so viel Übereinstimmung kaum glauben, als sie sich auf einer Betriebsfeier näherkamen, und verliebten sich ineinander, es war unausweichlich. Unausweichlich auch die Heirat, zwölf Jahre war die her. Dann kamen – unausweichlich – die Kinder. Ein Junge, ein Mädchen, wieder ein Junge, heute zehn, acht und sieben Jahre alt. Kino und Rockkonzerte nur noch, wenn ein Babysitter zu bekommen war. Geselligkeit fast nur noch mit Paaren, die auch Eltern waren. Urlaub immer an der Nordsee auf dem Campingplatz, die Kinder liebten das Zelten und das Strandleben, schlossen rasch Freundschaften, und so hatten Ilona und Gerhard mehr Ruhe und auch mehr Zeit füreinander. Und natürlich für die Campingnachbarn, die man besuchte oder einlud. Zelten und Feiern auf dem Campingplatz, das war übrig geblieben von ihrem früheren Leben als Partygänger, Kinobesucher, Rockkonzertfans. Und, ach ja, die Comedy-Sendungen. Mit viel Erdnüssen. Dieselbe Partei wählten sie auch immer noch.

Ilona hatte erst Elternzeit genommen, sich dann noch einige weitere Jahre beurlauben lassen, seit einer Weile arbeitete sie wieder halbtags, jetzt im Betrugsdezernat. Gerhard war inzwischen aufgestiegen und gab manchmal Unterricht an der Polizeischule. Der Stolz in Ilonas Stimme war unüberhörbar.

»Wirklich ein Bilderbuch«, kommentierte ich ihre Schilderungen. »Und lassen Sie mich raten: Es wurde ihm langweilig?«

»Das weiß ich gar nicht. Gesagt hat er, es ist ihm alles zu festgelegt, und dass er keinen Bock mehr auf Familienleben hat und immer Verantwortung und so.«

»Oh, da ist er ja früh ans Denken gekommen – schon nach dem dritten Kind. Respekt! Wie alt ist er?«

Er war neununddreißig. Und hatte sich in eine Polizeianwärterin verliebt, die er gelegentlich unterrichtete (»Ich kann mir schon denken, worin«, schob Ilona an dieser Stelle ein). Die war zwanzig. »Und natürlich ist sie niedlich und schlank und all das und schaut zu ihm auf«, fügte Ilona mit bitterer Miene hinzu. Sogar dieser

Gesichtsausdruck entstellte sie nicht, sie sah selbst damit hübsch aus.

Sie braucht sich nun wirklich nicht zu verstecken, dachte ich. Und wenn ihr Mann nicht weiß, was er an ihr hat, dann ist er ein Idiot.

»Irgendwann«, sagte ich ihr, »irgendwann liegt auch dieses Mädchen mal mit Grippe im Bett, wirres Haar, rote Augen, rote Nase, und will versorgt werden. Und wenn er selbst das noch entzückend findet: Irgendwann will sie auch Kinder. Dann ist schon wieder Schluss mit ›Kein Bock auf Familienleben und so‹. Und sie, sie hat einen Mann, der sich ausspannen lässt. Vielleicht geht es ihr eines Tages wie Ihnen.«

»Ach ja, das wäre schön«, seufzte Ilona. »Aber zu spät für mich. Ich will ihn auf keinen Fall zurück. Er lässt sich ausspannen. Eben.«

Ich diktierte ein Schreiben an Gerhard, in dem ich ihn aufforderte, sein Einkommen – einschließlich Zusatzeinkommen durch Unterricht – offenzulegen. Ich würde anschließend, so schrieb ich, den Kindesunterhalt berechnen und ihm mitteilen. Den müsse er dann nachzahlen. Vorläufig solle er den Mindestunterhalt zahlen. Das waren für die drei Kinder immerhin knapp tausend Euro, mehr als fünfhundertfünfzig Euro kamen für Ilona noch dazu. Und ihr eigenes Einkommen.

»Oh! Der hat nie mehr als siebenhundert Euro bezahlt. Als er noch zahlte«, sagte Ilona.

»Da wird er sich umstellen müssen«, entgegnete ich, »ob er nun ›Bock‹ hat oder nicht – so viel Familienleben und Verantwortung müssen sein.«

Ilona lächelte. Es war, als hätte jemand eine Klappe in ihrem Gesicht geöffnet, es leuchtete regelrecht auf, und wenn man sie ansah, war man ganz im Mittelpunkt dieses Lächelns und wusste, man war gemeint. Ausschließlich.

Damit muss sie ihn regelrecht verzaubert haben, dachte ich.

Gerhard reichte die verlangten Gehaltsunterlagen ein. Ich berechnete den Unterhalt, den ich ihm mitteilte, und Gerhard zahlte – nichts. Stattdessen bekam ich einen Brief. Seine Freundin, stand darin, sei nun in einem recht weit entfernten Dienstort eingesetzt worden, und da habe er sich auch dorthin versetzen lassen und wolle bei der Gelegenheit auch gleich mit ihr zusammenziehen, wie ich sicher verstehen könne. Und da kämen nun jede Menge Kosten auf ihn zu: Makler, Renovierung, Kaution, neue Einbauküche. Es sei ja wohl nachzuvollziehen, dass für Unterhaltszahlungen derzeit nichts übrig sei. Ilona möge doch bitte Unterhaltsvorschussleistungen beim Jugendamt beantragen. Ob ich sie nicht darüber aufgeklärt hätte, dass ihr die zuständen?

»Wie bitte?«, sagte Ilona, als sie mich anrief, nachdem sie den Brief von mir erhalten hatte. »Er bekommt eine neue Küche, und die Kinder sollen vom Staat ernährt werden? Also von meinen Steuern?«

»Und von meinen auch, nicht zu vergessen«, fügte ich an. »Aber immerhin auch von seinen, das ist ja nicht ganz wenig, wenn ich mir die Gehaltsunterlagen so anschaue.«

Es war immer noch ein einfacher Fall: Wir gingen vor das Familiengericht, Gerhard vertrat sich selbst und wiederholte seine Argumente, und Ilona wurde der errechnete Kindesunterhalt zugesprochen. Da er weiterhin nicht zahlte, pfändeten wir sein Gehalt.

Dann zog Gerhard ins Hessische, dreihundert Kilometer von unserer Stadt entfernt. Und die Hölle brach über Ilona herein. Denn Gerhard entdeckte seine Sehnsucht nach den Kindern.

Als Erstes erhielt Ilona ohne jede Vorankündigung eine Vorladung zum Jugendamt der hessischen Stadt, in der Gerhard jetzt lebte. Man wolle über die Situation der Kinder reden. Wie unter den gegebenen Umständen der Kontakt zum Vater zu gestalten sei. Wenn sie nicht kommen könne, möge sie anrufen.

Wir schrieben lieber und machten Vorschläge für eine Ferien- und Feiertagsregelung. Gerhard verzichtete daraufhin auf die weiteren Dienste des Jugendamtes und verlangte, die drei Kinder jedes zweite Wochenende bei sich zu haben. Seit der Trennung hatte er sie immer nur stundenweise gesehen, und seit dem Aufkommen seiner Umzugspläne gar nicht mehr. Erst hatte er wegen des Umzugs keine Zeit, danach waren die Dinge ungeklärt. Wir wiesen Gerhards Forderung zurück. Wie Gerhard sich das vorstelle, schrieb ich. Die Kinder alle zwei Wochen am Samstag 300 Kilometer nach Hessen und am Sonntag 300 Kilometer wieder zurückzukutschieren?

Gerhard hatte sich offenbar dazu noch keine Gedanken gemacht, doch nun wurde ihm klar, dass das vor allem für ihn bedeuten würde, jedes zweite Wochenende zwölfhundert Kilometer zu fahren, falls er nicht im Umfeld unserer Stadt eine Ferienwohnung für das Wochenende anmieten wollte. Er forderte also eine Unterhaltskürzung wegen hoher Umgangskosten, wir lehnten ab, er ging vor Gericht, verlor. Daraufhin verlangte er, um die Umgangskosten zu teilen, dass Ilona ihm alle zwei Wochen freitags und sonntags jeweils hundertfünfzig Kilometer entgegenfahren müsse und ihm die Kinder auf einer Raststätte zu übergeben habe. Das lehnte sie ab, er ging vor Gericht.

Ilona ging nur noch mit Bangen zum Briefkasten, und wenn Post vom Gericht oder von mir darin lag, und das war alle paar Tage der Fall, brauchte sie manchmal Stunden und die Gegenwart einer Freundin, um sie zu öffnen. Wir vereinbarten, dass ich sie anrufen und vorwarnen sollte, bevor ich ihr etwas schickte.

Der Familienrichter, selbst Familienvater, wie ich wusste, bemühte sich sehr um eine Lösung. Er fand auch, dass sechshundert Kilometer alle zwei Wochen für die Kinder zu viel seien. Aber einmal im Monat? Das sollte gehen. Und ob Ilona, wenn Gerhard ihr das bezahle, ihm nicht doch entgegenfahren könne, um ihm Fahrzeit zu ersparen, dann könnten die Kinder schon freitagsabends übergeben werden. Ilona wurde schwankend, wir baten uns Bedenkzeit aus. Die brauchten wir nicht. »Ich zahle schon genug, ich zahle keinen Cent zusätzlich!«, lasen wir in Gerhards nächstem Brief.

Während dieser ganzen Zeit hatte Gerhard die Kinder nicht mehr gesehen, sein Umzug war über drei Monate her. Die Sommerferien nahten. Wir schrieben, ob Gerhard die Hälfte der Ferien mit den Kindern verbringen wolle? Und wenn, wäre die zweite Ferienhälfte recht? »Natürlich die erste«, schrieb Gerhard.

Natürlich. Bitte sehr. Ilona verschob den bereits gebuchten Urlaub, bot an, den Urlaubsort mit Gerhard abzustimmen und ihn dort nach der Hälfte der Ferien abzulösen, das würde den Kindern die Fahrerei ersparen. Wir bekamen keine Antwort. Als Gerhard die Kinder abholte, herrschte ein feindseliges Schweigen zwischen ihm und Ilona, wie ein hässlicher Geist schwebte es zwischen ihnen. Er erfasste auch die Kinder, sie waren unsicher, unleidlich, trödelten.

»Bis in drei Wochen, viel Spaß!«, sagte Ilona und küsste sie.

Zehn Tage später hatte sie Post. Gerhard hatte einen Eilantrag gestellt, er wollte das alleinige Sorgerecht. Bei Ilona seien die Kinder nicht gut aufgehoben, würden gegen ihn eingenommen. Er schilderte die Übergabe anlässlich des Ferienbeginns. Ein Zerrbild der Situation, wie Ilona versicherte. Kein Wort, so führte Gerhard aus, habe sie mit ihm gesprochen, seinen Gruß nicht erwidert, die Kinder mit allen Anzeichen des Widerwillens hinausgeschoben und ihnen noch ironisch »Viel Spaß zusammen!« nachgerufen. Die mitgegebene Kleidung sei ungeeignet, zu wenig, habe Löcher, sei zu klein. Die Schulzeugnisse eine Katastrophe, die Kinder hätten in ihren Leistungen stark nachgelassen. Sie wüssten Schimpfwörter, die Kinder dieses Alters nicht kennen sollten. Unter der Gürtellinie, unterste Schublade. Damit würden sie vor allem seine Freundin bewerfen. Widerborstig seien sie und aggressiv, wiederum vor allem gegen seine Freundin. Ihr gutes Benehmen sei dahin, und sie seien offensichtlich verstört. Dann holte Gerhard zum finalen Schlag aus: Die Kinder wollten gar nicht zurück, fühlten sich nicht wohl in der Großstadt. Sie wollten lieber in der eher ländlichen Umgebung leben, die er ihnen zu bieten hatte. Mit einem Ponyhof ganz in der Nähe. Nun wolle er sie an der Schule vor Ort anmelden, das sei eilig, da die Kinder ja schulpflichtig seien. Mit Ilonas Mitwirkung sei nicht zu rechnen, er brauche also die elterliche Sorge allein.

Ilona war außer sich. Als sie mit dem Antrag zu mir kam, war auf ihrem weichen Gesicht nur noch Hass zu erkennen.

»Das hat man nun von seinem Entgegenkommen und Nachgeben«, fauchte sie. Nun sollte ich umgehend einen Sorgerechtsantrag für sie stellen. »Dann ist es Kindesentziehung, wenn er das noch mal macht, und das wird er sich ja wohl nicht leisten als Polizeibeamter.«

Sie begann haltlos zu schluchzen, und es wurde sichtbar, dass ihre Wut und ihr Hass nur ihre Verzweiflung bemäntelt hatten und dass ihre Ohnmachtsgefühle und ihre Angst weitaus stärker waren als ihre Empörung.

Ich fragte: »Darf ich Ihnen mal eine Anekdote erzählen? Ich weiß, das klingt jetzt total daneben, aber wollen Sie sie vielleicht trotzdem hören?«

Ilona sah tatsächlich völlig verblüfft aus und skeptisch, doch sie nickte.

»Ich weiß leider nicht mehr, um welchen prominenten Künstler es bei dieser Geschichte geht, er und seine Frau gingen jedenfalls auf den zwanzigsten Hochzeitstag zu, als er eine Jüngere kennenlernte und seine Frau verließ. Und als er ihr das sagte, also seiner Frau sagte, dass er sie jetzt verlassen wird und mit der fünfzehn Jahre Jüngeren ein neues Leben beginnt, da entgegnete seine Frau: ›Dann musst du das wohl tun. Wegen der Kinder mache ich dir keine Schwierigkeiten. Du kannst sie mitnehmen. Alle sechs.‹«

Ilona schwieg. Dann begann sie: »Sie meinen …« Weiter kam sie nicht. Sie prustete los. Fing an zu lachen, bog sich, wieherte, hielt sich an der Schreibtischkante fest, wischte sich die Tränen aus dem Gesicht, Lachtränen dieses Mal. Es war ein Lachen, das sehr gut zu ihr passte. Hell, ungezähmt, ansteckend. Der Anfall verebbte in einem Beben ihres Körpers, die Ohrringe schaukelten lustig dazu. Ich war ein wenig irritiert. So witzig war die Anekdote ja auch wieder nicht. Aber ich konnte mir gut vorstellen, dass sich da etwas ganz anderes Bahn brach als bloßes Amüsement.

»Sie meinen also«, brachte sie schließlich, immer noch ein wenig stotternd und unterbrochen durch kleine Lacher, heraus, »Sie meinen also, die Freundin meines Mannes hat sich ihr Leben mit ihm auch anders vorgestellt, als die drei Kinder von seiner Ex großzuziehen?«

Ja. Das hatte ich gemeint.

Doch zunächst reichte ich meinen Antrag auf Alleinsorge und einen Eilantrag auf Herausgabe der Kinder ein. Der Richter rief mich umgehend an. Er könne ohne nähere Aufklärung weder über Gerhards noch über meinen Eilantrag entscheiden. Die Kinder seien beim Vater ja offenbar nicht in Gefahr, warum also jetzt anordnen, dass sie sofort zurückzukehren hätten? Ich verwies auf den Schulwechsel, die Herausnahme der Kinder aus dem gewohnten Umfeld, das mutwillige Abbrechen ihrer Kontakte, ohne dass sie sich hätten verabschieden können. Aber, so argumentierte der Richter, die Vorwürfe gegen die Mutter bedürften der näheren Untersuchung, und auch der tatsächliche Wille der Kinder müsse erforscht werden, das alles brauche seine Zeit. Auf keinen Fall werde er eine Entscheidung übers Knie brechen.

Da nun beide Eltern vorläufig das Sorgerecht gemeinsam behielten und sich nicht einig waren, sorgte erst einmal das Jugendamt in Hessen dafür, dass die Kinder zur Schule gehen konnten. Und dann entschied das Leben. Beziehungsweise Gerhards Freundin. Zwei Wochen nach Schulbeginn, nach insgesamt acht Wochen Abwesenheit, waren die Kinder wieder bei Ilona. Gerhard nahm seinen Sorgerechtsantrag zurück und stimmte Ilonas Antrag zu. Der Herausgabeantrag hatte sich erledigt.

Die Kinder verbringen jetzt die Hälfte aller Ferien bei Gerhard. Dazwischen sieht er sie einmal im Monat freitagnachmittags bis sonntagnachmittags. Ilona kommt ihm immer auf halber Strecke entgegen. Er tankt dafür ihren Kleinwagen voll an der Raststätte, auf der sie sich treffen.

»Wie habe ich seine Gutmütigkeit und Gelassenheit gemocht, damals!«, sagte Ilona in unserer letzten Besprechung. »Und jetzt? Das war doch nur Tarnung für Oberflächlichkeit und Verantwortungslosigkeit. Und die Fröhlichkeit war in Wirklichkeit auch bloß Leichtlebigkeit. Alles eine Luftblase. Wieso habe ich das vierzehn Jahre lang nicht bemerkt?«

»Weil es gut ging«, antwortete ich.

Nicht geschafft

Er kam ihr immer vor wie ein reizendes Springböckchen. Sie sah ihn so gern an, wenn er Pläne schmiedete. Die Augen blitzten, die Arme holten weit aus, ruderten, manchmal ging er auf und ab dabei, mit seinem federnden, etwas hüpfenden Gang, dem man die Begeisterung ansah. Wieder und wieder suchte er dann ihren Blick, hoffte auf Zustimmung. Pläne schmiedete er eigentlich ununterbrochen. Keiner davon taugte etwas. Sie saß still und sah ihn an, während er seine Ideen entwickelte und vor ihr ausbreitete, und liebte ihn mit aller Kraft. Dabei war sie sonst eher als rational denkende Frau bekannt. Manche hielten sie für kühl. Aber die hatten sich nie die Mühe gemacht, ihr ins Gesicht zu schauen. Sie hatte einen scharfen Verstand, und sie hatte die Bereitschaft zu tiefen Gefühlen. Und ihn, Jason, liebte sie.

Als sie sich kennengelernt hatten, war Pia noch Studentin gewesen und hatte sich ein Zubrot als Fremdenführerin verdient. Und da war er, Jason, in einer Gruppe, die sie betreute. Die aschblonden Dreadlocks fielen ihr zuerst auf. Darunter ein zartes Gesicht, eine zarte Gestalt, sogar die Augen, hellgrau, wirkten durchscheinend, fast etwas wässrig. Aber wie lebendig sie waren! Von einem Augenblick zum anderen konnten sie klar und fest werden, wenn sein Blick auf sie fiel. Und diese raschen Bewegungen! Wie aufmerksam er ihr zuhörte, wie wissbegierig er war! Sie selbst wirkte etwas grob, neigte zur Pummeligkeit. Und als wäre das nicht genug, hatte sie zu ihrem Kummer auch noch schmale, hängende Schultern und war recht flachbrüstig. »Du hast ein gutes Gesicht«, sagte Jason viel später zu ihr, »ein Gesicht, in das man gern schaut.« Sie war nicht sicher, ob sie sich darüber freuen sollte. In der Tat war ihr herzförmiges Gesicht von nahezu vollkommenem Ebenmaß und strahlte etwas Warmes, Weiches aus. Wen sie mit ihren ruhigen Augen anschaute, der fühlte sich sofort angenommen und heimisch.

»Du willst mir wohl«, sagte Jason und freute sich an der altmodischen Wendung, die er aufgeschnappt und behalten hatte und nun auf Pia anwenden konnte.

Ja, Pia wollte ihm wohl, ihrem Jason. Von der ersten Sekunde an.

Sie wusste, dass sie ihn liebte und heiraten würde, als sie die Gruppe junger Amerikaner kennenlernte, denen sie eine Woche lang die Sehenswürdigkeiten der Region nahebringen sollte. Es machte sie befangen. Sie redete zu viel und zu laut, verhaspelte sich. Ihre eigentlich perfekten Englischkenntnisse ließen sie manchmal im Stich. Sie bewegte sich künstlich, ungelenk. Eigentlich war sie witzig und locker, aber in Jasons Gegenwart missriet ihr jeder Scherz, und sie wirkte verkrampft. Was auf andere Weise für eine gewisse Heiterkeit bei der Gruppe sorgte. Ein seltsames Wesen, dachten alle. So wie man über einen verliebten Menschen denkt, wenn man die Zeichen nicht zu deuten weiß. Anders Jason. Ihm entging nicht, dass Pia kaum jemals die Augen von ihm ließ und immer dafür sorgte, dass er bei den Führungen einen guten Platz bekam, von dem aus er alles hören und sehen konnte, vor allem sie. Was für ein gutes Gesicht, wie lieb sie wirkt, dachte er und lud sie ein, mit ihm essen zu gehen. Was für schöne, flinke Bewegungen, wie springlebendig er ist, dachte sie und nahm die Einladung an. Es wurde spät an diesem

Abend, der in einer Bar und schließlich in Jasons Hotelbett endete.

Jason war in jeder Hinsicht ungebunden, erzählte er ihr an diesem Abend. Er hatte keinen Beruf gelernt. Nach dem College hatte ihm nichts recht gelingen wollen, zwei Ausbildungen hatte er abgebrochen. Die erste zum Hotelmanager war nicht das Richtige für ihn gewesen. Nie widersprechen zu dürfen, immer freundlich zu sein, auch zu unfreundlichen, ungerechten Gästen (»Motzknochen« nannte er sie, auch so ein Wort, das er aufgeschnappt hatte), das hatte er nicht gemocht. Die zweite Ausbildung, zum Fluglotsen, konnte er gesundheitlich nicht durchstehen. Er war nicht in der Lage, sich unter Stressbedingungen lange zu konzentrieren. Am liebsten wäre er Pilot geworden, aber er wurde nicht genommen. Seine Eltern hatten ihm einen kleinen Geldbetrag vererbt, von dem er eine Weile leben konnte. Den letzten Rest davon verbrauchte er gerade auf seiner Europareise. »Und was machst du, wenn du wieder zu Hause bist?«, fragte Pia. »Keine Ahnung«, sagte Jason. »Irgendwas findet sich schon.« Ein Lebenskünstler, dachte Pia und beneidete ihn ein bisschen um seine Sorglosigkeit.

Jason, der Ungebundene, blieb. In Deutschland und bei Pia, und wie sie es vorhergesehen hatte, heirateten sie. In Las Vegas, noch bevor sein Touristenvisum auslief. Sie waren bodenlos arm und bodenlos glücklich. Pias Eltern unterstützten sie zuweilen finanziell. Viel hatten sie selbst nicht, aber das Wenige, was sie geben konnten, half. Pia musste, bevor es ans Geldverdienen ging, ihr Studium als Betriebswirtin beenden. Jason musste erst einmal richtig Deutsch lernen. Es stellte sich rasch heraus, dass er ausgesprochen sprachbegabt war. »Ich sollte vielleicht auch Fremdenführer werden«, sagte er. Pia wusste nicht recht, ob er das ernst meinte, und unterdrückte die Entgegnung, dass dafür wohl etwas mehr als bloß Sprachkenntnisse vonnöten seien. Sie studierte also weiter und verdingte sich als Fremdenführerin, und Jason vervollkommnete seine Deutschkenntnisse. Er war der aufmerksamste Ehemann, den Pia sich hätte wünschen können. Da er weniger zu tun hatte als sie, machte er den Haushalt für beide, putzte die winzige Einzimmerwohnung, kochte und wusch. Oft brachte er Blumen, Pralinen oder Wein für sie mit oder eine luxuriöse Badeessenz, wenn er von seinen Deutschstunden nach Hause kam. Es wäre ihr zwar lieber gewesen, wenn er das Geld – ihr Geld – für die dringender benötigten Lebensmittel ausgegeben hätte, aber sie hatte nicht das Herz, ihn zu tadeln. Er war immer so stolz auf seine Gaben und so lieb, und immer brachte er sie zum Lachen. Er konnte ganze Filme nachspielen, und zwar alle Rollen, und wenn er zu ihrer Unterhaltung im Chaplin-Schritt durch die Wohnung watschelte, lief ihr das Herz über vor Erheiterung und Rührung.

Dann kam der Brief aus Amerika. Und Jason, der anrührende, erheiternde Jason mit dem jungenhaften Charme, wurde sehr ernst.

Er war doch nicht ganz so ungebunden. In den USA hatte er eine Freundin zurückgelassen. Und einen Sohn von knapp zwei Jahren. Die Freundin forderte Unterhalt.

»Das war sowieso nichts mehr, weißt du«, sagte er, »im Grunde waren wir schon so gut wie auseinander.«

»Im Grunde? So gut wie?« Pia brachte die Worte kaum hervor. Ihr war, als hielte eine kalte Hand ihr Herz umklammert. Und in ihrem Kopf formte sich ein Knäuel von Ängsten, das unentwirrbar schien und das ihre kleine Wohnung in einen feindseligen Ort verwandelte.

»Ich bring das in Ordnung«, hörte sie Jason sagen.

»Du kannst nicht in Ordnung bringen, dass du mich belogen hast«, sagte sie.

Sie ließ ihn in der Wohnung zurück, in der es keine Zuflucht für sie mehr gab, und klopfte bei ihren Eltern an. Sie vermisste ihn von der ersten Minute an, den Lebenskünstler und Lausbuben, sie weinte um ihn und wusste, dass sie mehr an der Trennung von ihm verzweifelte als an seinem Betrug. In diesen ersten Tagen ohne ihn wurde ihr klar, dass es unrealistisch gewesen war, den liebevollen Lausbuben, den Lebenskünstler zu wollen, den unzuverlässigen Taugenichts dagegen nicht. Und als dann Jason an der Tür ihrer Eltern anklopfte, ging sie sofort mit ihm zurück. Wollte das eine zurückhaben und das andere aushalten, vielleicht ändern. Und war sofort wieder glücklich und ruhig.

Jason würde arbeiten gehen. Er hatte auch schon eine Idee. Er würde sich selbstständig machen. Und zwar mit einem Kleiderhandel. Pia war ja Betriebswirtin, mittlerweile mit abgeschlossenem Studium, sie konnte ihm die Grundlagen beibringen, »Gesetze und Papierzeugs und so«, wie Jason es ausdrückte. Ob sie nicht überhaupt den Kleiderhandel mit ihm zusammen aufziehen wolle? Pia lächelte nur. Sie meinte in den wenigen Tagen der Trennung zwar erkannt zu haben, dass sie ohne Jason nicht leben konnte (»Du liebe Güte, Hedwig Courths-Mahler lässt grüßen! Du meinst wohl, dass du nicht ohne ihn leben willst«, meinten ihre Eltern dazu), aber eben auch, dass er ein Nichtsnutz war und dass sie besser daran tat, sich nicht finanziell von ihm abhängig zu machen. Und so bewarb sie sich auf eine Stelle als Betriebswirtin. Ihr erstes Gehalt ging zur Hälfte an Jasons Sohn in den USA. Jason wollte seine ehemalige Freundin nicht zwingen, ihn aus der Ferne zu verklagen.

»Ich muss die Verantwortung übernehmen«, sagte er zu Pia.

»Ach? Verantwortung? Auf meine Kosten?«, entgegnete sie. Da war es heraus, zum ersten Mal. Jason fuhr zusammen. Dann legte er den Kopf zur Seite und lächelte sie spitzbübisch an. Mein Gott, kann er vielleicht auch noch was anderes?, fuhr es Pia durch den Kopf. Der Gedanke verging so schnell wie er gekommen war, als Jason sie umfing mit Armen, die sich erstaunlich stark anfühlten, und sie seine Wärme spürte. Wie merkwürdig, dachte sie. Noch weniger Sicherheit konnte niemand geben, und doch fühlte sie sich an seiner schmalen Brust so geborgen wie sonst nirgends im Leben.

Ihre Eltern fanden, als sie sie um Rat bat, dass sie entscheiden müsse, ob sie ihr Geld für Jasons Sohn einsetzen wolle oder nicht. Wenn sie aber das Geld dazu gebe, dann müsse es ohne Verachtung und Vorwurf geschehen. »Wenn du Geld in die USA schickst, dann nur aus eigenem Willen, mach nicht hinterher Jason dafür verantwortlich.«

Jason war zuerst recht erfolgreich als fliegende Kleiderhändler. Er kaufte Billigimporte, meist aus Asien, und verscherbelte die Sachen auf Wochenmärkten. Dann vernachlässigte er die Geschäfte, verbrachte seine Zeit mit Schwätzchen auf den Wochenmärkten und nahm nur noch wenig ein. Ein Jahr nach Beginn seiner selbstständigen Tätigkeit wollte das Finanzamt die Umsatzsteuer von ihm haben. Jason hatte zwar gewusst, dass es da diese Steuerpflichten gab – Pia hatte ihm alles genau erklärt –, aber es hatte ihm einfach zu leid getan um das schöne Geld. Lieber hatte er bei seinen Kollegen von den Feinkostständen für Pia eingekauft. Mit Rabatt zwar, aber immer noch ziemlich teuer. Als Pia den Steuerbescheid sah, schrie sie Jason zum ersten Mal an. »Werd endlich erwachsen, verdammt!« In scharfem Ton versuchte sie ihm zu verdeutlichen, dass ihr die Freude an all den schönen Sachen im Nachhinein verdorben werde, wenn der Preis dafür sei, dass Jason Schulden mache. »Und von meinem Geld zahlen wir das hier alles und deinen Sohn dazu!« Da war es wieder, nun schon zum zweiten Mal. Jason ließ den Kopf hängen. Sofort tat er Pia leid. Und schon sah er sie von unten herauf an. Deutete ein Kinderschnütchen kurz vor dem Weinen an. Pia lachte.

Am nächsten Tag erklärte ihr Jason, dass der Kleiderhandel nicht genug abwerfe, um die Steuerschulden zu bezahlen. Er werde also ein amerikanisches Restaurant eröffnen. »Steaks und Maiskölbchen vom Grill und Jacket Potatoes mit Sour Cream, und donnerstags Barbecue, weißt du? Und eine Salatbar. Und die Deko mit Pferdehalftern und Cowboyhüten und vielleicht einer Harley.« Eine Harley, natürlich, dachte Pia. Und dann war sie wieder so ergriffen von seiner kindlichen Freude, dass sie nicht das Herz hatte, ihre Bedenken zu äußern.

»Wo soll das Geld herkommen?«, fragte sie.

»Von der Bank«, sagte Jason.

Das Lokal war wunderbar, in einer alten Fabrikhalle vor den Toren der Stadt, riesig, trendig, alles amerikanisch dekoriert bis ins Detail. Mit Harley. Und es floppte. Pia gewöhnte sich allmählich daran. Nachdem Jason mehrfach Dekoration, Speisekarte und Personal ausgewechselt hatte, musste er aufgeben. Er glaubte nun, der Standort sei leider falsch gewählt gewesen. So weit außerhalb, wer sollte da schon hinkommen?

Er würde, erklärte Jason Pia, jetzt ein Café eröffnen. »Weißt du, was Kleineres. Nicht so ambitioniert. Dafür in der Innenstadt.«

»Innenstadt heißt teure Miete«, wandte Pia ein. Doch ihre Bedenken schwanden, als Jason ihr das Konzept erläuterte: ein echtes Wiener Café, so gemütlich und plüschig, wie es sogar in Wien noch nie gesehen worden war. Mit hausgemachten Torten.

»Hausgemacht?«

»Deine Mutter.«

»Oh!«

Es funktionierte, sogar die Sache mit den hausgemachten Torten. Wenn Jason seinen Charme spielen ließ, konnte auch Pias Mutter ihm keinen Wunsch abschlagen. Jason allerdings vergaß, die Sozialabgaben für die Servicekräfte zu bezahlen. Zusammen mit den ebenfalls nicht bezahlten Sozialabgaben aus dem Restaurantbetrieb, von denen Pia bei dieser Gelegenheit erfuhr, waren die Schulden immens. Und immer noch saßen die beiden in der winzigen Studentenbude, an einen Umzug war angesichts der Kosten für den Unterhalt des amerikanischen Sohnes und der Raten für die Geschäftskredite nicht zu denken gewesen.

Doch Jason war mit seinem Latein keineswegs am Ende. Nun sollte es eine Tankstelle sein. Die Bank war vernünftiger als Pia, vor allem liebte sie Jason nicht, und so gab es keine Kredite mehr für den Kauf einer Tankstellenpacht. Jason bat also Pia darum, das benötigte Geld aufzunehmen. Sie sprang auf, die Augen loderten.

»Du traust dich … das ist …«

Jason legte den Kopf schief, sprang auf und durchmaß mit seinen raschen Schritten den Raum. Genauestens setzte er ihr auseinander, dass und warum es dieses Mal klappen musste. Er hatte sich informiert. »Man verdient da sein Geld vor allem mit Zigaretten, Zeitschriften und Süßigkeiten, und geraucht und genascht wird immer.«

Pia hörte sich das alles an, nahm mechanisch wahr, dass er einem Springböckchen glich und dass er einfach unwiderstehlich war. »Ich werde mein Geld dafür nicht hergeben«, sagte sie, selbst erstaunt über ihre Standfestigkeit.

»Du willst mich im Stich lassen?«

»Jason, ich habe immer zu dir gehalten. Aber jetzt ist Schluss, ich werde dir nicht mein Geld zum Verbrennen geben.«

»Du meinst, du traust mir nichts zu.«

»Wie denn auch?«

Jason brach in Tränen aus. Nie zuvor hatte Pia ihn weinen sehen. Es rührte sie zutiefst, aber sie blieb hart. Als Jason sich aufs Schreien verlegte, sie zum ersten Mal anbrüllte und beleidigte als dumme Kuh, die ja keine Ahnung hätte, als er sie ankeifte: »Du bist doch scheiße, scheiße bist du doch«, dachte sie nur: Ach, auch so ein Wort, das er aufgeschnappt hat. Sie verließ wortlos das Haus und klopfte wieder bei ihren Eltern an. Und obwohl Jason dort erwartungsgemäß nach ein paar Tagen auftauchte, blieb sie bei ihrer Entscheidung.

Sie verzweifelte fast an dieser Entscheidung. Sie hatte die ganze Zeit das Gefühl, einen verhängnisvollen Fehler zu begehen, wenn sie nicht zu Jason, der Liebe ihres Lebens, zurückginge. Und sie war sich sicher, dass sie untergehen würde, wenn sie sich weiterhin an Jason hängte. Und dass ihr Entschluss, sich zu trennen, ein entsetzlicher Irrtum war. Und dass die Trennung das einzig Richtige war. Und dass sie sie bereuen würde. Und dass sie sich retten musste. Und dass sie ihn so sehr wollte.

Zwei Jahre später kam Pia zu mir. Sie hatte ihren Einkommenssteuerbescheid dabei. Einige tausend Euro sollte sie nachzahlen aus der Zeit, als sie und Jason noch zusammengelebt hatten. Diese Steuerschulden rührten aus den Gewinnen aus Jasons diversen Geschäften. Viel Geld hatte er damit verdient, unterstellte das Finanzamt. Geld, das Jason zwischen den Fingern zerronnen war. Die Gewinne ließen sich nicht widerlegen, Jason hatte keine Buchführung vorzuweisen, die diesen Namen verdiente. Und gegen den Bescheid war sowieso nichts mehr zu machen. Pia hatte ihn bestandskräftig werden lassen. Ein Einspruch hätte ihr nicht viel nützen können, außer sie hätte gleichzeitig das zutreffende Einkommen angegeben und belegt. Von mir wollte sie wissen, ob Jason sich nicht an den Steuerschulden beteiligen müsse. Die Steuererstattung aus dem Jahr davor hatte er sich nämlich eingesteckt, genauer: das Geld an seinen Sohn geschickt. Geld, das zuvor in Form von Lohnsteuern von Pias Einkommen abgezogen worden war. Ob sie wenigstens das von ihm zurückverlangen könne, fragte sie mich. Ich erklärte ihr, dass komplizierte Berechnungen durchaus zutage fördern könnten, was Jason ihr schuldete. Aber dass ein Prozess darum auch viel Geld verschlingen werde.

»Aber muss er denn nicht alle Kosten zahlen, wenn wir gewinnen?«

»Doch, schon. Aber von welchem Geld? Und glauben Sie, dass wir überhaupt irgendetwas von ihm bekommen?«

Die Prozesskosten müsste Pia vorfinanzieren. Vielleicht würde sie nur all dem schlechten Geld noch gutes hinterher werfen, wandte ich ein. Pia verstummte. Ich erklärte ihr Vor- und Nachteile, Chancen und Risiken und mögliche Kosten eines Prozesses. Sie hörte mit halbem Ohr hin. Dann begann sie zu weinen. Es war ein stilles Weinen, das aus stiller Verzweiflung kam, und mir schien, dass ich sie weinen lassen musste, ohne irgendetwas zu sagen oder zu tun. Hier ging es offensichtlich nicht nur ums Geld.

»Geld, Geld, Geld! Ich will mich scheiden lassen«, sagte sie schließlich, als die Tränen versiegt waren.

»Sind Sie sicher?«

»Nein.«

Ich schwieg. Da begann sie zu erzählen. »Wir lieben uns, aber wir können nicht miteinander. Das heißt, ich kann nicht ohne ihn«, schloss sie, am Ende ihrer Tränen und Kräfte. Sie war nicht weitergekommen mit der Entwirrung ihrer Gefühle in den zwei Jahren. Sie wusste nur, dass sie seit der Trennung von Jason eigentlich ununterbrochen unglücklich gewesen war. Sie hatte fast zwanzig Kilo abgenommen in dieser Zeit. »Vielleicht war es doch falsch, ihn zu verlassen?« Sie fragte das, als erwarte sie von mir eine Antwort. Ich hatte nur eine Antwort darauf, es ist immer dieselbe: Das Unglück, das aus einer Trennung erwächst, ist kein Zeichen dafür, dass man in der aufgegebenen Beziehung doch noch glücklich geworden wäre. Und das sagte ich ihr. Es schien sie nicht zu entlasten.

Ein paar Tage später schrieb sie mir, sie habe beschlossen, Jason nicht wegen der Steuern zu verklagen. Zur Scheidung sei sie dagegen entschlossen, sie habe schon einen Termin mit meinem Sekretariat abgestimmt.

Als einige Monate später der Scheidungstermin angesetzt war, kam Pia mir noch durchscheinender vor als bei unseren bisherigen Begegnungen. Vielleicht lag es daran, dass wir in einem geräumigen Flur, der sie nicht in der Weise umschloss wie mein Arbeitszimmer, auf den Termin warteten. Vielleicht lag es daran, dass sie sich in dieser Umgebung noch angreifbarer fühlte als sonst schon. Obwohl niemand sie angriff. Auch Jason nicht. Ich sah ihn zum ersten Mal, und auch ich fand seine zarte Erscheinung ergreifend schön. Freundlich trat er auf uns zu. Er wirkte gut gelaunt. Einen Anwalt hatte er nicht genommen. »Wozu? Kostet nur Geld«, meinte er. Pia würde also auch die Scheidungskosten bis auf einen Teil der Gerichtskosten allein aufbringen. Und dann, als wir bei der Familienrichterin saßen, wurde ihm auch noch sein geringer Beitrag erlassen. Die Familienrichterin hatte ihm nahegelegt, Kostenbefreiung zu beantragen, was er auch tat.

»Irgendwie kommt er immer kostenlos durch, nie zahlt er den Preis«, sagte Pia nach der Verhandlung zu mir.

»Er hat wohl das Talent dazu.«

Dann begann sie wieder zu weinen. So heftig, dass sie sich an mich lehnen musste.

»Solche Leute gibt es nun mal, auch wenn einem das sehr ungerecht vorkommt«, murmelte ich. Ein schwacher Trost, das wusste ich wohl, eigentlich überhaupt keiner.

»Ach«, schluchzte Pia. »Ach, deshalb weine ich ja gar nicht. Ich kann es nur einfach nicht glauben, dass wir es nicht geschafft haben. Wir haben uns so geliebt, und dann haben wir es doch nicht geschafft.«

Die Geschichte von Pia und Jason ließ mich lange Zeit nicht los. Selten war mir ein Paar begegnet, bei dem das Talent zur Leichtlebigkeit und der Hang zur Lebensschwere so ungleich verteilt, ja aufgespalten, war. Wie war es möglich, fragte ich mich, dass Pia, die Vernunftbegabte, ihr Herz so sehr an einen Hasardeur hängte und nicht von ihm loskam?

Als mir nach etlichen Tagen Pias trauriges Gesicht noch immer nachging, fragte ich meinen Mann. »Eine gestandene Frau verliebt sich in einen ungeeigneten Mann, mit dem sie unglücklich werden muss, und trennt sich von ihm. Müsste sie das nicht irgendwann erleichtern? Wie kann sie so unglücklich sein über die Scheidung, auch nach Jahren noch? Wie kann es sein, dass sie nicht von ihm lassen kann?«

»Vielleicht kann sie nicht vom Unglück lassen«, meinte er.

Ja. Vielleicht.

Geordnete Verhältnisse

Er hatte immer versucht, es seinem Vater gleichzutun. Und sich dabei nie angenommen gefühlt. Nie bestätigt, nie ermutigt. Fremd. Etwas war nicht richtig. Seinem Vater zuliebe hatte er das Fußballspielen angefangen. Immer wieder hatte sein Vater, Sport- und Chemielehrer an seiner Schule, ihn zum Kicken herausgefordert, im Garten, auf dem Bolzplatz. Und dann hatte Ulf sich jedes Mal des Eindrucks nicht erwehren können, dass der Vater sich nur vor ihm produzieren wollte. Zeigen, was er drauf hatte. Im Gegensatz zu ihm, dem Sohn. Der Vater und der Ball. Er, Ulf, nur Staffage. Eine Randfigur am Spielfeldrand. Schließlich war er sogar in einen Fußballverein gegangen, hatte es aber, obwohl er sportlich war, dort nie weit gebracht. Kicken eben. Bloß kicken. Mehr nicht. Typisch. Als er ankündigte, boxen zu lernen, war die Mutter eingeschritten. »Du wirst dein schönes Gesicht nicht zu Brei schlagen lassen.« Der Vater war aufgestanden und hatte das Zimmer verlassen. Manchmal dachte Ulf, dass er noch Glück hatte, dass sein Vater ihn nie vor Schulkameraden vorgeführt hatte. In der Schule hatte er immer den prachtvollen Vater markiert, den Arm-um-die-Schulter-Typ. »Na, du? Was geht ab?« Auf diese Art begegnete er seinem Sohn in der Öffentlichkeit.

Jetzt war Ulf neunzehn Jahre alt und von zu Hause ausgezogen. Er hatte den Tag herbeigesehnt, obwohl es ihm um seine Mutter leid tat. Er hing sehr an ihr. Sie hatte ihm Geborgenheit gegeben, sich für ihn interessiert, schon ganz früher für sein kindlich aufgeregtes Geplapper über die alltäglichen Begebenheiten im Kindergarten und später in der Schule. Sie hatte ihn in den Schlaf gesungen, ihm vorgelesen, ihn getröstet. Getröstet hatte sie ihn auch in seinem ersten Liebeskummer. Hätte das nicht sein Vater machen sollen? Stattdessen hatte er regelrecht sehen können, wie sich das Wort »typisch«, wie in Stein gemeißelt, auf der Stirn seines stummen Vaters abbildete. Wieder einmal. Typisch, dass du keine Frau halten kannst. Typisch, dass du versagst. Klar, dass sie dich nicht will. Wer will dich denn schon?

Seine Mutter hatte ihm sogar beigebracht, wie man sich rasiert. Das war ihm unangenehm gewesen. Er hatte seinen Mut zusammengenommen und seinen Vater gefragt, warum der sich nicht darum kümmere. Wie das mit dem Rasieren sei. Und mit den Mädchen. Der Vater hatte nur irritiert von seiner Zeitung hochgeguckt, die Augenbrauen hochgezogen und gesagt: »Du gehst besser wieder zu deiner Mutter in die Küche. Da kannst du dich hinhocken und schwätzen. Ich habe Wichtigeres zu tun.«

Ulf verstand nicht, womit er sich diesen Unmut zugezogen hatte. Er hatte doch nur etwas über das Leben wissen wollen. Etwas über sich. Von seinem Vater.

Es war ein eigenartiges Gewächs, das er da großgezogen hatte, fand Randolf. Wo der das nur her hatte, dieses – Weibische! Dauernd steckten der und seine Mutter die Köpfe zusammen, ihr endloses Palaver wollte kein Ende nehmen. Mutter und Sohn. Er, Randolf, kam sich dann immer vor wie ausgeschlossen. Klavier und Geige, Ulfs gesamte Kindheit über hatte er das Geklimper und Gefiedel ertragen. Und Gedichte! Sein Sohn las sie und schrieb sogar welche. Er hatte nachgeschaut, was Ulf hastig in die Schreibtischschublade geschoben hatte, als er neulich in dessen Zimmer gekommen war. Und hatte die Gedichte gefunden. Verquaste Gefühlsduseleien. Und nun auch noch dieses Gitarrengejaule, das sein Sohn sich seit Neustem in den Kopf gesetzt hatte und mit dem er die ganze Familie terrorisierte. Hätte es nicht wenigstens Schlagzeug sein können? Das hatte er, Randolf, nämlich gespielt in seiner Studentenzeit. Er hätte seinem Sohn manchen Kniff beibringen können. Aber der – Gedichte, Geschwätz, Gejaule.

Als Ulf sich angekündigt hatte, sein ältestes Kind, hätte er niemals für möglich gehalten, wie fremd ihm sein Sohn einmal sein würde. Wie hatte er sich gefreut. Der Erstgeborene! Sein Sohn! Sie würden ihre Gemeinsamkeiten zelebrieren und über ihre Verschiedenheit lachen. Sie würden Sport miteinander betreiben und Abenteuer bestehen. Hochseeangeln vor Norwegen vielleicht. Mit dem Kanu durch die kanadische Seenlandschaft paddeln. Wild zelten. Er würde seinem Sohn erklären, wie man Fische fängt. Wie man sie ausnimmt und über offenem Feuer gart. Wie man die Vorräte zum Schutz vor Schwarzbären in die Bäume hängt. Wie man Frauen herumkriegt und wie man sie behandelt, wenn man sie herumgekriegt hat.

Und dann wuchs Ulf zu einem weichen, gemütvollen Jungen heran, mit einem melancholischen Gesicht und großen, immer ein wenig erstaunt wirkenden Augen. Kein junger Wolf. Ein Katerchen. Und immer der Mutter zugewandt. Ihm gegenüber dagegen benahm er sich widerborstig, kaum dass er ins schulfähige Alter gekommen war. Er ließ sich nicht lenken, jedenfalls nicht von seinem Vater. Und wenn der ihn zum gemeinsamen Sport antrieb, war Ulf der Widerwille deutlich anzumerken, wenn auch nur in der Körperhaltung, abgewandt und irgendwie zusammengefallen. Allerdings gab er sich große Mühe mitzuhalten, das musste Randolf zugeben. In seinem Gesicht jedoch meinte Randolf so etwas wie Furcht zu entdecken. Dafür verachtete er ihn umso mehr.

Und in irgendeiner Ecke seiner Seele teilte er die Furcht. Etwas an seinem Sohn beunruhigte ihn. Er wusste nicht, was.

Mit dem zweitgeborenen Kind, seiner Tochter Wibeke, verstand er sich gut. Sie war sportlich, drahtig wie er selbst, herb, fast herrisch im Auftreten und immer zu einem Schabernack aufgelegt. Unkompliziert. Nicht so ein verhuschtes Wesen wie der Sohn. Reiten, Judo – ganz seine Tochter. Aber eben nur eine Tochter. Er packte seine Träume vom Hochseeangeln und von Kanutouren ein und blieb zu Hause hinter der Zeitung.

Uta erlebte ihr gutes Verhältnis zu Ulf mit großer Freude und sah Randolfs schlechtes Verhältnis zu ihm mit Sorge und Kummer. Wie Randolf hatte sie davon geträumt, dass der den Sohn an die Hand nehmen und ihn aufs Leben vorbereiten würde. Wenn nötig, auch mit Angeln und Paddeln in fernen Ländern. Sie war ihrerseits in der Lage, ihre beiden Kinder so zu lassen, wie sie nun einmal waren, sie wusste die harsche Art von Wibeke wie die seelenvolle von Ulf zu schätzen und zu lieben. Es schmerzte sie, mit anzusehen, wie Ulf Tag für Tag von Randolf zurückgewiesen wurde und wie er sich verbog, um seinem Vater zu gefallen. Schmerzte, als wäre sie selbst zurückgewiesen worden. Als müsste sie sich selbst verbiegen.

Und nun war er ausgezogen, ihr Sohn, um zu studieren. Theologie übrigens zu ihrer aller Verblüffung (»Sag bloß, du willst jetzt Pfaffe werden«, hatte Randolf diesen Entschluss kommentiert und hinzugefügt: »Naja, Sonntagsreden waren sowieso immer deine Stärke.«). Und obwohl Uta Ulf sehr vermisste, erleichterte die neue Situation sie auch in gewisser Weise.

Uta und Randolf waren nun zurückgeworfen in die Anfangszeit ihrer Liebe. Nur noch auf sich gestellt. Denn Wibeke ging längst ihrer eigenen Wege zwischen Reitstall, Judoverein, Schule, Freundinnen und, ja, neuerdings auch einem Freund. Sportlich zwar wie Randolf, aber eher schmächtig. Mit Brille, die er in einer nervösen Angewohnheit immer wieder mit dem linken Mittelfinger auf die Nasenwurzel zurückschob. Randolfs vage Hoffnung, im vorgerückten Alter doch noch für seinen ständig empfundenen Mangel entschädigt zu werden durch einen Ersatzsohn, mit dem er Pferde stehlen könnte, erlosch gleich während der ersten Begegnung, und so verschwand er wieder hinter seiner Zeitung, verbittert, weil nun auch die Tochter sich mehr und mehr aus seinem Leben zurückzog.

Uta nahm ihre Tätigkeit als Lehrerin für Deutsch und Musik wieder auf. Die Eheleute fanden wenig Gemeinsamkeiten. Immerhin fuhren sie, so oft es ging, zusammen weg, häufig auf Bildungsreisen. Das belebte sie und gab ihnen für eine kleine Weile neuen Gesprächsstoff.

Und dann fand Wibeke den Brief.

Es hätte läppischer kaum sein können. Randolf und Uta hatten einen Unfall gehabt und mussten für eine Nacht zur Beobachtung ins Krankenhaus. Nichts wirklich Ernstes, aber es wurden Papiere für die Formalitäten und Utensilien für den Aufenthalt benötigt. Uta hatte Wibeke am Telefon genaue Anweisungen gegeben, wo was zu suchen sei. Und während Wibeke im Schreibtisch ihres Vaters nach der Versichertenkarte kramte, fiel ihr Blick auf einen grauviolettes Kuvert mit einer weiblich wirkenden Handschrift. »Für Randolf, meinen starken Lokomotivführer«, Absender: »Deine wilde Tigerkatze«. Wibeke mit ihren siebzehn Jahren kam nicht auf die Idee, die Privatsphäre ihres Vaters zu respektieren, wie sie es im umgekehrten Falle für sich als selbstverständlich reklamiert hätte. Sie zog den Brief aus dem Umschlag und las ihn. Er war ein halbes Jahr alt. Darin war von wilden Stunden die Rede und davon, dass die Tigerkatze sich unter den Bemühungen des starken Lokomotivführers regelrecht wie von einem Zug überrollt gefühlt habe. Und dass sie hoffe, dass seine Frau die langen Kratzer am Rücken, ihm von Tigerkatzenkrallen zugefügt, nicht bemerkt habe. Wibeke wurde ganz übel, während sie las. Dass ihr Vater, ihr eigener Vater mit einer fremden Frau … Lokomotivführer – Tigerkatze – überrollt – gekratzt …, das war einfach nur abgeschmackt und seiner nicht würdig. Er war immerhin schon Ende vierzig. Mit der ganzen Anmaßung ihrer jungen Jahre, zerfressen von Eifersucht und durchdrungen von gerechter Empörung, beschloss sie, den Brief ihrer Mutter auszuhändigen.

Drei Monate später kam Ulf zu mir. Ein hübscher junger Mann, schmal, feminin wirkend, von anmutiger Gestalt. Große, empfindsame Augen in einem ebenmäßigen, intelligent wirkenden Gesicht. Als ich nach seinem Anliegen fragte, presste er die Lippen aufeinander und quetschte die Worte durch die Zähne, als würde er sie lieber für sich behalten.

»Sie sollen mir helfen herauszufinden, wer mein Vater ist.«

Uta und Randolf hatten sich in die hässlichsten Auseinandersetzungen verstrickt, nachdem einmal herausgekommen war, dass Randolf Uta betrogen hatte. Mit einer Referendarin seiner Schule, den Brief hatte sie in sein Fach gelegt, und kein Mensch konnte sich erklären, warum er so dumm gewesen war, ihn nach Hause mitzunehmen und in seinem Schreibtisch aufzubewahren. Am wenigsten er selbst. Ulf hatte nach allem, was dann gekommen war, manchmal gedacht, es sei einfach an der Zeit gewesen, die Bombe platzen zu lassen, irgendeine, egal welche, Hauptsache mächtig genug, die Starre dieser Ehe zu sprengen. Im Ehekrieg der Eltern war nun nichts mehr von Starre, den führten sie mit aller Energie. Jedenfalls hatte Randolf, nachdem Uta ihm den Ehering vor die Füße geworfen hatte, angekündigt, Ulf zu informieren.

»Dann werden wir ja sehen, ob mein Sohn immer noch dein Schoßhündchen spielt und sich so unversöhnlich zeigt wie du, oder ob er aus seinem Theologiestudium wenigstens einen Begriff von Erbarmen und Verzeihung mitgenommen hat.«

»Ach? Jetzt plötzlich willst du dir das verhasste Theologiestudium von Ulf zunutze machen? Nicht mal seinen Blick auf dich kannst du ihm selbst überlassen?«

»Du bist dermaßen hart in deiner Selbstgerechtigkeit. Ich habe dich doch um Verzeihung gebeten. Was soll ich denn noch tun?«

»Außerdem ist er nicht dein Sohn.«

Zwischen den Eltern, so erzählte mir Ulf, war wilder Hass ausgebrochen nach diesen Eröffnungen, und sie hatten sich, flankiert von ihren Anwälten, wechselseitig mit den absurdesten juristischen Forderungen überzogen. Uta hatte sich nicht einmal gescheut, Randolf wegen seines Verhältnisses zu einer Referendarin zu erpressen, um ihren Forderungen Nachdruck zu verleihen. Den Brief hatte sie nämlich behalten. Randolf hatte mittlerweile mit Erfolg seine Vaterschaft angefochten.

Das alles schien Ulf jedoch wenig zu bewegen.

»Sie weigert sich, mir zu sagen, wer mein Vater ist. Sie sagt, es würde sich nicht lohnen. Wär ein Arschloch.«

»Sie wollen also wissen, wer er ist«, sagte ich. »Vermutlich wollen Sie ihn kennenlernen?«

Ich wartete, bis er nickte.

»Was, wenn Ihre Mutter recht hat?«

Ulf fuhr hoch.

»Glauben Sie, diese Aussicht könnte mich hindern? Dann ist er eben ein Arschloch. War mein – äh …«

»Scheinvater?«

»Ja genau. War der auch. Du liebe Güte, all die Jahre habe ich dem nichts recht machen können, und immer wollte ich ihn zufriedenstellen. Was für eine verschwendete Zeit. Jedenfalls will ich Gewissheit, egal, wer mein wirklicher Vater ist und wie er ist.«

»Ich kann mir nicht vorstellen, dass Ihre Zeit verschwendet war«, sagte ich.

Dann diktierte ich einen Brief an Uta, in dem ich sie freundlich aufforderte, den Namen von Ulfs leiblichem Vater zu nennen. Sie reagierte nicht. Wir mussten also vor Gericht. Es war ein einfaches Verfahren mit einem sicheren Ausgang. Uta wurde unter Androhung von Zwangsmitteln verpflichtet, Ulf zu sagen, wer ihn gezeugt hatte. Mit der in solchen Fällen üblichen Ausrede »One-Night-Stand« war sie nicht weitergekommen, denn sie hatte ja Ulf gegenüber schon zugegeben, seinen

Vater näher zu kennen und für unwürdig befunden zu haben.

Die Festsetzung des ersten Zwangmittels, eines Zwangsgeldes von immerhin 500 Euro, ersatzweise zehn Tage Zwangshaft, half. Ulf bekam den Namen. Sogar die letzte Adresse, die seine Mutter hatte. Genauer gesagt: Es waren drei Adressen und drei Namen. Alle drei kannte er.

Der eine war ein prominenter Liedermacher und Sänger. Der zweite der Mann ihrer Schwester. Der dritte Randolfs Bruder Paul.

»Ich war sehr jung«, hatte sie dazu geschrieben. »Alle diese Männer haben meine Unerfahrenheit ausgenutzt.«

»Wieso Unerfahrenheit?«, fragte Ulf, als er erneut zu mir kam. »Sie war immerhin auch schon um die zwanzig und obendrein verheiratet. Was soll das?« Er sah niedergeschlagen und ein wenig bitter aus.

»Ich glaube, der Sänger ist mein Vater. Meine Mutter hält das auch für am wahrscheinlichsten, hat sie geschrieben. Sehen Sie, hier …« Er schob mir eine Konzertankündigung über den Schreibtisch. Tatsächlich sahen die beiden Männer, Ulf und der Sänger, sich recht ähnlich.

»Wie hat Ihre Mutter den denn kennengelernt?«, wollte ich wissen.

»Ja, was weiß denn ich, glauben Sie, die redet noch mit mir, nachdem ich sie vor Gericht gezerrt habe? In dieser Familie spricht niemand mehr mit niemandem. Mein … der Mann meiner Mutter ist wie immer nur mit sich selbst beschäftigt und will sowieso nichts mehr von mir wissen. Ich bin für ihn bloß noch das Kuckucksei, obwohl wir ja immerhin neunzehn Jahre lang das Leben miteinander geteilt haben. Er und meine Mutter fetzen sich, dass die Wände wackeln. Meine beiden Onkel finden, dass ich daran schuld bin, dass ihre Ehen jetzt auch gescheitert sind, weil ich dafür gesorgt habe, dass ihr Betrug von vor zwanzig Jahren herausgekommen ist. Meine Tanten reden nicht mehr mit meiner Mutter, also ihre Schwester nicht und ihre Schwippschwägerin auch nicht. Die ganze Familie ist gesprengt. Eigentlich habe ich nur noch Wibeke.«

Plötzlich begann er leise zu weinen, fasste sich aber schnell.

»Was machen wir denn nun?«, wollte er wissen.

»Wir sollten mit dem Sänger anfangen. Ich vermute allerdings, er bekommt reichlich Post mit kruden Behauptungen und wird nicht reagieren, wenn wir ihn bitten, einem Vaterschaftstest zuzustimmen. Am besten gehen wir gleich vor Gericht, um seine Vaterschaft überprüfen zu lassen.«

Da Randolf bereits gerichtlich hatte feststellen lassen, dass Ulf nicht sein Sohn war, ging das ohne Weiteres. Der Sänger – nennen wir ihn Hanno Meister – bestritt vor Gericht, jemals etwas mit Ulfs Mutter zu tun gehabt zu haben. Er kenne keine Uta, habe nie eine gekannt. Nachdem das gerichtsmedizinische Gutachten ergeben hatte, dass er der Vater war, stellte er sein Vorbringen geringfügig um und behauptete fortan, sich nicht an eine solche Frau zu erinnern. Damals habe er noch Musikwissenschaften studiert. Da sei es munter zugegangen, mal diese, mal jene …

»Meine Mutter hat dasselbe studiert«, sagte Ulf. »Sie werden sich aus dem Studium gekannt haben. Jedenfalls versuche ich jetzt, Kontakt zu ihm zu bekommen.«

Hanno Meister ließ sich lange bitten, mehrere Monate lang reagierte er nicht auf die Briefe und E-Mails, die

Ulf teils direkt an ihn, teils an sein Management schickte. Dann plötzlich hatte er einen Termin für Ulf, er sei in der Stadt, es müsse schnell gehen. Hotel A., sieben Uhr, heute Abend.

Kaum hatte Ulf die Hotel-Lobby betreten, da stürzten sich aus jeder Ecke Journalisten auf ihn und feuerten ein Blitzlichtgewitter ab. Verwirrt und geblendet sah er sich um, suchte seinen Vater. Dort! Da war er! Bahnte sich einen Weg durch die Meute, kam mit ausgebreiteten Armen auf Ulf zu, umfing ihn und schluchzte an seiner Schulter: »Mein Sohn! Endlich! Zwanzig Jahre lang hat sie dich mir vorenthalten! So viele verlorene Jahre! Warum nur?«

Schließlich, nachdem alle Journalisten ausreichend Zeit für Fotos gehabt hatten, ließ er Ulf los, trat einen Schritt zurück und musterte ihn.

»Diese Ähnlichkeit! Was für ein hübscher Bursche!«

Dann legte er ihm den Arm um die Schulter, führte ihn durch die Menschenmenge – erneutes Blitzlichtgewitter – in ein abgeschieden gelegenes Zimmer im Hintergrund der Lobby (das ihm offenbar für Besprechungen, Interviews und dergleichen zur Verfügung gestellt worden war) und überließ es seinem Manager, die Journalisten mit allen Anzeichen des Bedauerns – »Eine Begegnung nach so vielen Jahren, da will man sich etwas zurückziehen, Sie verstehen das sicher.« – fortzuschicken. Hanno, urplötzlich wieder sehr gefasst, musterte Ulf nachdenklich und wies auf einen Sessel.

»So, das hätten wir schon mal«, sagte er und grinste unvermittelt.

Der Manager trat ein.

»Puh, was für ein Gesocks!«

»Unentbehrliches Gesocks, vergiss das nicht.«

»Sicher, sicher. Doch nun zu Ihnen.« Er wandte sich an Ulf.

»Darf ich bekannt machen …« Er wies auf eine Gestalt im Hintergrund, die Ulf bislang noch gar nicht bemerkt hatte und die sich jetzt aus ihrem Sessel erhob und auf ihn zukam. Ein Mann von solchem Mittelmaß, dass Ulf nicht weiter verwundert war, dass er ihn vorher nicht wahrgenommen hatte. Mittlere Größe und Statur, dackelgraue, stumpfe Haare, grauer Anzug. Ein glattes Gesicht mit wässrigen Augen, das man sofort vergaß, fast schon während man es betrachtete. Aber gute Augen, dachte Ulf.

»Unser Hausjurist, wenn wir hier in der Stadt sind«, erklärte der Manager. »Dr. Ströhlein, seines Zeichens Notar.«

Dr. Ströhlein deutete eine knappe Verbeugung an, als er Ulf die Hand reichte. Dann sank er in seinen Sessel zurück und war sofort wieder unsichtbar.

»Was …?«, fragte Ulf und wandte sich an seinen Vater. »Ich dachte, wir …«

»Ich weiß, dass du mich kennenlernen willst. Aber solange wir ein paar Formalitäten noch nicht geklärt haben, muss ich darauf bestehen, dass mein Manager und mein juristischer Berater zugegen sind.«

Zugegen, aha, dachte Ulf und fragte: »Formalitäten?«

»Herr Meister«, ließ sich nun der Manager vernehmen, »ist verheiratet und hat Kinder. Er wünscht seine Frau und die Kinder abzusichern, zum Beispiel im Erbfall. Wir wissen ja nicht, welche Begehrlichkeiten Sie dann entwickeln könnten.«

»Begehrlichkeiten?« Ulfs Stimme hörte sich schrill an. Dass ihm seine wachsende Verzweiflung darüber, wie sich das hier entwickelte, so deutlich anzuhören war, ließ ihn nur umso mehr verzweifeln.

»Sicher sind Sie heute davon überzeugt«, fuhr der Manager fort, »dass Sie sich nur an den Menschen Hanno Meister wenden. Aber wer weiß, welche Forderungen Ihnen eines Tages einfallen. Und selbst wenn nicht Ihnen: Können wir vorhersehen, wessen Einflüsterungen Sie in naher oder ferner Zukunft folgen?«

»Was? Einflüsterungen? Ich will einfach nur meinen Vater kennenlernen. Was soll das hier alles?«

»Und deshalb«, fuhr der Manager fort, als sei er nur kurz durch das Bellen eines Hundes irritiert worden, »deshalb haben wir einen Notarvertrag vorbereiten lassen, der Ihnen auf einen Schlag einen, sagen wir, bescheidenen Wohlstand verschafft, wenn Sie auf Ihre Erb- und Pflichtteilsrechte verzichten. Gegen eine nicht gerade geringe, aber auch nicht überzogene Abfindung.«

Ulf spürte deutlich die Tränen hochsteigen. Er atmete tief ein. Dann senkte er, so gut er konnte, die Stimme ab und sagte: »Ich danke Ihnen allen sehr, meine Herren, dass ich heute meinen Vater kennenlernen durfte.«

Dem Notar gab er die Hand, und ihm schien es, als ob der fein lächelte und – ja, wahrhaftig! – ihm sogar, kaum wahrnehmbar, zuzwinkerte.

Dann verließ er das Hotel. Von den Journalisten war nichts mehr zu sehen. Sie hatten ihr Futter bekommen, reichlich davon, und ihm graute schon jetzt vor dem nächsten Morgen, an dem sein Bild und, schlimmer, das seines tränenüberströmten Vaters, der seinen neuen, wiedergefundenen Sohn herzte, ihm unausweichlich von jedem Kiosk entgegenblicken würde.

Selbst schuld!, dachte er. Was für eine naive Vorstellung zu glauben, ich bräuchte nur nach meinem wahren

Vater zu suchen, und dann würde mir automatisch gefallen, was ich finde.

Randolf stand neuerdings schon um fünf Uhr auf. Er schlief nicht mehr viel seit der Trennung von Uta. Als er beim Brötchenholen das Gesicht von Ulf auf allen Titelblättern sah, hatte er für einen Moment das Gefühl, als habe der Boden unter ihm sich kurz heftig angehoben und dann wieder gesetzt. Er kaufte alle Zeitungen, derer er habhaft werden konnte, und studierte sie zu Hause ganz genau. Die beiden Gesichter, durchaus ähnlich. Das Gesicht des Sängers freilich ein Showgesicht ohne Tiefe, dem Randolf das Gefühl, das sich in den Untertiteln ausdrückte, nicht abnehmen konnte. Eine gute Show, immerhin, dachte er, leider auf Kosten von Ulf.

Ulfs Gesicht, das ihm so vertraute. Das Gesicht, in das er neunzehn Jahre lang Tag für Tag geschaut hatte. Auf diesen Zeitungsbildern verwirrt, verstört, scheu. Und voller Hoffnung auf irgendetwas. Randolf ahnte, auf was.

Er rief die Schule an und meldete sich krank. Dann ging er ins Bett zurück. Weinte ein bisschen, schlief ein und weinte nach dem Aufwachen wieder ein bisschen. Und als er damit fertig war, rief er Ulf an.

»Ich dachte, du könntest vielleicht etwas Unterstützung brauchen«, sagte er in dessen Schweigen hinein.

»Fast wäre ich nicht drangegangen«, erwiderte Ulf. »Du glaubst nicht, was hier los ist. Alle paar Minuten schellt es an der Tür, oder das Telefon klingelt. Journalisten. Ab und zu der Manager meines – naja.«

»Stell die Klingel und das Telefon ab. Du kannst später die Nummern wechseln. Ich bin in zehn Minuten da. Ich hol dich da raus.«

Und das tat er. Er war so schlau, den Wagen ein paar Straßen entfernt zu parken und sich durch Hinterhöfe zu Ulfs Haus durchzuschlagen. Auf demselben Weg lotste er ihn hinaus. Noch im Auto sagte er: »Es tut mir leid, dass ich nicht eher für dich da war.«

»Wann meinst du?«, fragte Ulf.

»Na, in den letzten Monaten, als du damit fertig werden musstest, dass du überhaupt nicht weißt, wer dein Vater ist. Diese Gerichtsverfahren und dann das gestern.«

»Hab nicht bemerkt, dass du nicht da warst. War schließlich immer so.«

»Weiß ich. Das tut mir am allermeisten leid.«

»Hm ... hast du eigentlich dein altes Schlagzeug noch?«

Sie mussten nicht mehr sagen. Oder wollten es nicht. Keiner von beiden hatte das Bedürfnis, irgendetwas gemeinsam mit dem anderen oder gegen ihn aufzuarbeiten. Keine Abrechnungen, keine Erklärungen. Sie wussten, sie hatten jetzt für die Vergangenheit dieselbe Deutung. Sie würden sehen, was die Zukunft brachte.

Ulf wandte sich noch einmal an mich, um zu fragen, ob er irgendwelche finanziellen Ansprüche an Hanno Meister stellen könne. Das konnte er nicht bis auf den laufenden Unterhalt während des Studiums, aber ich riet ihm, darüber nachzudenken, ob eine Abfindung seines Pflichtteils zum jetzigen Zeitpunkt – natürlich nicht irgendeine willkürlich und einseitig festgesetzte, sondern eine solche auf der Grundlage einer seriösen Vermögensermittlung – nicht sinnvoller sein könnte als eine komplizierte Erbauseinandersetzung in einer vermutlich fernen Zukunft, eine Rechnung mit lauter Unbekannten. Dann wies ich ihn noch darauf hin, dass auch Randolf möglicherweise Ansprüche gegen Hanno Meister habe, immerhin hatte er Ulf großgezogen und seinen gesamten Lebensunterhalt bis hierher bezahlt. Er werde das Randolf ausrichten und über meine Ratschläge nachdenken, sagte Ulf und stand auf.

»Vermutlich ist es aber doch noch zu früh, ich glaube einfach nicht, dass ich nach allem, was in letzter Zeit war, so eine Auseinandersetzung jetzt schon durchstehen würde. Wird sowieso eine Weile dauern, bis ich mich melde«, sagte er zum Abschied. »Ich fahre für sechs Wochen mit meinem Vater nach Kanada auf Paddeltour.«

»Mit Ihrem …?«

»Dem Exmann meiner Mutter. Hat bei mir vorgefühlt, ob ich mir so etwas mit ihm vorstellen kann. Zelten im Wald und so. Nur wir beide, ganz auf uns gestellt. Ein Experiment. Keine Ahnung, ob das klappt. Wünschen Sie uns Glück!«

Das tat ich, von ganzem Herzen.

Die Zukunft meiner Kinder

Ergün war ein ausgesprochen zielstrebiger Mann. Wenn nötig, konnte er warten. Wie eine Katze. Geduldig. Bis seine Zeit gekommen war. Er hatte gelernt, strategisch zu denken und taktisch zu handeln. In der Türkei war er Polizist gewesen, noch in der Zeit, als man Oppositionelle gern mal in Gefängnissen und Folterkellern verschwinden ließ und kein Hahn außer ihren Angehörigen und Freunden danach krähte, ob sie daraus jemals wieder auftauchten und in welchem Zustand. Man musste auf der Hut sein, auch als Polizist. Dann stand einem Mann wie ihm alles offen. Man konnte seinen Spaß haben, in vielerlei Hinsicht, und sein schmales Gehalt aufbessern durch kleine Geldgeschenke.

Ergün lebte seit fast zehn Jahren hier und sprach kein Wort Deutsch. Solange ich mit ihm zu tun hatte, und das waren ungefähr zwei Jahre, änderte sich das nicht. Er war mit dem Plan gekommen, ein paar Jahre hier zu arbeiten und dann wieder zurückzukehren. Er wollte Geld zusammensparen, so viel, dass es in der Türkei ein kleines Vermögen ausmachen würde. Er wollte dort ein Haus oder wenigstens ein Ferienhaus kaufen und später aus Deutschland eine Rente beziehen, die ihm in seinem Heimatland ein üppiges Leben ermöglichen würde. Um nach Deutschland kommen zu können, heiratete er Sevgi, eine entfernte Verwandte, die hier aufgewachsen und deutsche Staatsbürgerin geworden war. Sie lebte bei ihren Eltern. Ergün und Sevgi kannten sich kaum. Aber sie stammten aus derselben hoch angesehenen Familie, wenn auch aus verschiedenen Zweigen. Ihre Eltern billigten die Heirat, es würde schon gutgehen.

Sie lebten fast zehn Jahre zusammen, bekamen zwei Kinder, Fikret und Fikriye, und es ging nicht gut. Ergün wollte eine gehorsame Frau. Sevgi war keine gehorsame Frau. Sie stritten oft.

Ihm gefiel nicht, dass sie in Teilzeit arbeitete, er meinte, er verdiene genug für beide. Er arbeitete wirklich hart in Wechselschicht, machte dazu noch Überstunden, meldete sich in seinem Chemiewerk für Wochenend- und Feiertagsarbeit und brachte gutes Geld nach Hause, das er allerdings zum großen Teil auf die hohe Kante legte für das spätere Leben in der Türkei, im Wohlstand, geachtet von allen.

Ihm gefiel auch nicht, dass Sevgi den Kontakt zu ihren Freundinnen hielt, darunter auch deutsche Frauen. Er war eifersüchtig auf ihre Fähigkeit, sich sicher und sprachgewandt in Deutschland zu bewegen. Dass sie gelegentlich für ihn dolmetschte, verdross ihn besonders, demütigte ihn geradezu. Sie ließ ihm wenig Hoffnung, dass sie sich ihm doch noch ganz unterwerfen würde.

»Und dann wollte er plötzlich, dass ich ein Kopftuch trage, wenn ich rausgehe.« Sevgi wirkte auf mich nicht im Geringsten wie eine Frau, die sich Vorschriften machen lässt. Die ihre Freundinnen aufgibt, weil ihr Mann das so will, oder ihn um Erlaubnis bittet, wenn sie ihre Eltern besuchen möchte. Sie hatte die Streitigkeiten um diese, wie sie fand, inakzeptablen Forderungen irgendwann gründlich satt, hatte ihre Kinder genommen und war ausgezogen. Ohne Kopftuch.

Und das führte sie zu mir, denn Ergün hatte für den Fall der Trennung angedroht, ihr die Kinder wegzunehmen, ganz weg, für immer. Zunächst einmal wollte er jedoch nur ein Besuchsrecht. Sevgi schob mir den Antrag, den das Gericht ihr geschickt hatte, über den Schreibtisch. Ein sachlicher, maßvoller Antrag, gegen den auf den ersten Blick wenig einzuwenden war. Wäre da nicht ihre Sorge gewesen, dass Ergün sich rächte und die Kinder entführte. Fikret war acht, Fikriye fünf Jahre alt, beide standen in seinem Pass. »Er ist tödlich beleidigt, dass ich ihn verlassen habe. Das lässt er nie im Leben auf sich sitzen.« In seinen Augen führte sie ein »Lotterleben« und er fürchtete, dass seine Tochter ihr darin folgen würde. Dass der Sohn zu ihm gehörte, fand er sowieso selbstverständlich.

Ich tat, was ich konnte, um Sevgis Sorgen abzumildern. Hoffnung darauf, dass ernstlich ein Kontakt zwischen den Kindern und dem Vater zu verhindern war, konnte ich ihr nicht machen. Die Kinder hingen ja auch am Vater.

Wir beantragten, Sevgi das Aufenthaltsbestimmungsrecht zu übertragen. Dann hätte Ergün kein Recht mehr gehabt, an der Mutter vorbei den Aufenthaltsort der Kinder festzulegen. Eine stumpfe Waffe, aber immerhin: Ein Verstoß wäre Kindesentziehung, also strafbar. Wir baten das Gericht außerdem, ein Ausreiseverbot für die Kinder zu erlassen und das den zuständigen Behörden im Schengener Raum mitzuteilen, um zu verhindern, dass Ergün die Kinder aus der Europäischen Union ausfliegen ließ. Was das Umgangsrecht, also die Vater-Kind-Kontakte betraf, baten wir um Aussetzung, mindestens aber um eine Reihe von Sicherheitsmaßnahmen.

Der Ergün, der mit seinem Anwalt zur Verhandlung erschien, war ein freundlicher Mann, sehr respektvoll der Richterin gegenüber, auch allen anderen Beteiligten, einschließlich Sevgi. Nie habe er die Absicht gehabt, ließ er über den Dolmetscher mitteilen, Sevgi die Kinder wegzunehmen. Ja, es stimme, er habe das mal im Zorn gesagt. Aber nicht ernst gemeint, natürlich nicht. Wie denn auch? Wo solle er denn hin mit den Kindern? Er lebe doch in Deutschland, wo er auch die Zukunft seiner Kinder sehe. Mir wurde zunehmend unbehaglich angesichts dieser Selbstdarstellung. So ein braver Mann! So geläutert! Ich teilte offenbar diese Empfindungen mit Sevgi, die mich anstieß und sagte: »Der verstellt sich. Das kann er gut, glauben Sie mir.«

»Sie haben nur ein einziges Mal damit gedroht, meiner Mandantin die Kinder wegzunehmen?« Ergün ließ sich die Frage vom Dolmetscher wiederholen, er verstehe nicht. Ein beliebtes Spiel: Eine Frage nicht zu verstehen, sie wiederholen zu lassen, verschafft erst einmal Zeitgewinn. Ich hatte einen ersten Anhaltspunkt, dass Ergün ein falsches Spiel spielte. »Also: einmal oder mehrmals?«

»Einmal, im Streit, und das war nicht ernst gemeint, ich würde nie …«

»Ja, das haben wir alle vorhin schon von Ihnen gehört. Können Sie denn verstehen, dass Ihre Frau sich Sorgen macht, nachdem Sie ihr – einmal – angedroht haben, die Kinder zu entführen?«

»Wie bitte?«

»Sie verstehen mich sehr gut. Die Frage ist, ob Sie nachvollziehen können, dass Ihre Frau Angst um die Kinder hat.«

»Nein, kann ich nicht. Ich tu doch nichts. Ich will nur meine Kinder sehen.«

»Wäre es nicht besser, wenn die Mutter Ihnen die Kinder freiwillig und ohne Angst mitgibt? Statt gezwungenermaßen?«

»Ich verstehe nicht.«

»Zum Donnerwetter! Ich möchte Ihre Meinung wissen, könnten Sie bitte damit aufhören, sich jede Frage zweimal übersetzen zu lassen?«

»Also, ich finde schon, sie sollte die Kontakte unterstützen.«

»Gut. Wenn sie jetzt aber dafür zu viel Angst hat, egal warum, was glauben Sie, was Sie tun können, um ihr entgegenzukommen? Damit sie keine Angst haben muss?«

»Darüber habe ich noch nicht nachgedacht.«

»Wären Sie bereit, einem betreuten Umgang, zum Beispiel beim Jugendamt oder bei Ihren Schwiegereltern, zuzustimmen?«

An dieser Stelle schaltete sich der Kollege ein und wies darauf hin, dass bis auf eine einzige zugestandene, aber nicht ernst gemeinte Entführungsandrohung weit und breit kein Anlass für einen beaufsichtigten Umgang – »denn um Aufsicht geht es hier doch wohl, Frau Kollegin, oder?« – zu erkennen sei. Womit er leider recht hatte.

»Kein Anlass also für eine Aufsicht«, knüpfte ich an. »Darf ich das so verstehen, dass Sie auch der Meinung sind, dass Fikret und Fikriye bei der Mutter bleiben sollen?«

»Natürlich sollen sie das. Zweifeln Sie an meinem Wort?«

»Sie stimmen also zu, dass Ihre Frau das Aufenthaltsbestimmungsrecht für die Kinder bekommt?«

Der Kollege fuhr dazwischen und wollte schon einwenden, er sehe auch dafür keinen Anlass. Sein Mandant aber war schneller und hatte schon zugestimmt. »Doch, doch, ich will das. Sie soll dieses Dings-Recht bekommen.« Dabei blieb er, so wurde es protokolliert, und das Gericht kündigte an, das Aufenthaltsbestimmungsrecht für beide Kinder auf Sevgi zu übertragen. Den Beschluss würden wir in den nächsten Wochen bekommen.

Zum Umgang wurde mithilfe des Jugendamtes vereinbart, dass Ergün seine Kinder jedes zweite Wochenende bei sich haben dürfe, er aber bei der Abholung seinen Pass bei Sevgi abliefern müsse. Wenn nicht, müsse sie ihm die Kinder nicht mitgeben. Für meinen Antrag, die Behörden im Schengener Raum zu informieren, sah die Richterin allerdings keine Grundlage. »Die Sache hat sich im Grunde doch als harmlos herausgestellt«, wandte sie ein und lehnte meinen Antrag ab, und zwar noch in der Verhandlung. Ergün hatte nun also Umgangsrechte, musste allerdings jedes Mal seinen Pass dafür abgeben. Sevgi sollte das Aufenthaltsbestimmungsrecht bekommen.

»Ich traue ihm nicht«, sagte mir Sevgi nach der Verhandlung. Ergün warte nur auf seine Chance, ihr die Kinder wegzunehmen. »Er schafft immer, was er will, und das will er wirklich.«

Ergün wartete noch ein bisschen. Es gab da noch ein paar Dinge zu regeln.

Er holte die Kinder am Samstag ab und gab Sevgi seinen Pass. Er brachte die Kinder minutengenau am Sonntag zurück, und sie waren ganz erfüllt von ihren schönen Erlebnissen mit Baba, sogar ihre alten Kinderzimmer gab es noch in der früheren Wohnung. Und Spielzeug! Und Baba hätte sich immerzu mit ihnen beschäftigt.

Zwei Wochen später holte Ergün wieder die Kinder ab, händigte Sevgi seinen Pass aus und brachte die Kinder am Sonntag pünktlich zurück.

Wieder zwei Wochen später: samstags Pass an Sevgi, Kinder zu Ergün, reine Routine. Er brachte die Kinder nicht zurück. Er war nicht mehr zu erreichen. Er hatte seinen Pass beim türkischen Konsulat als verloren gemeldet und einen neuen bekommen. Die Kinder waren auch in seinen neuen Pass eingetragen worden, dafür hatte Ergün nur das internationale Familienbuch vorlegen müssen, da waren die Kinder aufgeführt. Das hatte Sevgi ganz vergessen.

Als Sevgi mich am Montag anrief, war sie schon zu erschöpft, um noch verzweifelt, wütend oder kampfesmutig aufzutreten. Die Polizei hatte versucht, Ergün in seiner Wohnung anzutreffen, hatte die Wohnung schließlich öffnen lassen. Es war ja nicht ganz auszuschließen, dass Ergün den Kindern und sich etwas angetan hatte. Aber die Wohnung war leer. Von Ergün waren noch Sachen da, nichts aber deutete auf die Anwesenheit von Kindern, nicht ein Kleidungsstück, kein Spielzeug, nichts.

Über fünf Wochen waren seit der Verhandlung vergangen, und wir hatten noch immer keinen Beschluss über das Aufenthaltsbestimmungsrecht. Ich rief die Richterin an. Ich war unprofessionell genug, sie zu fragen, ob sie jetzt zufrieden sei. Immerhin hatte ihre Entscheidung, kein Ausreiseverbot für die Kinder zu erlassen, es zumindest erleichtert, die Kinder außer Landes zu bringen, denn davon mussten wir ja wohl jetzt alle ausgehen: dass sie außer Landes waren. »Was glauben Sie denn, wie oft ich das höre mit der angeblich geplanten Entführung?«, fragte die Richterin mich. Ich musste zugeben: Das kannte ich. Wie oft hatte auch ich schon gehört – wenn die Ehe mit einem Ausländer scheiterte –, der Mann wolle die Kinder entführen, sein Umgangsrecht müsse ausgeschlossen werden. Die Richterin sah das noch rigider: »Das ist doch schon fast ein Reflex.

Es sind ja nun mal nicht immer nur die Männer, die sich rächen wollen.«

Sie versprach, mir den Beschluss zum Aufenthaltsbestimmungsrecht umgehend zu schicken, vor allem aber – was weit wichtiger war –, ihn Ergüns Anwalt zuzuleiten. Hätte Ergün keinen Anwalt genommen, hätten wir auch noch formale Probleme bekommen können, solange er verschwunden war. Denn alle gerichtlichen Entscheidungen müssen natürlich allen, die sie betreffen, bekannt gegeben werden. Aber Ergün hatte einen Anwalt, man konnte also immerhin den Beschluss zustellen.

Ich musste mir eingestehen, dass ich in der Richterin eine Schuldige hatte finden wollen, weil ich selbst Schuldgefühle hatte. Hätte ich nicht darauf dringen müssen, dass Sevgi die Kinder erst dann an den Vater herausgeben musste, wenn das Aufenthaltsbestimmungsrecht geklärt war, also der Beschluss in der Welt und zugestellt? Als ich das bei Sevgi ansprach, lächelte sie schief. »Und? Was hätte das gebracht? Der schert sich nicht um Beschlüsse, der zieht sein Ding durch.«

Ich informierte den Generalstaatsanwalt. Der ist zuständig, wenn Kinder in die Türkei verschleppt werden. Er sorgt dann mithilfe der zuständigen türkischen Behörden für die Rückführung, darüber gibt es ein Abkommen.

Die Kinder konnten nicht gefunden werden, obwohl die Behörden in der Türkei alle Verwandten von Ergün abklapperten, die Sevgi ihnen nennen konnte. Mehrmals tauchten sie bei seinen Eltern auf. Nichts. Das schöne Abkommen half uns kein bisschen weiter. »Die halten alle zusammen da«, sagte mir Sevgi. »Der Dorfvorsteher informiert vorher alle, wann die Polizei kommt, und schwupps sind die Kinder weg, bei den Nachbarn oder sonst wo.«

Das konnte ich mir vorstellen: Die Nachbarn schütteln den Kopf, wenn man ihnen Fotos der Kinder zeigt – nie gesehen. Oder es sind eben die Kinder vom Onkel, der grad auf einen Besuch vorbeischaut. »Die kennen alle Tricks«, sagte Sevgi.

Was ich mir aber nicht vorstellen konnte, war, wie Ergün die Kinder auf Dauer unter Verschluss halten konnte. Die Kinder sprachen praktisch nur Deutsch, das musste man merken. Irgendwie mussten sie auch in der Schule angemeldet werden, krankenversichert werden. Und was, wenn sie weg wollten, zurück zur Mutter?

Sevgi schaute mich an und begriff, dass ich von Ergüns Welt nicht die geringste Ahnung hatte. Schule! Krankenversicherung! »Ja, also, die kriegen das hin da, kein Problem, ist ja egal, wie.« Sie vermutete, dass man die Kinder belog oder einschüchterte, damit sie nichts sagten und nicht zurückwollten. Vielleicht dachten sie, dass die Mutter tot sei oder sie fortgeschickt habe und nichts mehr mit ihnen zu tun haben wolle. Bestimmt drohte er ihnen fürchterliche Sachen an, falls sie zurückwollten.

Während Sevgi überlegte, ob sie in der Türkei einen Anwalt beauftragen sollte, der Ergün gerichtlich zwingen sollte, den Aufenthaltsort der Kinder preiszugeben, kam er zu unser aller Verblüffung nach Deutschland zurück. Ergün hatte nur Urlaub genommen, trat pünktlich seine Arbeit wieder an, lebte in der alten Wohnung und ließ die Kinder in der Türkei.

Sevgi zeigte ihn an wegen Kindesentziehung. Ich stellte einen Antrag beim Familiengericht. Er sollte die

Kinder herausgeben und überhaupt erst einmal angeben, wo sie waren.

Die Staatsanwaltschaft stellte das Ermittlungsverfahren ein. Ergün habe Umgangsrechte gehabt, also die Kinder nicht ungesetzmäßig von der Mutter weggeholt. Mein Einwand, die Kinder seien ihm zu Besuchszwecken mitgegeben worden und nicht, damit er einseitig ihren Aufenthalt ins Ausland verlegen könne, verfing nicht: Zur Zeit der Verschleppung hatte auch Ergün noch das Aufenthaltsbestimmungsrecht, und dass die Mutter dasselbe Recht hatte und er es verletzt hatte, sah der Staatsanwalt nicht so eng.

Ich begann mich zu fragen, mit wie vielen weiteren Rückschlägen wir noch rechnen mussten und wann Sevgis Kräfte versagen würden. Bisher waren wir nicht viel weitergekommen, um nicht zu sagen, gar nicht. Obwohl sie mir gegenüber immer sehr beherrscht und gefasst auftrat, war Sevgi alles andere als stumpf. Sie war empfindsam, fähig zu tiefen Gefühlen, wenn auch zurückhaltend in ihrem Benehmen und in ihren Äußerungen. Es bedurfte jedoch wenig Fantasie, sich ihre Verzweiflung, ihr Sehnen, ihre grauen, stillen Tage und ihre dunklen, durchgeweinten Nächte vorzustellen.

Sevgi war eine gläubige Frau. Ihr Glaube half ihr, einige Nackenschläge zu ertragen, und in den nächsten Jahren sollte sie noch reichlich Gelegenheit dazu bekommen. Sie sagte mir, es stehe ihr nicht zu, über das Schicksal zu klagen, das Allah ihr zugedacht habe. »Allah wird ihn dafür bestrafen. Wenn es ihm gefällt.«

Soweit ich es überblicken konnte, tat erst einmal Ergün, was ihm gefiel, und ich konnte beim besten Willen nicht verstehen, was gut daran sein sollte, die Kinder in einem fernen, ihnen fremden Land bei ihnen fremden

Verwandten aufwachsen zu lassen, getrennt von der Mutter und sogar vom Vater, der das alles eigenmächtig, selbstherrlich veranlasst hatte. Die Vorstellung, wie es diesen entwurzelten Kinder gehen mochte, griff mir noch mehr ans Herz als der Gedanke an Sevgi, die als Erwachsene besser in der Lage war, ihr Trauma zu bewältigen. Und etwas zu tun.

In ihrem Auftrag leitete ich ein neues Verfahren gegen Ergün ein. Die Familienrichterin sollte ihn dazu verpflichten, den Aufenthaltsort der Kinder zu nennen und sie an Sevgi herauszugeben.

Dieses Mal bemühte er sich ohne Anwalt, das zu verhindern. Er versuchte, die Richterin zu überzeugen, dass es das Beste für die Kinder wäre, in der Türkei zu bleiben. »Ich muss an die Zukunft meiner Kinder denken«, erklärte er uns. »Hier in Deutschland haben sie keine. Schauen Sie sich doch an, was aus unseren jungen Menschen hier geworden ist. Kaum einer hat eine Ausbildung, kaum einer bekommt eine Lehrstelle, viele schließen sich zu Banden zusammen, werden kriminell.«

»Ich kann nicht erkennen, dass zum Beispiel Ihre Frau sich in einer Bande bewegt oder kriminell ist«, warf die Richterin ein. »Sie dagegen sind, mit Verlaub, durchaus kriminell geworden. Denn seit Sie das Aufenthaltsbestimmungsrecht nicht mehr haben, ist es strafbar, Ihrer Frau die Kinder vorzuenthalten.«

Ergün schwieg mit wissendem Lächeln. »Diese Gesetze sind nicht meine Gesetze«, ließ er uns wissen. Ich konnte förmlich sehen, wie der Gerichtsdolmetscher, ein Landsmann von Ergün, sich beim Übersetzen wand. »Die deutschen Schulen, die deutschen Sitten, die deutsche Moral – das ist nichts für uns«, führte Ergün über den Dolmetscher aus, der zunehmend in Schwierigkeiten geriet, alles eins zu eins zu übersetzen, ohne wertende eigene Anmerkungen und ohne sich in unzulässige Diskussionen mit Ergün zu verwickeln. »Ich möchte nicht, dass meine Tochter die Ehre der Familie beschmutzt, so wie hier die jungen Mädchen und Frauen.«

»Und Ihre Frau, nicht wahr?«, warf ich ein. Ergün hielt mich keiner Erwiderung für würdig.

Das Gericht der Ungläubigen diskutierte nicht mit Ergün, sondern entschied. Ergün sollte den Aufenthaltsort der Kinder nennen und sie sofort an Sevgi herausgeben. Ergün ignorierte die Entscheidung. Er wurde vom Gericht aufgefordert, den Beschluss zu respektieren. Ihm wurde Zwangsgeld angedroht. Ergün ignorierte den Beschluss weiterhin. Das Zwangsgeld wurde festgesetzt, Ergün zahlte und ignorierte den Beschluss unbeirrt. Ihm wurde Beugehaft angedroht. Egal. Ergün ging in Beugehaft. Sechs Monate, länger durfte das Gericht ihn nicht einsperren, um seine Meinung zu ändern. Er saß die Beugehaft bis zum letzten Tag ab. Er änderte seine Meinung nicht.

Die Familienrichterin schickte die Akten der Staatsanwaltschaft zu. Inzwischen hatte Sevgi ja das alleinige Aufenthaltsbestimmungsrecht, und Ergün enthielt ihr die Kinder immer noch vor. Das war strafbar. Und die Richterin fand, dass Ergün für sein Tun nun auch bestraft werden sollte. Der Staatsanwalt erhob Anklage. Ergün kam also vor den Strafrichter.

Auch dem versuchte er zu vermitteln, dass er sich nur im Interesse seiner Kinder so verhalte. Auch hier führte er die Zukunft seiner Kinder zu seiner Verteidigung an. Er arbeite hier in Deutschland sehr hart, damit seine Kinder in der Türkei ein gottgefälliges Leben führen könnten.

Für mich war es keineswegs ausgemacht, dass Ergün nur im Interesse seiner Kinder handelte. Möglich war auch, dass er einfach nur Sevgi unglücklich sehen wollte.

»Haben Sie jemals daran gedacht«, fragte ich ihn, »dass Sie den Kindern, Ihren noch kleinen Kindern, die Mutter genommen haben? Ist Ihnen nicht klar, was das für Ihre Kinder bedeuten muss? Sie sind doch erst neun und sechs, sie brauchen doch die Mutter. Sie sind nicht einmal selbst bei Ihren Kindern, die sind allein in einem fremden Land. Wie können Sie ihnen das antun?«

»Und schämen Sie sich nicht dafür?«, warf der Staatsanwalt an dieser Stelle ein.

Nein. Er müsse an die Zukunft … Wir kannten das schon.

Der Richter versuchte noch einmal, Überzeugungsarbeit zu leisten, verwies auf die vielen Kinder türkischer Einwanderer, die erfolgreich deutsche Schulen, auch weiterführende, besucht und Ausbildungen abgeschlossen hätten, die ihrer Arbeit nachgingen und geachtet und ordentlich ihr Leben in der deutschen Gesellschaft führen würden – ach, was wusste der schon.

Lächelnd schüttelte Ergün den Kopf. Eure Sittsamkeit ist nicht meine Sittsamkeit, eure Ordnung ist nicht meine Ordnung. Er war offenbar davon überzeugt, sich für eine gute Sache zu opfern.

Der Strafrichter nahm das Opfer an. Er verurteilte Ergün zu einer Gefängnisstrafe von einem Jahr ohne Bewährung. Bewährung sei wegen seiner Uneinsichtigkeit nicht angebracht, er habe sich ja nicht einmal durch ein halbes Jahr Beugehaft beeindrucken lassen.

Ergün saß auch die Gefängnisstrafe bis zum letzten Tag ab. Eine Strafverkürzung wegen guter Führung kam nicht in Betracht, weil er weiterhin nicht verriet, wo die Kinder waren. Natürlich waren Arbeitsstelle und Wohnung längst verloren, als er frei kam. Am Tag seiner Haftentlassung setzte er sich in die Türkei ab. Ich konnte nichts mehr für Sevgi tun. Die Scheidung hatten wir bereits während der Haftzeit von der Familienrichterin bekommen. Ergün hatte sich dazu überhaupt nicht mehr geäußert. Seine Frau erschien ihm schlicht nichtswürdig, nachdem sie ihn verlassen hatte.

Sevgi brauchte einen langen Atem und Gottvertrauen. Sie hatte beides. Sie brach nicht zusammen. Sie hielt sich daran fest, dass Ergün seine Strafe erhalten werde, auf eine Weise, die er nicht mehr würde ignorieren können, in diesem Leben oder im Jenseits. Inshallah.

Aufgrund wessen Ratschlüssen auch immer: Das Handy wurde erfunden und trat seinen Siegeszug durch die Welt an. Binnen weniger Jahre hatte jeder eines, bald auch jedes Kind. Auch Fikret und Fikriye, da waren sie fünfzehn und zwölf Jahre alt. Sevgi rief mich an, weinend vor Glück. Jahrelang hatte ich nichts von ihr gehört. Und nun wollte sie mich an ihrer Schicksalswende teilhaben lassen: Ihr Sohn hatte ihre Telefonnummer herausbekommen und sie angerufen. Im Vertrauen darauf, dass das eines Tages geschehen könnte, hatte Sevgi immer einen Festnetzanschluss behalten und auf eine Geheimnummer verzichtet.

Es war genau so gewesen, wie Sevgi es immer vermutet hatte: Ergün hatte die Kinder bei seinen Eltern untergebracht, andere hatten geholfen, sie zu verstecken, wenn es darauf ankam. Er hatte ihnen gesagt, dass Sevgi sie weggeschickt hätte, und wenn sie mit ihr Kontakt aufnähmen, dann wollte er nie mehr etwas mit ihnen zu tun haben. Und ihre Großeltern würden sie dann auch wegschicken, dann hätten sie keinen mehr auf der Welt und müssten ins Waisenhaus. Aber ihr Sohn war jetzt alt genug, das nicht mehr zu glauben.

»Frau Thomas, er hat schon eine tiefe Stimme, ein richtiger junger Mann ist mein Sohn.« Ihre Stimme überschlug sich vor Entzücken und Stolz und, wie ich vermutete, auch Schmerz über die verpassten sieben Jahre, die Hälfte des Lebens ihres Sohnes, fast zwei Drittel des Lebens ihrer Tochter. Sevgi selbst hatte inzwischen wieder geheiratet – übrigens ohne den Namen ihres Mannes anzunehmen, um sicherzugehen, dass ihre Kinder sie finden konnten – und war Mutter einer weiteren Tochter, drei Jahre alt.

Ein halbes Jahr verging, dann hörte ich wieder von ihr. In diesen Monaten hatte es regen Telefon- und Mailverkehr zwischen Sevgi und ihren Kindern gegeben, heimlich natürlich. Fikret und Fikriye hatten Fotos von Sevgi, von ihrem Mann und der kleinen Halbschwester, Sevgi hatte aktuelle Fotos ihrer beiden Ältesten gemailt bekommen. Nun, ein halbes Jahr nach der Kontaktaufnahme, stand der Entschluss von Fikret und Fikriye fest. Fikret wandte sich kurz vor seinem sechzehnten Geburtstag an das nächste Jugendamt in der Türkei und gab bekannt, dass er und seine Schwester neun Jahre zuvor aus Deutschland entführt worden seien und gegen ihren Willen vom Vater bei dessen Eltern festgehalten würden. Sie wollten umgehend zur Mutter zurück. Vorsorglich hatte Fikret das auch schon der deutschen Botschaft in Ankara geschrieben, mit voller Adresse seines Vaters und seiner Großeltern. Die Geschwister kamen für ein paar Tage in Bereitschaftspflege, bis geklärt war, dass es stimmte, was sie angegeben hatten. Dann konnten sie ausreisen, vom internationalen Dienst des türkischen Jugendamtes ins Flugzeug gesetzt und vom Landesjugendamt in Deutschland in Empfang genommen. Und von Sevgi.

Ergün hatte nicht damit gerechnet, dass seine Taten eines Tages auf ihn selbst zurückfallen könnten. Er hatte seinen Einfluss auf seine Kinder überschätzt. Sie hatten länger in der Türkei gelebt als in Deutschland. Sie hatten länger bei seiner Familie gelebt als bei Sevgi. Doch war das alles nur durch Verstellung, Lügen und Manipulation erreicht worden, durch Ausnutzen der Hilflosigkeit und des Vertrauens zweier Kinder. Vor allem aber hatte Ergün ihnen weggenommen, was sie am dringendsten gebraucht hätten: die Mutter. Und, schlimmer noch, die Sicherheit, eine Mutter zu haben. Sie verziehen ihm nicht. Nun hatten sie die Macht des Handelns. Und sie entschieden, sich von ihm loszusagen und jeden Kontakt abzubrechen.

Mit Sevgis Mann verstanden sie sich gut, ihre kleine Halbschwester liebten sie auf den ersten Blick. Sie fanden rasch ins Deutsche zurück, schlossen erfolgreich ihre Schulausbildung ab, lernten Berufe und leben geachtet und ehrbar ihr selbstbestimmtes Leben. Wenn auch nicht nach Ergüns Begriffen von Ehrbarkeit vermutlich.

Das Opfer

Immer wenn Marc seinen Vater besuchte, trug er zu kurze Hosen. Es sah lächerlich aus, und er fühlte sich unwohl. Andere wurden ihm nicht eingepackt.

»Dein Vater hat genug Geld, soll er dir neue Hosen kaufen«, sagte Elena, seine Mutter.

»Ich zahle mehr als genug für dich, da kann sie dir wenigstens vernünftige Klamotten mitgeben«, sagte Rainer, sein Vater. Unter nicht enden wollendem Schimpfen zog er ein Kleidungsstück nach dem anderen aus Marcs Rucksack. Flecken, Löcher, zu klein, zu dünn, zu warm, zu wenig. Marc stand betreten daneben. Seine Schuld wuchs und wuchs, mit jedem Kleidungsstück ein wenig mehr.

»Du kannst ja nichts dafür«, sagte sein Vater und umarmte ihn. Es half nichts. Die Schuld klebte an Marc wie ein Kaugummi unter der Schuhsohle. Zäh und durch nichts zu beseitigen.

Irgendjemand konnte jedenfalls etwas dafür, und es produzierte kein besseres Gefühl, dass es dann ja wohl Marcs Mutter sein musste, wenn schon nicht er selbst.

Elena und Rainer hatten sich dreizehn Jahre zuvor kennengelernt. Sie war Pressesprecherin eines Chemiekonzerns, leitete dessen Kommunikationsabteilung. Er war selbstständiger Personalberater und Coach, sehr renommiert, sehr teuer, von der Firma eingekauft, um Elena zu schulen. Als er sie das erste Mal sah, wollte er nicht glauben, dass sie tatsächlich für eine so herausgehobene Position taugte. Sie sah mit ihren kurzen, weißblonden Haaren, der schutzlos freien Stirn, dem schmalen Gesicht über dem langen Hals und den großen Augen zu zart, zu verletzlich aus. Ihre Stimme, kindlich hell, die immer nach den richtigen Worten zu suchen schien, passte zu dieser Erscheinung. Rainers Beschützerinstinkt war sofort geweckt. Sein Begehren auch, aber das wurde ihm erst später klar. Er war Profi. Ein Macher. Sehr gut in seinem Job. Deshalb dachte er zuerst, dass es seine rein professionelle Einschätzung sei, wenn er Elenas Ausstrahlung zu schwach und sie selbst zu jung fand, jedenfalls für eine Führungspersönlichkeit. Er selbst war elf Jahre älter als sie, schon näher an fünfzig als an vierzig. Ein machtvoller Mann, der sofort jeden Raum beherrschte. Groß, athletisch, durchtrainiert. Schöne, schulterlange Haare ohne einen Anflug von Grau. Ein schmales, ebenmäßiges Gesicht mit einem Grübchen am Kinn. Ein forschender Blick, den die meisten für empfindsam und seelenvoll hielten. Auch Elena dachte das und hatte sogleich das Bedürfnis, sich an seinen Brustkorb zu lehnen, als er ihr vorgestellt wurde. Die Plötzlichkeit und Intensität dieses Bedürfnisses irritierte sie und machte ihre suchende Sprechweise noch etwas zögerlicher. Sie ärgerte sich über sich selbst. Dass sie sich von ihm angezogen fühlte, wunderte sie dagegen kein bisschen. Ein schöner Mann, der Stärke und Empfindsamkeit in sich vereinte, der anscheinend Schutz und Verstehen bot – klar, dass so einer sie sofort ansprach.

Rainer hielt sich an die Regeln. Er ging keine Affäre mit Elena ein, auch nicht als ihm klar wurde, dass er gern eine gehabt hätte. Elena hing an seinen Lippen, jedes seiner Worte nahm sie auf wie eine Verkündigung. Verehrungsvoll. Und obwohl sie viel stärker als Rainer von ihrem Begehren gelenkt und abgelenkt war, nahm sie aus den Stunden mit ihm sehr vieles in ihren Job mit, das sie brauchen und anwenden konnte. Mit Erfolg, sie war intelligent und im Grunde eine pragmatische Natur. Das Schwärmerische behielt sie ihren Gefühlen für Rainer vor. Der Konzernvorstand äußerte sich zufrieden über die Resultate des Coachings. Sogar Elenas Stimme war einen Ton dunkler und ihre Sprechweise entschlossener geworden.

Zwei Jahre später begegneten sich Elena und Rainer auf einem Kongress wieder, nicht zufällig. Rainer hatte dort einen Vortrag gehalten, und Elena war, wie sie vor sich selbst zugeben musste, hingefahren, weil sie seinen Namen auf der Teilnehmerliste entdeckt hatte. Er hatte immer noch die langen Haare ohne Grau und den seelenvollen Blick. Sie hatte immer noch die freie Stirn und die Schutz suchenden, großen Augen. Für den Rest des Kongresses, nach Rainers Vortrag und nachdem sie ihn abends unter den Teilnehmern gesucht, gefunden und angesprochen hatte, blieb Elenas Hotelzimmer unbenutzt. Sie trennten sich, wie sie einander versicherten, ohne Vorsätze.

»Man sieht sich.«

»Ja, überlassen wir es dem Zufall.«

Aber sie meinten es beide nicht so. Sie wussten nur nicht, was aus ihnen werden sollte.

Rainer war verheiratet. Seine Frau Marga war Mitte vierzig und ihm sehr ähnlich. Wie er war sie groß und von athletischer Gestalt. Wie er zog sie, wo immer sie erschien, die Aufmerksamkeit aller Anwesenden auf sich. Wie Rainer hatte sie schulterlanges, braunes Haar ohne eine Spur von Grau (»dank meines Friseurs«, merkte sie immer wieder einmal augenzwinkernd an). Ihre fast schwarzen, klugen Augen musterten jeden, mit dem sie sprach, aufmerksam und mit Wärme. Sie war mindestens so selbstsicher wie Rainer und regelte ihrer beider

Leben mit großer Ruhe und Selbstverständlichkeit. Wie er hatte sie Psychologie studiert – so hatten sie sich kennengelernt –, anschließend aber einen anderen Weg als er eingeschlagen und sich zur Therapeutin ausbilden lassen. Sie hatten zusammen drei halbwüchsige Kinder, und Marga versuchte seit ein, zwei Jahren, sich wieder als selbstständige Psychotherapeutin zu etablieren.

Als Rainer von dem Kongress nach Hause kam, voller Schuldgefühle und mit dem festen Vorsatz, Marga den Seitensprung zu gestehen, ließ sie ihn gar nicht erst zu Wort kommen.

»Ich habe Neuigkeiten für dich.«

Sie war schwanger. Das entschied es. Er würde Elena keinesfalls wiedersehen. Mit ihr musste es ein Ende haben. Sofort.

»Wie schön«, sagte er, obwohl er es nicht meinte. Er meinte: Ich bin erschöpft. Ich will kein viertes Kind. Ich weiß nicht, was es bedeutet, dass ich fremdgegangen bin. Ich kann es nicht herausfinden, wenn ich hierbleibe. Ich will weg. Ich will auf keine Schwangerschaft Rücksicht nehmen. Ich will mich nicht wieder und wieder zurückstellen. Ich will nicht noch mehr Familienidyll. Unmöglich, so etwas einer Frau zu sagen, die sein viertes Kind zur Welt bringen würde. Er sagte: »Wie schön.«

In den nächsten Wochen nahm er keinen Kontakt zu Elena auf. Sie ließ ab und zu von sich hören, schon ihr erster Anruf machte ihm deutlich, dass sie sich mehr wünschte, eine Fortsetzung zumindest. »Von was?«, fragte er. Wartete ihre Antwort nicht ab, murmelte ein paar unverbindliche Bemerkungen und beendete das Gespräch unter einem Vorwand rasch. Nach vier Wochen schien sie aufzugeben. Rainer war nicht wohl bei dem Gedanken, dass er sie einfach hatte auflaufen lassen.

Er hatte genug Fantasie, um sich vorzustellen, wie sehr sie auf ein Zeichen von ihm gewartet, sinnlos hoffend ganze Abende am Telefon zugebracht hatte. Abende, an denen er wie immer nichts von sich hatte hören lassen. Wie sie versucht hatte einzuschätzen, wann sie es ohne Gesichtsverlust wagen konnte, sich erneut zu melden. Und wie es sie niederschmettern musste, sich wieder eine ausweichende Reaktion einzuholen. Es bedrückte Rainer, dass er es nicht fertigbrachte, klarstellende Worte zu finden. Warum sagte er nicht einfach: »Das wird nichts mit uns.« Sonst war er doch auch immer so klar. Seine Freunde bescheinigten ihm einen brillanten analytischen Verstand, eine ausgeprägte Selbstwahrnehmung, den Instinkt für das richtige Handeln und für die richtigen Worte. Und nun? Nun scheute er davor zurück, Elena in aller Deutlichkeit zurückzuweisen. Er konnte sich nicht dazu durchringen, diese Tür endgültig zuzuschlagen.

Elenas Brief war an Marga adressiert gewesen. Als Rainer nach Hause kam, stand sie wartend in der Diele, den Brief in der Hand. Sie legte ihn vor Rainer auf die Kommode, mit einer langsamen Bewegung, die Kraft und Entschlossenheit verriet. Sie tippte noch einmal mit Nachdruck auf den Brief und zog die Hand weg. Sie sagte: »Verlass bitte sofort dieses Haus«, ging ins Wohnzimmer und schloss sich ein. Aus dem Umschlag zog Rainer ein Ultraschallfoto. Er wusste, was es zeigte. Er hatte so etwas schon viermal gesehen. Auf einem blassblauen Bogen Briefpapier stand in einer nicht sehr ebenmäßigen, eher krakeligen, fast kindlich wirkenden Schrift (Warum interessiere ich mich eigentlich überhaupt für dieses Schriftbild?, dachte er ein wenig verärgert): »Sicher werden Sie verstehen, dass Sie Rainer unter diesen Umständen nicht festhalten können.« Unter diesen Umständen … Rainer klopfte an die Wohnzimmertür. »Können wir bitte reden?« Keine Antwort. »Bitte, Marga, das wenigstens bist du mir schuldig.« So etwas wie ein höhnisches Auflachen, dann erneut die jetzt gepresst zwischen zusammengebissenen Zähnen hervorgestoßene Aufforderung: »Verlass bitte sofort dieses Haus.« Es war zwecklos. Er hatte es vermasselt. Alles. Rainer raffte hastig ein paar Sachen aus dem Kleiderschrank zusammen, legte alle Schlüssel auf den blassblauen Brief, trat einmal vage gegen die Wohnzimmertür (warum, wusste er selbst nicht, und der Tritt verrutschte sowieso) und zog die Haustür hinter sich zu. Er ging wie durch einen Nebel taumelnd und tastend, nicht fähig zu Verzweiflung und Trauer, nicht fähig zu Wut und Zorn. Am ehesten noch spürte er so etwas wie Ärger gegen sich selbst. Als er in seinen Wagen stieg, fiel ihm auf, dass er nicht wusste, wohin.

Marga wartete noch einen Moment, als sie das Geräusch der zufallenden Haustür hörte. Dann stand sie auf. Es gab schließlich noch drei Kinder, um die sie sich zu kümmern hatte. Ein paar Schritte später, ihr Blick fiel auf den blassblauen Brief, holte die Erkenntnis sie ein und zertrümmerte mit einem Schlag den Schutzwall, hinter dem ihre Verzweiflung gelauert hatte und nun, befreit, ihr an die Kehle ging, bis es endlich ausbrach, das unentrinnbare Weinen. Das Weinen um die verlorene Gemeinsamkeit mit dem schönen, klugen, seelenvollen Vater ihrer Kinder, eines davon noch ungeboren.

Rainer zog zu Elena. Jedem Klienten in seiner Lage hätte er geraten: nicht zu dieser Frau. Er verstand sich selbst nicht. Durch Manipulation und Verrat hatte sie eigenmächtig und einseitig den Schwebezustand beendet, mit einem Paukenschlag. Hatte nicht zuerst ihn, sondern Marga von ihrer Schwangerschaft unterrichtet und dadurch Margas Entscheidung gegen ihn herbeigeführt. Wie sollte er ihr vertrauen? Der Brief mit der Kinderschrift auf dem blassblauen Papier schob sich immer wieder zwischen sie beide, wenn er ihr Gesicht betrachtete, und er dachte: So sollte es nicht sein, es sollte unbeschwert und unbelastet sein, was immer das hier ist. »Das hier«, das waren aber auch: große, Schutz suchende Augen, die zu ihm aufschauten und ihm in allem vertrauten, und eine kindlich helle Stimme, die unentwegt begeistert seine Welt, ihrer beider Welt beschrieb und pries.

Marga sah er, wenn er die Kinder abholte und zurückbrachte. Sie wechselten mit mühsam erzwungener Sachlichkeit immer ein paar Worte zur Begrüßung und zum Abschied. Wenigstens den Kindern wollten sie es nicht schwer machen. Über Finanzielles sprachen sie nicht. Sie behielten einfach das gemeinsame Bankkonto, auf das jeder wie bisher seine Einkünfte einzahlte und von dem jeder nach seinen Bedürfnissen Geld abhob. Marga kommentierte nicht, dass Rainer auch an Elena etwas überwies, eine Art Wohngeld. Und er bat sie auch nicht um ihre Erlaubnis. Es herrschte wenigstens in diesem einen Punkt eine wenn auch stillschweigende Übereinkunft zwischen ihnen. Keiner sollte an etwas rühren. Schweigen schien das einzig Mögliche.

Das Kind brachte Marga ganz allein zur Welt. Sie informierte Rainer nicht, als es losging. Er hatte sie darum gebeten, ihm Bescheid zu geben, zu jeder Tages- und Nachtzeit werde er kommen. Sofort. Sie hatte nicht geantwortet. Das Kind war behindert. Es hatte das Down-

Syndrom. Sie nannte es Ingvar. Sie fragte Rainer nicht. Aber dann brauchte sie ihn doch, um das Kind anzumelden. Er kam ins Krankenhaus. Er setzte sich zu Marga ans Bett. Er nahm seinen Sohn, hielt ihn im Arm und weinte. Zum ersten Mal seit er das gemeinsame Haus verlassen hatte, weinte er. Er konnte nicht aufhören, so sehr er es auch wollte. Er weinte, weil er Marga verloren hatte. Er weinte, weil er nicht mehr mit seinen Kindern zusammenlebte. Er weinte, weil Marga sein viertes Kind ohne seinen Beistand zur Welt gebracht hatte. Er weinte, weil Ingvar seinen Vater erst am zweiten Tag seines Lebens kennengelernt hatte. Weinte, weil er sich schuldig fühlte, sogar an Ingvars Behinderung.

»Ich lass dich nicht mehr im Stich«, brachte er schließlich heraus.

Und Marga dachte: Ist es das, was am Ende bleibt? Dass man sich nicht mehr im Stich lässt?

Elenas Sohn, sechs Wochen später geboren, hieß Marc. Rainer war bei der Geburt dabei.

Nachdem er Marga aus dem Krankenhaus abgeholt und nach Hause gefahren hatte, war er nicht mehr zu Elena zurückgekehrt. Er schlief jetzt wieder in seinem Haus, im Gästezimmer. Nach Marcs Geburt verbrachte er seine Wochenenden – seine Arbeit band allerdings oft genug auch Teile davon – bei Elena und Marc, unter der Woche wohnte er bei Marga und seinen vier Kindern. Ingvar brauche ihn unter der Woche, und unmöglich könne er Marga mit der Betreuung eines behinderten Kindes alleinlassen, sagte er Elena. Sie tobte, sie drohte und sie weinte, bis es zu ihr durchdrang, dass er eher sie und Marc als Marga und Ingvar alleinlassen würde und es bei ihr lag, ob sie sich mit dem zufrieden geben wollte, was sie bekommen konnte. Da wurde sie still und empfing Rainer an den Wochenenden. Marga forderte keine Erklärungen. Sie wollte nichts von Rainer, duldete seine Anwesenheit, nahm seine Unterstützung an und schloss jeden Abend die Schlafzimmertür ab. Außer an den Wochenenden.

In den folgenden sechs Jahren schliff sich die Situation ein. Elena und Rainer vermieden Konflikte, stritten nie in der knappen Zeit, die sie gemeinsam hatten. Rainer konnte sich in Elenas Gegenwart vollständig entspannen, sie hatte aufgehört, anstrengend zu sein. Marga und Rainer lebten nebeneinander her wie ein altes Ehepaar, verbunden durch eine lange, gemeinsame Zeit und durch eine gemeinsame Aufgabe. Die drei ältesten Kinder, alle dauerhaft befremdet durch die neue Situation und durch das Verhalten ihrer Mutter, die nichts entschied und nichts klärte, zogen eines nach dem anderen aus, sobald sie konnten.

Ingvar war ein entzückendes Kind, und Rainer dachte manchmal, dass es ihm das liebste von allen sei. Niedlich war er und treuherzig, voller Liebe zu jedermann und so ohne Arg und Falsch, dass es Rainer manchmal wehtat. Er litt an der Vorstellung, dass der kleine Kerl noch mit mancher Enttäuschung und Zurückweisung würde fertigwerden müssen. Daran musste er immer wieder denken: dass Ingvar, das arglose Kind, verletzt werden würde. Ingvar war so fröhlich und vertrauensselig, manchmal lachte er einfach nur, weil er das Lachen so mochte, und dann wollte Rainer ihn an sich ziehen und ihn in seiner Umarmung vor der Welt verstecken.

Marc war von vollkommener Schönheit. Er hatte das schmale Gesicht seines Vaters, sogar das Grübchen am Kinn und dazu die großen, Schutz suchenden Augen seiner Mutter. Er war eher verschlossen und spröde, manchmal redete er überhaupt nicht. Immer wieder wurde er von unbezwingbaren Wutausbrüchen übermannt. Dann trat er um sich, und egal was er traf und wie stark, es schien ihm nicht wehzutun. Manchmal kam aus seinem Mund ein unablässiger Strom von Schimpfwörtern gegen seine Eltern, es war nie aufzuklären, woher er solche Wörter kannte. War es vorbei, rannte er in sein Zimmer und ließ niemanden an sich heran. Elena versuchte es meistens noch eine Weile, bis der Anblick des abweisenden, störrischen Gesichts ihres Sohnes sie ermatten und schließlich aufgeben ließ. Rainer akzeptierte den Wunsch seines Sohnes nach Einsamkeit. Einmal hörte er ihn durch die geschlossene Zimmertür leise weinen. Abends, wenn sie beide ihre »Männerzeit« hatten – so nannten sie das Ritual, wenn Rainer seinen Sohn zu Bett brachte und sich noch ein wenig zu ihm setzte –, wurde Marc ganz weich und erzählte ihm von seinen Kümmernissen und Freuden. Meistens waren es Kümmernisse. Dass das Karussell-Pony sich an der Deichsel des vorangehenden Ponys die Nase blutig geschlagen habe, aber immer weiter im Kreis habe trotten müssen und dabei immer wieder mit der Wunde in die Deichsel geraten sei. Da habe er weinen müssen. Dass jemand ihn verspottet habe. Da habe er den anspucken müssen und dann weggehen und auch weinen. Ob der Vater nicht immer da sein könne? Und bleiben? So wie andere Väter auch? »Das geht nicht«, sagte Rainer.

Und dann fing es wieder an, anstrengend zu werden, weil Elena aufhörte, bedürfnislos zu sein.

»So geht es nicht weiter, das lasse ich mir nicht mehr bieten«, erklärte sie Rainer eines Tages. Marc war mittlerweile eingeschult worden.

»Was soll er in der Schule sagen, wo sein Vater immer ist?«

»Verlangt irgendjemand eine Erklärung?«

»Du kannst mich mal mit deiner semi-professionellen Fragetechnik. Du willst doch bloß ablenken.«

»Ach, und von was?«

»Davon, dass du dich nicht zu uns bekennst.«

Das verstand er nicht. Er rieb sich doch geradezu auf, eilte zwischen den beiden Haushalten hin und her, versuchte, die Wünsche aller zu bedienen. Für ihn selbst blieb nichts. Nichts. Seit vielen Jahren nicht einmal ein Urlaub, weil er nicht gewusst hatte, mit welcher seiner Familien er den verbringen sollte und was in der Zeit aus der anderen Familie würde. Und nun noch Vorwürfe.

»Kannst du mir einen Grund nennen«, sagte Elena, »einen Grund, warum Marc und ich Rücksicht nehmen sollen auf diese Frau und ihren Sohn?«

Rainer sah sie einen Moment lang an. Ihre Augen wirkten kein bisschen schutzbedürftig. »Es hat wohl keinen Zweck mit uns heute«, sagte er und ging.

Und dann war es sehr rasch aus. Der Damm um Elenas Bedürfnisse war mürbe geworden, hatte schließlich ein Leck bekommen, und sieben Jahre vernünftiges Warten, sieben Jahre Zurückhaltung, sieben Jahre Selbstbeschränkung wurden weggerissen, eine schlammige, giftige Flut an Tränen und Vorwürfen brach durch, es war ein heilloses Umsichschlagen aus Verzweiflung und Zorn, würdig einer so langen Zeit.

»Du heiratest mich oder du gehst«, kreischte Elena schließlich.

Rainer sah sie verblüfft an. »Heiraten? Warum? Warum soll ich jemanden heiraten, der sich so gegen mich aufführt?« Als er ging, ließ er seine Wohnungsschlüssel auf dem Küchentisch liegen.

Marga ließ die Schlafzimmertür fortan unverschlossen. Es dauerte eine Weile, bis Rainer das bemerkte.

Als er Elena anrief, um zu klären, wann er Marc abholen könne, entgegnete sie nur: »Da musst du vor Gericht gehen«, und legte auf. Aber sie hatte nicht mit Marc gerechnet. Marc begriff an ihren Erklärungen nur, dass der Vater nicht mehr kommen würde, er aber auch nicht zum Vater durfte. Heiße Wut stieg in ihm hoch, besetzte ihn ganz und gar, bis nichts mehr in seinem Inneren übrig war als nur diese Wut, diese Wut nur, und ob er wollte oder nicht, er musste sich einfach auf den Boden werfen und brüllen und strampeln und treten. Auch gegen seine Mutter, es war ja schon gleichgültig.

Als Rainer erneut anrief, um wenigstens zwei Stunden gemeinsame Zeit mit Marc zu erbitten, genehmigte Elena das unter der Bedingung, dass er mit Marc nicht seine Familie besuchen dürfe. Für die Unternehmung, die sie Rainer vorschlug – Spaziergang und Spielplatz – zog sie Marc etwas zu dünn an für die schon kühlen Oktobertemperaturen. Er quengelte, schließlich gingen sie in ein Café. Es war eine beklommene, künstliche Stimmung zwischen ihnen. Der nächste Besuch fiel aus, Marc hatte sich erkältet. Bei jenem Spaziergang. Rainer versuchte, sein Misstrauen und seinen Zorn im Zaum zu halten, aber als er das nächste Mal Marc wieder ohne geeignete Straßenkleidung in Empfang nehmen sollte, fauchte er Elena an: »Was soll das? Kannst du nicht mal dafür sorgen, dass der Junge vernünftig angezogen ist?« Marc schaute ihn mit großen Augen an, drehte sich um und verschwand in der Wohnung. Elena schloss die Tür.

Beim nächsten Mal sagte Rainer nichts. Er war sowieso entschlossen, Marc zu sich nach Hause mitzunehmen, damit er seine Stiefmutter und seinen Halbbruder kennenlernen konnte. Marga hatte, als er das wenige Tage zuvor angesprochen hatte, sehr vorsichtig angesprochen hatte, zunächst einen Moment lang geschwiegen. Dann hatte sie geantwortet: »Sieben Jahre – da findet man sich mit manchem ab.« Sie hatte ihm erzählt, dass der Zorn und die Trauer der Verbitterung gewichen waren, und die war dann ebenfalls fortgegangen, von ihr unbemerkt, eines Tages war nichts mehr davon zu spüren gewesen. »Und jetzt ist es, wie es ist«, hatte sie gesagt. »Du hast eben zwei kleine Söhne, es ist wohl an der Zeit, dass wir Marc kennenlernen.«

Und da war Marc, sehr schön, sehr schüchtern und verlegen, kaum hob er den Blick zu Marga, der großen Frau seines Vaters, die vor ihm nicht in die Hocke ging, um ihn zu begrüßen, das dann doch nicht. Und da war Ingvar, der mit ausgebreiteten Armen und kreisenden, raumgreifenden Bewegungen – er stellte gerade ein Flugzeug dar – auf Marc zugelaufen kam und ihn umarmte.

»Ich liebe dich«, sagte er dazu. Das stimmte sogar. Ingvar liebte Marc von der ersten Begegnung an, und Marc liebte Ingvar nicht minder. Für den Rest der Besuchszeit bekam Rainer nicht viel von seinem Sohn zu sehen.

Natürlich kam es sofort heraus. Elena, außer sich, als sie Marcs begeisterte Erzählungen von Ingvar hörte, unterband jeden Kontakt. Da halfen keine Ausbrüche von Marc. Rainer musste vor Gericht. So lernte ich ihn kennen. In der Verhandlung, die der Familienrichter sehr kurzfristig anberaumte, zeigte Elena sich einsichtig. Sehr einsichtig. Mit einem Augenaufschlag, der lange Übung verriet (du liebe Güte, wie ein kleines Mädchen, dachte ich) und den sie ganz sicher für geeignet erachtete, den Richter einzuwickeln, beteuerte sie, dass ihr nichts so sehr am Herzen liege, wie Marc den Vater zu erhalten. Aber was der getan habe, sich nicht an Absprachen zu halten, einfach Marc ohne jede Vorbereitung – »Und woher weißt du das?«, fuhr Rainer dazwischen – zu seiner Familie mitzunehmen, das gehe nun mal einfach nicht.

»Es geht Marc gut, er vermisst nichts«, sagte sie zum Schluss mit ihrer kindlichen Stimme und in einem Tonfall, der mich an Märchenerzähler erinnerte. Betulich. Wir waren alle in einen Kokon eingesponnen nach ihrer Rede. Um und dumm geredet.

Ich arbeitete mich mühsam heraus aus dieser zuckrigen Betäubung. »Und was machen wir denn jetzt ganz praktisch? Also, wann genau kann Marc zu seinem Vater?«

Der Richter unterhielt sich mit Marc. Danach entschied er: jedes zweite Wochenende. Mit Übernachtung.

Eine Zeitlang war Marc mindestens jedes zweite Besuchswochenende krank. Zu krank, um seinen Vater zu besuchen. Außerdem ging es wieder los mit ungeeigneter Kleidung. Und Elena fragte Marc nach jedem der spärlichen Besuche, die nicht zu verhindern gewesen waren, über das Erlebte aus. Ob Ingvar böse zu ihm sei. Ob er nicht Angst habe vor der Behinderung. Sicher tue Ingvar ekelhafte Sachen? Ob Marga ihn ausschimpfe? Schlage? Ob der Vater Dinge mit ihm mache, die nicht gut seien? Böse Geheimnisse mit ihm habe?

»Was meint Mama?«, fragte Marc seinen Vater.

Zum zweiten Mal erhob Rainer die Stimme gegen Elena in Marcs Gegenwart. Sie verbot Marc weitere Besuche beim Vater und beantragte eine Abänderung der Umgangsregelung. Rainer hielt dagegen und beantragte eine zusätzliche Ferienregelung.

Marc durfte seinen Vater weiterhin besuchen, der Richter ordnete es auch dieses Mal an. Gemeinsame Ferien erlaubte er ebenfalls. Elena meldete Marc in Sportvereinen an. Die Turniere fanden an den Wochenenden statt. Wenn kein Turnier stattfand, gab es Einladungen zu Kindergeburtstagen. Schulfeste. Theateraufführungen. Der Ablauf der Vaterzeit von Marc wurde mehr und mehr von Elena festgelegt. Rainer war an den Marc-Wochenenden kaum noch in seiner Familie zu finden. Er fuhr Marc zu Reit- und Fußballturnieren, zu Kinderfesten und allen möglichen anderen Veranstaltungen. Fand sich endlich eine gemeinsame Ferienwoche, lud garantiert ein Schulfreund Marc zu einer gemeinsamen Woche ein. Genau in dieser Zeit. Oder eine attraktive Ferienfreizeit lockte. »Da will Marc unbedingt mit. Das wirst du ihm doch nicht verderben.« Rainer hatte die Umgangsverfahren gewonnen. Aber in der Wirklichkeit, außerhalb des Gerichtssaals, verlor er gegen Elena ein ums andere Mal. Es gab dennoch gelegentlich ungetrübte, ungestörte Wochenenden. Kostbare Zeit, die Marc und Ingvar und auch Rainer mit Glück erfüllte bis zum Rand.

Aber Rainer hasste Elena mittlerweile und – er wusste nicht, warum – er musste einfach über sie herziehen vor Marc. Und vor Marga, die ihn deswegen eines Tages fragte, wann denn mal Schluss sei mit dieser Ehe zu dritt. Immer, buchstäblich jeden Abend, säße Elena mit auf der Couch.

»Das hat sie geschafft«, sagte Rainer, »sie drängt sich in unser Leben.«

»Weil du sie lässt«, sagte Marga.

Er solle sich professionell beraten lassen, meinte sie. Vielleicht mit Elena zusammen. Dazu hatte ich ihm auch geraten. Er wollte das nicht. Vielleicht ging es ihm an die Berufsehre. Stattdessen rief er mich ein ums andere Mal an und forderte drakonische Strafen für Elena. Strafen, die sie dazu bringen sollten, geregelte, ungestörte Kontakte zu seinem Sohn zu ermöglichen. Immer kleinteiligere Regelungen wollte er erstreiten. Die Kleidung betreffend. Das Verplanen der Besuchswochenenden durch Elena betreffend. Was im Verhinderungsfall genau zu beachten sei. Wann der Besuch dann nachzuholen sei.

Ich sagte, gebetsmühlenartig: »Wenn wir sie nicht überzeugen können, wird das nichts nützen. Die Methoden der Verweigerung werden nur umso raffinierter werden.« Ab und zu stellte ich die gewünschten Anträge. Erwartungsgemäß war nichts zu beweisen. Augenaufschlag, kindliche Stimme, Geschichtenerzähler-Tonfall. Um und dumm. Ein ums andere Mal.

Als Marc zwölf Jahre alt wurde – er erlebte den Streit seiner Eltern nun schon fünf Jahre lang – schenkte Rainer ihm sein erstes Handy. Er hatte seine Nummer eingespeichert. »Damit du mich immer anrufen kannst.« Marc freute sich und zeigte das neue Spielzeug gleich Elena, strahlend. Die nahm es und löschte sofort Rainers Nummer.

»So weit kommt es noch. Du hast mich zu fragen, bevor du mit deinem Erzeuger telefonierst.« Es machte nichts aus, Marc kannte Rainers Nummer auswendig. Mitten im Physikunterricht holte er wenige Tage darauf das Handy hervor und schaltete es ein. Er schickte

Ingvar eine SMS: »Du bist mir doch der Allerliebstebeste.« Dann schrieb er für seine beiden Eltern denselben Text: »Ich hab Dich lieb.« Schickte diesen Text gleichzeitig an sie beide. Öffnete, ohne zu fragen, das Fenster, neben dem er saß. Schwang sich ganz ruhig auf das Fensterbrett und sprang. Fiel drei Stockwerke tief.

Rainer rief mich an: Ob ich sofort ins Krankenhaus kommen könne? Marc hatte überlebt, schwer verletzt. Seine Füße waren zertrümmert, er würde gehbehindert bleiben. Man müsse, sagte mir Rainer, der Mutter das Sorgerecht entziehen.

»Und wie geht es denn jetzt Ihrem Sohn?«, fragte ich. »Wie wird er denn mit all dem fertig?«

Rainer legte auf.

Als ich im Krankenhaus ankam, erwartete ich, eine bedrückte, kummervoll flüsternde Gemeinschaft Erwachsener vorzufinden. Besorgt in leise Gespräche mit Ärzten verwickelt. Sorgsam darauf bedacht, Marcs Leiden zu lindern. Das Geschrei war bis vor die Station zu hören. Elena und Rainer stritten darum, wer zu Marc dürfe und wer zu warten habe. Ich war gerade im Begriff kehrtzumachen, als Rainer mich erblickte.

»Da hören Sie es selbst, wie sie ist«, rief er mir zu und zeigte mit beiden Händen auf Elena. Ich schüttelte den Kopf und hob die Hände, hilflos. Ich drehte mich wortlos um und ging.

Als Rainer mich anrief (»Was war das denn?«), sagte ich so sachlich ich konnte: »Ich unternehme nichts mehr, bis Sie eine Elternberatung aufgesucht haben. Versuchen Sie, die Mutter einzubeziehen.«

Von meinem Nachfolger hörte ich später, dass Marc sich tatsächlich für seinen Vater entschieden hatte. Er lebte jetzt mit Rainer, Marga und Ingvar. Seine widerstreitenden Gefühle für seine beiden Eltern hatte er dadurch gelöst, dass er jeden Kontakt mit Elena verweigerte.

»Was will man machen?«, seufzte der Kollege.

Ja, was will man machen?